STUDENT EDITION

ZHANG LI JUN collection

张丽钧作品

张丽钧：语文特级教师，河北省首批正高级教师。中国作家协会会员，《读者》首批签约作家、全国十佳教师作家。出版个人文集二十余部。二十余篇文章入选全国高考、各地中考试卷，十余篇文章入选大陆、香港、新加坡教材。

典藏

你的名字里藏着一个海

中学生典藏版　C　张丽钧　著

山西出版传媒集团　山西教育出版社

图书在版编目（ＣＩＰ）数据

张丽钧作品中学生典藏版：你的名字里藏着一个海/张丽钧著. —太原：山西教育
出版社，2018.8
ISBN 978 - 7 - 5440 - 9942 - 4

Ⅰ. ①张… Ⅱ. ①张… Ⅲ. ①散文集 - 中国 - 当代 Ⅳ. ①I267

中国版本图书馆 CIP 数据核字（2018）第 146285 号

张丽钧作品中学生典藏版·你的名字里藏着一个海

责任编辑：刘晓露

复　审：康　健

终　审：郭志强

装帧设计：薛　菲

印装监制：蔡　洁

出版发行：山西出版传媒集团·山西教育出版社

　　　　　（太原市水西门街馒头巷 7 号　电话：0351 - 4729801　邮编：030002）

印　装：山西臣功印刷包装有限公司

开　本：889 × 1194　1/32

印　张：9.625

字　数：207 千字

版　次：2018 年 8 月第 1 版　2018 年 8 月山西第 1 次印刷

书　号：ISBN　978 - 7 - 5440 - 9942 - 4

定　价：33.00 元

如发现印装质量问题，影响阅读，请与印刷厂联系调换。电话：0351 - 7337712

样 （代序）

张丽钧

亲爱的同学们，今天，我们在这里为你们2018届学生举办高中毕业典礼暨高考壮行会。想跟你们说的话有千句万句，但是，在这千万句话语当中，我选中了一个字，那就是——样。

"样"，原本是指柞木的果实，后来引申为"可以做标准的东西"。例如：样板、样本、榜样。

白居易曾在《缭绫》这首诗中写道："去年中使宣口敕，天上取样人间织。"所谓"天上取样人间织"，极言花样之繁丽，操作之繁难。

明代袁崇焕有一副对联，是他的家训，道是："心术不可得罪于天地，言行要留好样与儿孙。"袁崇焕的用意很明显，无非就是警戒自己要心存善念、谨言慎行，做子孙表率。

"好样儿"，是个含金量极高的词，也是我在开滦一中九十周年校庆时发言的题目。我由衷地喜爱"好样儿"这个词，也希望这所学校的师生都能活出好样儿。

你们这一届学生，用你们年级主任韦海芳老师的话说就是："越是临近毕业，可爱指数越是与日俱增！"我理解，在她眼中，你们的样子是越来越好了。

说到"好样儿"，我还要提一提开滦一中 2017 届毕业生带给我的感动与惊喜。他们在临毕业前做了一件事，那就是，将同学们的零用钱收集到一起，最后一次为"开滦一中西部珍珠班"捐款。要知道，他们在读高二时已经捐过一次了，但离校前，他们再一次自行策划了这次爱心行动。唐山多家媒体闻风而动，纷纷报道我校毕业生的这一暖心之举。在所有的报道文字当中，我最欣赏的是《燕赵都市报》拟定的题目——《进考场前，唐山开滦一中的孩子们默默做了这件事》。这是个"吊胃口"的好题目，同时也饱含着对我校毕业生此番"醒世抗俗"之举的盛赞！我在朋友圈转发了这条消息后，许多人留言，说某某学校撕书了，某某学校吼楼了。我览后欢慰良久。我想，我大"开一"的宝贝们定力十足，岂能被卷入这种恶劣的时尚？

亲爱的同学们，你们想想看，那离校前的一饭盒一饭盒的硬币与那为人不齿的发泄式狂欢，是不是有着霄壤之别呢？你们，也是要为下一届同学"打样儿"的呀！你们离校前所做的一切，应该值得下一届毕业生仿效与彰扬，就像我们认为 2017 届毕业生的爱心创意值得我们仿效与彰扬一样！

不仅如此，我还希望你们读大学时也能活出"好样儿"，像鲁航文学姐那样，在高处永怀拿云之心；像王志童学哥那样，处低处不坠青云之志。

当你们走向职场，也要竭力活出"好样儿"！像你们的张广厚学长那样，将自己的名字写进世界数学发展史，写进供人类恒久仰望的星空！

有一天，你们做了父母，更应该活出"好样儿"，既要"扬名于后世以显父母"，更要"励操于当下以率儿孙"。

样，不是一个轻松的汉字。好样儿抑或坏样儿，全凭我们心灵的选择。有时，我们要做个好样儿，比白居易所谓"天上取样人间织"都要繁难，但即便如此，我们也绝不轻言放弃！

走出这所学校后，我希望我的凤娃们都能仰慕好样儿、创造好样儿、永葆好样儿、光大好样儿！精神有光，灵魂有香！让母校在任何一个时刻都能底气十足地说：你们，个个都是好样儿的！

2018 年 6 月 5 日

CONTENTS 目录

第一辑:
等着我

第二辑：
花万岁

第三辑：
惊喜力

第四辑：
美人尺

第五辑：
受与救

第一辑：
等着我

在谈到人该如何看待世间万物时，那个伟大的外祖母玛丽是这样说的——"Look at everything always as though you were seeing it either for the first or last time"。请原谅我不采纳译者的句子，而是固执地将其翻译为：莅览万物，仿佛初见，仿佛永诀。那份"满格"的初见般的惊喜与永诀般的顾惜，你，有吗？愿"天堂树"摇曳的树影能幸运地洒你一身一脸，愿你带着那看起来似乎截然相反的美妙感受去爱、去思、去生活。

——《莅览万物，仿佛初见，仿佛永诀》

恭肃的心，充盈了器物；颖慧的心，充盈了月亮；
虔敬的心，充盈了天地。——《执虚如盈》

蜚览万物，仿佛初见，仿佛永诀

　　《布鲁克林有棵树》究竟是一本怎样的书？有人说这是一本"家小说"，有人说这是一本"青春小说"，也有人说这是一本"励志小说"……我以为这些说法都失之偏颇，在我看来，它是一部"生命小说"。

　　生与死、爱与恨、善与恶、贫与富、忧与喜、空虚与充盈、怯懦与刚强、精神与物质……作者贝蒂·史密斯用她那细腻至极的笔触，为我们精绘出了一帧帧美国二十世纪初底层生活的"工笔画"。在这个聚集着各色人等的纽约布鲁克林街区，有的是发绿的分币、发霉的面包、发臭的脚趾、粗俗的叫骂、恣意的吵闹、无聊的嚼舌。在这里，咖啡与肉桂共存，钢琴与算盘同在。这样的生存环境，理应盛产茜茜那样的女人：松着胸衣，不择时地大施媚功，爱过许多被她一律欣然唤作"约翰"的男人，产下十一个死婴，年长色衰之后，因在列车上不遇"咸猪手"而黯然神伤……人是环境的产物，茜茜和布鲁克林的"相称度"极高。

　　然而，布鲁克林长出了一棵"喜欢穷人"的树——天堂树。天堂树，是美国人的叫法，我们将它唤作"樗"，老百姓干脆将它唤作"臭椿"了。请想象这样一幅剪影——在一个嘈杂的院子里，租住在三楼的诺兰家十一岁的女孩弗兰西坐在伞状的树下，安静地捧读一本书，"她拿着一本书，守着一碗零食，独自一人在家，看着树影摇曳，任下午的时光溜走，这是一个小女孩所能达到的化境"。

充当歌唱侍者的父亲约翰尼酷爱体面，他穿熨烫平整的"假衬衣"和"假领子"，他帅气、快乐、慈爱、平庸、酗酒，弗兰西爱父亲胜过爱母亲；充当清洁工的母亲凯蒂"从不笨手笨脚"，她近乎本能地相信"一定有什么东西比钱更大"，她美丽、自尊、理性、内敛、刚强得近乎绝情，她精打细算着过活，在弗兰西的眼中，她对弗兰西的弟弟尼雷爱得更多一些，但弗兰西从母亲身上收获的"精神给养"明显胜过了从父亲那里的所得。弗兰西没有妈妈美丽，也没有爸爸快乐。这个一出生就被贫困穷追不舍的小女孩遭白眼、遭羞辱、遭欺凌，她不愿与人讲话，可内心的声音却汹涌澎湃。她注定成为一棵屡遭砍伐却又顽强生长的"天堂树"。她的生命的源头还站着一个不可忽略的女人——她的外祖母玛丽。玛丽说：改变命运的秘诀就是读书写字。玛丽说：孩子得有想象力，想象力是无价的。玛丽说：苦难也是好事，苦难磨炼人，让人的性格饱满起来。玛丽吩咐自己的女儿凯蒂：每天临睡前给两个孩子读一页《圣经》或莎士比亚，还要将家中辈辈相传的那些老的民间故事讲给两个孩子听……于是，布鲁克林就有了一个怀着走向圣殿般的心情走向"又小又破"的图书馆的幸福万分的女孩，有了一个立志将图书馆藏书从A读到Z的豪情万丈的女孩——"她发誓在有生之年天天读书，一天一本"。从弗兰西万般惊喜地留意到图书馆桌子上"褐色罐子里开着金莲花"的那一刻起，美与幸运就款款向她走来，温柔地拥住了她瘦小单薄的身子。

主动转学的故事，南瓜馅饼的故事，接大圣诞树的故事，与佳恩达老师较劲的故事，初中毕业典礼收到早已去世的父亲鲜花的故事，隐瞒年龄打工的故事……这些故事合起来，将弗兰西往更高处推、往更好处推。这个初中毕业后被迫暂时辍学然后又跳过高中直升大学的女孩，越来越表现出她在文字方面的天分。被"一天一本书"喂大的女孩，精神闪亮，锐不可当，她将生活劈头砸过来的一个个臭球接得那么漂亮，她给"一切都是最好的安排"这句话做了多么有力而又鲜活的注脚！

生命，不是用来准备死亡的。一个争分夺秒让黯淡生命发光的女孩，一如那棵从天堂飞临人间的树，以竭力生长为己任，以垂荫大地为己任，以酬酢生命为己任。博览群书与接受教育，让弗兰西成功实现了"精神越狱"。她的"逆袭"几乎成为一种必然。一个吸饱知识乳汁的生命，除了飘香，别无选择。

在谈到人该如何看待世间万物时，那个伟大的外祖母玛丽是这样说的——"Look at everything always as though you were seeing it either for the first or last time"。请原谅我不采纳译者的句子，而是固执地将其翻译为：蜚览万物，仿佛初见，仿佛永诀。那份"满格"的初见般的惊喜与永诀般的顾惜，你，有吗？愿"天堂树"摇曳的树影能幸运地洒你一身一脸，愿你带着那看起来似乎截然相反的美妙感受去爱、去思、去生活。

一朵玫瑰的"剧透"

上帝造人的时候，忘了赋予人"先知智能"，然而，好奇的人类怎肯善罢甘休？千百年来，五花八门的"预测"风行于世，且别称多多：预觉、前瞻、卜算、筮卦……喂，明日之剧，今日可否先"剧透"一下？"先知焦虑"，攫住了太多人的心。

纵览世间"预测"，约略分为两类——正确的，错误的。不管正确还是错误，"预测"的磁石，总是不用担心吸附不到海量铁屑。对那尚处于酣眠状态的结果预先唤醒的冲动，令惑眩的人们趋之若鹜。

一朵盛开的玫瑰，其前景无非就是凋谢。你驱策着自己的思维，奔跑到这朵玫瑰的明天，冷冷地截住它，预支了两滴怜花的冷泪，你竟以为自己是个伟大的智者么？读《布鲁克林有棵树》一书，结识了那个口吐莲花的玛丽。当她听到自己的外孙女降生的喜讯，竟然失声痛哭，她说：又有一个生命来这人世间受苦受难了！鲁迅先生在《立意》一文中写道，一户人家生了个孩子，大家都拿蜜语去道喜，唯有个嘴冷的斯说了这样一句话：这孩子将来是要死的。这是一句混账实话，惹人不快是自然的。——在花的结局处和人的结局处预先摆上自己思想的人，都分明带了一种悲观主义色彩。悲观主义，说到底，是一种先见之明。

人人掌心都躺着一条神秘的"生命线"。据说它的短长，就相当于寿命的短长。有个闺蜜，"生命线"在大鱼际上三分之一处轰然断开。伊每每摊开手掌，都会语调悲戚地咏叹：我注定活不过二十五岁！然而，今天，她已经活了两个二十五岁了。有次见面，我忍不住拉过她的右手，戳着那条"生命线"诛曰：混账玩意儿，凭啥骗人！

——瞧，预测，无论正误，皆可用"混账"来评价。

"我的寿命如何？""我的婚姻如何？""我的官运如何？""我的财运如何？"……太多人喜欢拿这些无厘头的问题去缠问卜者；得到回复后，遂恬然活在某种愈加无厘头的暗喜或隐忧当中，坐等官运、财运、噩运、霉运从天而降。就这样，人，被一道符咒拨弄成了木偶，欣然听任那种自我追求来的"无助感"跋扈地袭掠生命。

——如果真有个先知，可以准确无误地为我预测未来，请原谅我拒绝听闻。我不允许无聊的"剧透"偷走了簇新岁月的鲜润。我不想预支痛苦，也不想预支快乐。我要怀揣一种"满格"的惊喜迎向生命中的每一天，我要静待每一个谜底瓜熟蒂落。一日开启一瓶新酒，一日诵读一首新诗。玫瑰绽放着的分分秒秒，都可以被我的眼定格成永恒；生命行进中的时时刻刻，都可以被我的心阐释为迢久。

"满目山河空念远，不如怜取眼前人"，晏殊说得多妙！眼前之人，眼前之景，都是用来供我们怜取的呀。如若一朵盛开的玫瑰殷勤地拦住你，要"剧透"一下自己的明朝，你能否微笑着制止她：亲，你的此刻，已能令我无尽宴飨……

蓝 和 平

下班回家，我问老徐："对面楼三门出啥事了？咋聚了那么多人？"

老徐问："三门？"

"对呀！"我说，"就是卖花的秦师傅家那个门洞呀。你快来看——"

老徐趴窗台上瞄了一眼，回转身对我说："不是红事就是白事，还能有啥事？"

可是，不对呀。按照此地风俗，若是红事，头天晚上是要"响门儿"（放鞭炮）的；若是白事，要挂纸幡、搭灵棚、开"音乐会"（请吹打班子）的，更有甚者，还要重金请来当地歌星，联唱流行歌曲，你从那歌中就能猜出驾鹤西归的是男是女——男的过世，就唱"我的老父亲，我最疼爱的人"，女的过世就唱"你爱吃的那三鲜馅，有人她给你包"……可今天这番光景，着实叫人看不出个门道。

我扎起围裙去厨房忙活。一抬眼，看到我家月季"蓝和平"又开了一朵。想起秦师傅，心里隐隐泛起一丝不安，又慌忙按下这份不安，骂自己道："狂想症发作！"逼着自己想点儿乐事——那天，在早市看到秦师傅面前摆了许多新品种花卉，挨个欣赏，最后目光落在这棵花朵玫红略透微蓝的月季上。我问："这是不是蓝色妖姬呀？"秦师傅大笑道："么鸡？还东风呢！这叫'蓝和平'！长见识去吧你！"我抱回了那盆"蓝和平"，连同秦师傅慷慨赠送的一大包花肥。

"日落西山红霞飞，战士打靶把营归……"——呀，这是哪里军训？这么整齐嘹亮的军歌！

"你快来看！"老徐在客厅急唤我。我跑过去，隔窗俯瞰——我的天！对面小甬道上整整齐齐地席地坐了五六十号人。是他们在唱！

从《说句心里话》到《血染的风采》，从《十送红军》到《怀念战友》，他们仿佛不是用喉咙在唱，而是用生命在唱。他们唱得太整齐了，就连跑调都是整整齐齐地跑调！

"我猜，对面楼，很可能没了一个老兵。"老徐闷闷地说。

有人敲门。

打开门，是楼下的邻居，手里拿着一盆盛开的"仙客来"："嫂子，这花送给你。对面楼秦师傅过世了，临走前嘱咐家人，不挂纸幡，不搭灵棚，更不请吹打班子，把剩下的花送给邻居们。才知道他年轻时当过兵。这不，他的战友们从四面八方赶来为他送行。唉，秦师傅这辈子，也算活值了。"

等 着 我

这是一个高一女生交给我的作文，题目是《等着我》——

我蜷在床头，像个没活气儿的纸人，机械地摸到手机，拨打。刚按下4，手指就像被蜇般缩回。我撇掉手机，抱起那个开满红黄花朵的小被，一朵一朵地抚弄那花，仿佛要将它们抚醒。妈妈絮叨过多少遍："这小被是我平生做的第一件棉活儿呢！引被子时，我的手被扎破了五次！"妈妈自怜又自得地朝我举起一个摊开的手掌，拨浪鼓般地摇。我撇撇嘴："还说呢，笨死了！"妈妈是个老师，做被子自然是短板，但为了宝贝女儿，她毅然用惯拿粉笔的手拈起了钢针。犹记我小升初那年，我家搬家。门口堆了一堆旧家什。爸爸唤来收破烂儿的，连卖带送，把小半个家打发出去了。我回身瞥见那床小被，豪气冲天道："把这个也拿走吧！"妈妈一听，惊得眼珠子都要滚出来了，劈手夺过小被，凶巴巴地对我说："咋不把你老妈也卖了破烂儿呀！"

后来，我多次忆起这情景。我想，那小被上覆满了一个女人最初萌动的母性呢！还有，应是跟妈妈的身世有关吧。我有个暴戾的姥爷，最大爱好是往死里揍姥姥。妈妈七岁那年，被揍得半死的姥姥悲愤离家，不知所踪……有一回，妈妈看倪萍主持的"等着我"节目，看得大泪小泪，爸爸也跟着抹泪。我骑坐在妈妈腿上，用腮去拭她的泪，俯在她耳畔问："妈妈，你是想去寻我亲姥姥吗？"妈妈听罢，大放悲声。

一年前，妈妈被一纸诊断书击垮——胃癌晚期。多少次，我掐青了大腿，希望从噩梦中醒来。然而，噩梦却在日光下愈演愈烈。

弥留之际，妈妈抱着那床小被，将我唤至床前："宝贝，妈妈一直对你隐瞒了一件事——你不是妈妈亲生的。十五年前，妈妈从一个陌生人手里接过了你。你赤身裹了这床小被。十五年间，我拼死搂紧这床小被，不让它见天日。别怪我编造扎破手指的谎言诓你，·我无非是想装得更像你亲妈。但我有时也会冒出一个戳心的念头——去'等着我'节目，朝全国观众抖开这床小被，为我的宝贝寻到亲妈……我就要走了，唯一的愿望就是，我走后，你打这个电话：4006666892，带着小被去见倪萍阿姨。或许，那丢了小被的女人也一直在苦苦寻找这床小被呢……"

直到今天，我都不知该不该打这个电话。我想，假如我真的去了那个寻亲节目，我最想寻的，怕也是那个志忑地紧紧搂了这小被十五年的女人吧？我会对她说："妈妈，等着我！来世，咱俩一定做亲母女。不过咱俩得倒过来，你做女儿，我做妈妈……"

我为此文打了满分，又兴奋地找到小作者，告诉她说，这篇小说深深打动了我。女孩闻声泪如雨下："老师，可惜它不是小说……"

钟情种子

　　喜欢繁体字"种"的写法——"禾"加"重"，禾之能重（重复）者，为"种"。这个字，是否隐含着这样的金玉之言：一粒麦子，若不落在地里死去，仍旧是一粒；若死了，就结出许多子粒来。

　　单位聘请的园丁是一位地道的"庄稼把式"。那天，他在春阳下撒播油菜花籽，边播种边自语："有钱买种，无钱买苗哇！"我好奇地问他为什么。回答说："从种到苗，不光要看老天爷的脸色，还要看土地爷的脸色，更要看种子的心劲儿大小。"我恍悟。仿佛是要印证他的话，我仔细点数了格桑花、旱金莲、虞美人的种子，在花盆里播下。若干天后，有嫩芽破土，点数那稀稀拉拉的小苗时，忍不住服膺地一再点头——果真被那位老园丁言中了呀。

　　相比于购买成年植株而言，我以为播种更为有趣。那见证了盆中物从死到生、从小到大、从弱到强的人儿，对生命的体悟亦随之丰富起来、细腻起来，甚至是，跟着那植物，自己也重生了一回。

我朋友张玉江，是一名水稻研究专家。他得意地告诉我说，有一种名叫"黑条隆膈飞虱"的稻田害虫就是他首次发现的，所以，此害虫的拉丁文名称中含有他的姓"zhang"。我跟他开玩笑说："让一种虫虫随了你的姓，你真是牛翻天了！"就是这个张玉江，曾送给我一小袋他种植的大米。怕我不珍惜，郑重嘱我道："这一粒粒的，可都是稻种啊，金不换的，你可要用心吃！"结果，我吃得太用心了——煮粥的时候，舍不得全用"张氏稻种"，只掺一小把；吃的时候，试图靠舌尖区分哪粒是普通大米，哪粒是"金不换"，吃得这个辛苦啊！一想到自己吃的本是可以掀起"千重浪"的珍贵稻种，竟有一种卸不掉的压力。因而，当玉江再次表示要送我"稻种"的时候，我断然拒绝了。

种子，是个神圣的词。非子粒中之特别卓异者、幸运者不可以成为种子。傲慢的忽略，如影随形地跟定每一颗可能成为种子的子粒。土地的呼唤再急切，也抵不过亿万个焦灼的味蕾对它念诵的魔咒。

季羡林先生写的《清塘荷韵》让人百读不厌——他朝燕园的池塘里投下五六颗洪湖莲子，但那莲子狠心地辜负了他。两年了，他已将心交付绝望。可到了第三年，忽见水面浮起伶仃的几片荷叶；第四年，那荷叶惊人地扩展蔓延，且开出了绝不同于燕园其他荷花的"红艳耀目"的、"十六个复瓣"的荷花！面对朋友"季荷"的赐名，老先生的欣悦是不可言喻的。"难道我这个人将以荷而传吗？"他如是问。我知道，这问中是满满的自得、满满的自矜。

想那洪湖莲子，究竟是怀抱了怎样一种不死的愿望，方能在沉寂了一千多个日子之后慢慢醒来？它定然于小小的心中，藏匿了一个暖暖的太阳，自我照耀着，在黑色的淤泥中执着泅渡，不挣脱，不甘休。

　　美国作家凯伊·麦克格拉什在其《歌唱的种子》中讲过这样一个在达尼人中流传甚广的故事：鸟和蛇曾经有过一场战争，决定人类是会同鸟一样死去还是同蛇一样蜕皮永生。鸟赢了战争，所以决定了人类会死亡，而不是永生。但是，达尼人认为，人又绝不同于其他动物——人有灵魂。人的灵魂在心脏附近，它有一个好听的名字，叫"歌唱的种子"。"歌唱的种子"是人与人之间联结的纽带，假如族群中一个人"歌唱的种子"死去，那族群中所有"歌唱的种子"就会受到伤害。

　　你心脏近旁那颗"歌唱的种子"还好吗？即使心脏停跳了，你"歌唱的种子"也依然可以无恙呀。古人云"薪尽火传"，那超越了柴薪得以传继的，不就是"火之种子"吗？

　　——埋没，是一个让种子们欢呼雀跃的词吧？太多的生命惊悚地拒斥着黄土，唯有种子，相思般地苦念着春泥。那就让它在春泥中隐身吧，让它娓娓告诉你，什么叫向死而生。

纸灰飞作白蝴蝶

1. 好冷，这个日子。

冷的天，冷的雨，冷的吃食。

儿时，在冀中老家，在那个叫南旺的小村，我只知道有"寒食节"，不知道有"清明节"。姥姥说：寒食节不兴烧火的，要吃冷饭。我不解，问为什么。姥姥说：老辈子留下的规矩，小孩子别多嘴多舌。话是这样讲，可姥姥总是鬼鬼祟祟地生火做饭，她自语道：……小孩子不能吃太凉。姥爷率领一家大小，浩浩荡荡地去坟圈烧纸，场面颇壮观。在一个看起来跟别的坟头毫无区别的坟前，姥爷笃定地跪倒，大家也便跟着呼啦啦跪倒。纸钱点燃的瞬间，姥姥、姥爷齐声喊道：爹，收钱吧；娘，收钱吧。我们小孩子什么也不说，就眼巴巴盼着纸钱快些烧完，烧完了，那些鸡蛋、饼干之类的"贡飨"就可以被分而食之了。仪式一结束，追逐打闹就不再犯忌，我们在野地里疯跑，每个人的鞋上、裤上都沾满了黄土。

后来，姥爷就被这个坟圈吞了；再后来，姥姥也被这个坟圈吞了。每年寒食节，我去烧纸，在看起来那么相似的坟堆中，我总是一下子就能找到我要找的那个。

2. 晨起，怅然。我跟母亲说：我梦见捡了很多钱——很多。

母亲说：梦见捡钱，那是你前世的亲人在给你烧纸呢。我惊呆了。我前世的亲人？我前世的亲人在哪里呢？他们怎么会这么惦念我？不年不节，突然就给我捎来了这么多的钱。我前世是一个怎样的人？那个"我"，过得幸福吗？"我"走的时候，那场泪雨究竟有多大？"我"带走的，到底是一个怎样的称谓——女儿？妻子？母亲？祖母……想着想着，泪水就悄然滚落下来。我在意念中紧紧抱住另一个"我"，跟她说：我可以哭，你不要哭。

今天，我依然会梦见捡钱，捡很多钱。为了冥冥之中的这一份深沉的牵念与祝祷，我一遍遍叮嘱自己——好好活。

3.《坟》，这是鲁迅先生一本杂文集的名字。第一次在三妗子那里看到它，心里好不"硌硬"——一本书，叫啥不好？偏偏叫"坟"！

小孩子差不多都是恐坟的。我在田村读初中的时候，上下学要路过一片坟地。坟地里长满了被当地人称作"打破碗"的花。据说，"打破碗"花是一种极其"背兴"的花，不小心踩了它，必须跺脚三下，方可去除霉运。清楚地记得，班里两个女生掐架，其中一个居然歹毒地骂道：让你们家炕上长满"打破碗"花！——老天爷！这句咒语，简直就是原子弹级的了！

说不清从什么时候开始，我不再惧怕那些"土馒头"了。去年给父亲扫墓，从容地焚了纸钱，攒了坟尖，嗅着新鲜泥土的气息，掐了一大把"打破碗"花，靠坟坐了，独自把玩。终于知晓了它的学名——乳浆大戟。黯淡的天光下，我举着一大把乳浆大戟，在心里跟最喜在人前背诵《黄帝内经》的父亲说：喜欢吗？据说，它有利尿消肿、拔毒止痒的功效呢。

4. 唐山的清明节前后，所有十字路口，都能看到一堆堆纸灰。

1976 年 7 月 28 日凌晨 3 时 40 分，二十四万生灵顷刻烟灭。罹难者多是就近草葬，无坟无冢。清明时节，焚纸的人们不约而同地选定了十字路口，大概是觉得这里四通八达，便于亲人找寻。

2008 年 7 月 28 日，唐山地震纪念墙落成。五百米长的黑色大理石墙体上，密密麻麻刻着二十多万地震遇难者的姓名。至此，生者泣血的思念才算有了一个确切的落点。一年 365 天，墙下鲜花不断；墙上，有的名字被鲜花框起，有的名字被鲜花覆盖。朋友拍过一张照片，是一个丢了一条腿的男人架着拐来地震纪念墙前献花的侧影，看一眼，泪水顷刻决堤……每当脚步将我带到这里，每当被二十多万个姓名聚焦凝视，我都会轻轻战栗。我不能不自觉地埋殡一个旧我，化生一个新我。

2013 年春天，我陪同大连的朋友们瞻仰地震纪念墙。来到这堵黑色的墙前，我说："各位，抱歉！请等我一下。"我独自跑到第三 B 区，找到 3-993 陈俊荣的名字，双手合十，恭立默祷……待我回到朋友们身边，他们问我："去干吗了？"我说："跟我婆婆说了句话，告诉她说：家里很好，不必惦念。"

我来尘世，不为永生，不为苟活

邀请一位年轻的军官来学校讲座。雄姿英发，真挚健谈，这是我对他的评价。他挺拔地站在讲台上，开口道："有人问我：身为军人，你最怕什么？我回答说：我最怕死。"台下的学生一听，"轰"地炸了锅！大家交头接耳，无非是在说：脸皮不薄啊，这都好意思承认！军官向大家做了个"暂停"的手势，接着说："还有人问我：身为军人，你最不怕什么？我回答说：我最不怕牺牲！"大家似乎愣了一下，紧接着，掌声、欢呼声四起！任凭军官怎样做"暂停"的手势，会场硬是半天都安静不下来……

我喜欢这位军官这番掏心的话。他害怕生命之花的意外凋陨，却真心祈盼着拿这朵珍贵的生命之花去为国家和正义献祭。

那一年，在秦皇岛，收到一位久不联络的文友的微信，便回问他这些日子在忙些什么，他回复："忙着写一本长于我生命的书。"我不知该用怎样的语言来表达自己的敬意，遂发给他一枝红玫瑰。我没有告诉他，彼时彼刻，我正站在"秦皇求仙入海处"。想那始皇，为寻得长生不老之药，派方士携童男童女入海求仙。永生的欲望，攫住了太多人的心。越是高官显位，越想长生不老。但也有例外，古罗马那个叫马可·奥勒留的皇帝就不怕死，他直言不讳地说："生命只是一瞬，我们都很快就要死去。"他还说："死就是合乎本性的，而合乎本性的东西都不是恶。"有个问题，一直在我脑中盘旋——面对这样一个不懂得寻求长生不老之术的皇帝，臣子们还有必要向他山呼"万岁"么？有意思的是，两千多年过去，马可·奥勒留却有能耐借助《沉思录》的翼翅，飞临我凤凰楼小区十八平方米的卧室，在灯下娓娓向我讲述他非同寻常的生命观。——"写一本长于生命的书"，马可·奥勒留做到了。

永生究竟是一种福音还是一个诅咒？美国作家纳塔莉·巴比特用她的小说《不老泉》巧妙地回答了这个问题。她笔下的塔克一家是不幸的，他们因为喝了"不老泉"的水，所以永远被死神遗弃。作者借塔克之口说出了这样的话："看这流水，你每天去看时它都一样在流动，可是其实它已经不一样了，昨天的水已经流走，你现在看见的是今天的水。生命就像一个大转轮，死亡也是这轮子上的一部分，紧接着的是新生。能享受生命的轮回是上帝的赐福，但我们一家却只能眼看着轮子转，望尘莫及。"作者试图让我们明白：有限而有意义的生命比无限而无意义的生命有价值得多。让我感慨万千的是，《不老泉》赫然列入美国小学生必读篇目，反观我们，"死亡教育"的严重缺失令太多国民永难实现"死亡脱敏"。

总在思考"死亡"这件事是一种病态，总不思考"死亡"这件事同样是一种病态。

香港中文大学的陶国璋教授，开设了一门叫做"死亡与不朽"的课程。他顶着重重压力，带领年轻的学生去殡仪馆参观，去解剖室触摸尸体——他要让死亡"感光"。他慨叹："关于死亡，我们没有正确答案。"他只是希望通过带领大家对死亡叩问，找到一个更加强有力的活下去的理由。这样的探索，令人肃然起敬。

洪应明说得多么透辟："天地有万古，此身不再得；人生只百年，此日最易过。幸生其间者，不可不知有生之乐，亦不可不怀虚生之忧。"在我看来，"有生之乐"的"乐"，如果不曾揉入些许"虚生之忧"的"忧"，那么，这"乐"必是轻浮的、浅薄的甚或鄙陋的，毕竟，牌桌上的欢愉与书页间的欢愉是不可以同日而语的。"虚度此生"的忧戚，是一根普适的银针，不同时空下的人，都应该适时拈起它，刺痛自我最为敏感的那根神经。

"我希望我死之后，还能继续活着"，你有类似安妮·弗兰克这样的心愿吗？说到底，生，不过是一段华丽的"热场"，正剧的开演，在谢幕之后。万丈红尘中，有谁，能聚敛生命中的每一点微光，最终凭靠它照彻和洞穿那恒久的黑暗？

——有生之年，唯愿你我都学会念诵这样的台词：我来尘世，不为永生，不为苟活。

藏不住的价值观

价值观这东西通常是看不见、摸不到的。但在一个特殊的场合，我们的价值观突然就被陈列在了光天化日之下。——墓园文化，赤裸裸展览着一个群体的价值观。

我们的墓园，一般都建在远离城镇的地方。我们看重什么，就给逝者送去什么。我们看重金钱，于是就把面值大得吓人的冥币送到了墓园；我们看重美食，于是就把画在纸上的满汉全席送到了墓园；我们看重奢华，于是就把纸糊的别墅、豪车、iPhone 送到了墓园；我们看重女色，于是就把精心绘制的"小姐"送到了墓园……

想起那年在德国的一个美丽小镇下榻，早起遛弯时，突然发现在离我们旅馆不到一百米的地方就是一个墓园！同行者颇愤愤，认定被安排住在这里是遭到了歧视。吃早餐的时候，我们发现这个小旅馆住满了本土人士。后来我们才知道，德国的墓园多建在城镇的"黄金地段"，他们不怕"鬼"，愿意与死人朝夕相处。他们的墓园好美呀！有根的、无根的鲜花触目皆是；高大茁壮的苹果树结满了累累果实；在苹果树下，是一条条原木长凳，那长凳边缘的幽幽亮光，是常年光顾这里的人们弄出来的可爱"包浆"。我想，大概唯有对同类充满深度好感的人，才可能将墓园当成百游不厌的花园吧？徜徉在这样的墓园里，我没有恐惧的感觉，相反，这里静谧、安适的氛围，竟让我生出恋恋不舍之情。我是唯一在这墓园里留影的人。那张照片，至今都是我的最爱。

据说犹太人去墓园祭奠的时候，一定要带上几本书，因为他们相信，每当夜深人静之时，逝者就会从坟墓里出来看书。这个民族有一个意味深长的传统仪式：在孩子刚刚懂事的时候，就在书页上滴一滴蜜，让孩子去亲吻它，用这样的方式告诉孩子，书本是甜的，日后要手不释卷。从出生到入土，他们眷恋着书、膜拜着书。正因为如此，这个民族的智慧和尊严才不容小觑。

在我们的教育中，"死亡教育"一直缺位。我曾经为我的学生布置过一篇《假如今天是我生命的最后一天》的作文，惹得一些家长颇不快，他们认为这是个"不吉利"的作文题目。人们普遍能够接受的是——敬爱一个人到了极致，就要喊他"万岁"，即便心里知道这句祝福语荒唐透顶，那也要喊。在我们身边，"死亡"每天都在上演，我们却假装它不存在。我们的回避中裹着无尽的恐惧。当我看到美国小学生的必读书目中赫然列有探讨"死亡价值"的《不老泉》一书时，我惊呆了。

有位名人，在大庭广众之下高谈人性。谈到庄子在他妻子死后"鼓盆而歌"时，他语出惊人："显然，庄子把哲学研究得走火入魔了，他连人之常情都悖逆了！"我为庄子一恸！伟大的庄子，悟透了死生之理，超越了俗世悲哀。"鼓盆而歌"，恰是他"以理化情"的最佳明证啊！

多么可悲——庄子的后人，越来越读不懂这位极力反对厚葬、快乐地宣称自己要"以天地为棺椁"的先哲了。

死，是生之链条上的重要一环；墓园，是每个生者的最终家园。这两样东西不被理解和善待，生命的价值就不可能被认清。

怕死，怕鬼，这就是人们的普遍心态；避谈死，远离鬼，这就是人们的普遍选择。可是，看看我们身边，又有多少人在鬼鬼祟祟地作着"鬼"的文章呀！孝子贤孙以焚烧纸钱、纸房、纸车、纸人在人前"秀"孝心；也用这样的做法拍鬼的马屁，指望得到它的保佑，也拜托它不要动不动就闯进梦里来吓人。

人们跟"鬼"的关系很吊诡。惧着它、躲着它，又哄着它、敬着它。我们想过吗？一旦我们作古，立马就变成了这样一种不尴不尬的讨嫌角色。

我们的墓园更像"魔窟"，充满了令人避之唯恐不及的阴森气息。没有人愿意在这里安放一条长凳，安放了也不会有人来坐；只有在那个法定假日里，人们才较着劲儿地抬来被他们万分看重又打心眼里"硌硬"的五花八门的冥物，烧它个火光冲天，然后转身匆匆离去。

实惠到恶俗，潦草到猥琐——这，就是我们的墓园文化；这，就是我们藏不住的价值观。

没有一天不值得记述

办公室搬家的时候，同事拿来了一个藤箱，说："先把金银细软放进这个箱子里，其他无关紧要的东西我们帮你收拾。"我领受美意，赶忙将自己认为重要的东西一件件放进藤箱。除了笔记本电脑、教案、光碟、十几本珍贵的签名书之外，就是六本日记了。同事笑我："这几个破旧的日记本里是不是装着青春的秘密？"我笑答："那是次要的，最重要的是，它们装着我'孤本'的日子。"

我是一个酷爱跟自己"对话"的人，感谢日记，忠实地记录下我与自己的一段段对话。随便翻开一页，某一个日子的"标本"就生动地呈现于面前了。重温一遍，等于奢华地又过了一遍那个日子。

多少次，我在日记中责备那个慵懒的自己："我的日记要沦为周记、月记、年记了么？"责备之后，日记便又乖乖地成为真正意义上的"一日一记"；但不久，又出现了空缺的日子。不记日记的日子，定然是忙乱的，那么多的事务都赶来胁迫我，叫我做不成那个在纸页上与自己娴雅对话的自己。如果说，那些缺页带给当年的我的是一个遗憾，那么，今天它已上升为一万个遗憾。我跟岁月深处的那个人说："你真的那么忙吗？还是觉得日子太过雷同，不值得记述？不管是什么理由，你跋扈地剥夺了今天幸福地重温那些黯然隐去的日子的权利，都是一种绝顶的愚蠢！"

日子被写进日记，尘屑就获得了成为金子的机缘。在日记里，所有的甜，都可以化成蜜；所有的苦，都可以酿成酒。

后来，电脑普及了，我开始在电脑上记日记，日记的形式也有了改变，我往往会为这一天给我触动最深的一个人、一件事"造像"。把这些东西寄出去，编辑居然很喜欢，于是，许多"日记变体"的文章得以发表。

这些年下来，我发表的文章已达数千篇。我的文章，大多是采撷于平常日子的叶片，将它们汇集起来，我就看到了一大片令人欣幸的葳蕤。

我是一个从日记中走出来的作家。我所写的文字，第一个感动的就是我自己。我啜饮着自我调制的饮品成长，骨骼强壮，心地纯净，笑容美好。我以为，日记能拿出与人分享，是日记的福分；日记不便拿出与人分享，是自我的福分。

如果我们觉得哪个日子过于苍白，根本不配走进日记，那就证明我们需要丰富自己的心灵生活了。在我看来，真正有价值的日记，不是记述"今天干了什么"，而是记述"今天想了什么"。让我们的思想留下珍贵的辙印，这是对自我的尊重，更是对岁月的酬酢。

没有一天不值得记述。明白了这一点，你的日记就可以摇曳生姿，你就可以期望被日记托举起一段不乏光彩的人生。

开一学生的"戳记"

很高兴能以"国旗下讲话"的形式跟亲爱的开一学子们吐露我真实的心声。作为你们的校长，我总梦想着为每一个来这里学习的孩子身上都打上一个鲜明的"戳记"。当然，这"戳记"，不可能是鲜红的图章，也不可能是某种族徽样的印纹，它应该是镌刻在你灵魂深处的一个隐秘的记号，它使你区别于他人，它使你的生命非同凡俗，它使你的精神光耀灿烂，它使你可以凭此轻易辨认出谁是你的挚朋契友，它使你能够在获得了一种终生不会失效的方向感之后远离歧路徘徊……

我的"校长信箱"里曾有过一封学生来信，在信中，那个学生提到了"一句话证明你是开一人"。这个问题，我想了很久。我不知道今天在场的各位会给出怎样的答案，也许你会说"开一美好，其中有我"，也许你会说"让生命的相遇充满惊喜"，也许你会说"每天在心里开出一朵花"，也许你会说"拿出一万个小时来"；甚至你不必说这么多，仅仅一个词语就足够了，比如"凤娃"，比如"凤闻"，比如"开开书吧"，比如"春分冲顶"，比如"弟子规接龙"；或者甚至你们什么都不必说，仅仅哼唱一句"人生在世度光阴"就足以证明你是开一人了。孩子们，这些特殊的语言符号所传递出的信息，是专属于开一人的。当我点数上述这些语言符号的时候，你一定意会了、心动了，因为，你懂得。

如果你以为这些就是我所讲的开一人的"戳记"，那你就错了。这些外在的、能够被你的眼睛和耳朵轻易捕捉到的信息，仅仅是我所说的"戳记"中极为有限的组成部分。你的价值取向、你的为人准则、你的行事方法、你的道德高度、你的思想亮度、你生命内在的芬芳、你毕业多年之后依然能够赖以洁身自清的在高中阶段获得的种种可贵免疫……这些，才是我所说的开一学子"戳记"的真正内涵。如果你让我用一个词语概括，那我就告诉你——正能量，永远是开一学子"戳记"的总特点。

铁打的校园，流水的师生。我们当中没有任何一个人可以永远在开一教书或学习。短暂而又浪漫的相逢，使我们的生命有了难以拆分的美丽交集。我总是希望我们这个过于小巧的校园能够处处洋溢着亲情，希望师生之间、师师之间、生生之间的关系亲密而又典雅。在这里，我们的身体可以疲惫，但是，我们的灵魂却要有足够欢悦的理由。

我们学校的第十八任校长名叫季胜男，就是寒假前为"董氏兄弟集团捐赠有机食品"活动牵线搭桥的那位气度不凡的老者。她在任的时候，一直称呼学生为"宝贝"。在这所校园里，没有一个学生不是她的"宝贝"。可以说，她的爱没有"死角"。沿袭了她的称呼，我们学校许多老师（包括我）都习惯喊学生"宝贝"。这是一个温暖的称呼，这个称呼使我相信，我们师生之间存在着一种"血缘关系"。师生之亲，不亚于亲子之亲。

因为爱之深，所以责之切。当我看到我的"宝贝们"身上打上了某种丑陋的"戳记"的时候，我万箭穿心。我不忍看到你们美好的生命被欺骗、偷窃、打架、网瘾、作弊、昼寝、迟到、早退、懈怠、抱怨、放任等负面行为和负面情绪劫持，我热衷提醒，提而不醒的时候也会拿出铁腕处置措施。孩子，我不是恨你，我是恨你身上那个招人恨的暗点，我宁愿用让你"短痛"的办法去阻断你的"长痛"，这样的苦心，你可知晓？

我曾在一篇文章中写过：上帝爱人爱不过来，于是有了母亲；母亲爱人爱得褊狭，于是有了教师。教师给予学生的爱称得上是盈而不溢、劳而不矜、娇而有度、诤而有益。如果你正被这样优质的爱深情地包围着，那么请允许我提醒你，你是幸福的。

哲人说：源头的石头，改变了河流的走向。孩子们，我希望有朝一日你在回望青春时能够由衷地说：我的生命，因为曾经拥有开一并且也曾经被开一拥有，所以，我的精神气质发生了令人惊喜的改变，我的人生也因而呈现出瑰奇艳丽的色彩，我感恩，我怀想——向着北纬39.40度、东经118.20度的方向！

最后，请允许我深情地对我至爱的"宝贝们"说：感谢你们为我提供了"实现自我"的舞台！感谢你们赋予我空洞人生以丰富内涵！谢谢！谢谢大家！

2014年3月24日

你带走了十万朵栗花

迁西一个朋友发来短信："栗花节到了，来看栗花吧。"

想起了你。

去年，也是这个时节，你发来同样内容的短信。我说："忙啊。"你说："栗花不等人。"我开始在心里跟自己打架。结果，那个忙俗务的自己打败了那个想看花的自己。

新板栗上市了，却传来不幸的消息——你与夫人，在去遵化的路上遇到车祸，双双殒命。

我哭着，赶到迁西去为你送行。

一路想着你小小亮亮的眼睛，想着你温煦的笑。"师姐"，你总是这样叫我。是在一个会上，我提到自己的母校，散会后你跑过来跟我握手，说："咱俩同校、同系！"打那以后就认识了，开会总能见到。一次你说："师姐，咋没看过你写栗花呢？"我说："我还没见过栗花呢！栗花啥样？"你笑了："你亲自去看看不就知道了？明年栗花节的时候，我请你看栗花！我们迁西最多的花，就是栗花。花开时节，你随便放眼看过去，少说也有十万朵栗花入眼！"听得人神往得不行，欢快地应下来。不想，一拖竟拖了五六年……若知道再无机会与你同看栗花，在你说了"栗花不等人"之后，我定会断然抛却手头所有事务，马不停蹄去赴你的"栗花之约"。

快进迁西县城的时候，我看到一块巨型广告牌，上书"板栗之乡欢迎您"，那衬底的，就是栗花了吧？淡黄，穗状，挨挨挤挤。——师弟，师姐一再错过的，就是这些花吗？

胸前一朵白花，换走了你的笑。

你那么年轻，走时，心中装的遗憾，怕也有十万个吧？在那十万个遗憾当中，没约来师姐看栗花算不算一个？

岁月在眼前翻页，永不知倦。不等人的，又何止栗花？冥冥中，有双不识闲的手，永远以"倾覆"为使命。我们那来不及兑现的愿望，就那样随栗花一朵朵黯然飘落，凝眸处，已是尘泥。

你带走了十万朵栗花。今岁，就算我把自己送到繁花如瀑的栗花节，凋败的痛，也会在我体内恣意奔突……

怕它孤寂

　　余华笔下的福贵是个有意思的老人。他"赤裸着脊背"扶犁耕田，供他使唤的那头老牛疲惫不堪，消极的态度让他有点不满。他于是吆喝起来："二喜、有庆不要偷懒；家珍、凤霞耕得好；苦根也行啊。"旁边的人听了纳闷——一头牛竟然有这么多名字？便拿这问题问老人。老人说，这牛就一个名字，叫福贵。——可是不对呀，刚才老人分明一连说了五个名字呀！老人神秘地向疑惑者招手，想悄悄告诉他个中原委；但却欲言又止，因为他看到"福贵"正抬头看着他。他于是训斥那牛道："你别偷听，把头低下。"那牛便乖乖地低下了头。这时候，福贵老人才压低声音告诉那人："我怕它知道只有自己在耕田，就多叫出几个名字去骗它，它听到还有别的牛也在耕田，就不会不高兴，耕田也就起劲啦。"——这本是一头待宰的老牛。在新丰牛市场，面对一个霍霍地磨着牛刀的赤膊男人，它趴在地上，流了一摊眼泪。福贵不忍心看它哭，便顶着一群人的哄笑，用攒了大半辈子的钱买下了这头不中用的老牛，并和它共用了"福贵"这个名字。福贵老人把福贵老牛当成"伴儿"来对待，牵着它去水边吃草，就像拉着个孩子。他憨痴地随口叫出离世家人的名字，让老牛觉得，在不远处还有五头干劲冲天的牛正在和自己比赛呢。

　　丹麦作家约翰尼斯·延森也写过一个人与牛的故事，跟余华笔下的故事真可谓相映成趣——安恩是个老妇人，一天，她牵着她的奶牛来到了瓦尔普峡集市的牲口交易场。交易场上是那么杂乱喧闹，安恩却多么"安闲"啊！她晒着太阳，旁若无人地织着毛袜。那依偎在她身边、用头温柔地蹭着她肘部的，可是一头惹眼的"好奶牛"，它健壮结实，皮毛干净，"浑圆的乳房胀得鼓鼓的，软绵绵、毛茸茸地垂在肚皮底下"。商人来询价了，她说这牛不卖；屠夫来询价了，她又说这牛不卖。人们有些蒙了，又问了她些"这牛已经有主了吗？"或者"这牛是你自己的吗？"之类的话，安恩一一进行了回答，而她的回答令大家更加气恼——既然这头牛属于你而又不曾卖出，那你为什么高低不肯卖呢？你带它来这里，究竟是为了出出风头呢还是想拿大伙儿开涮呢？安恩老太太听了，神色慌乱起来，不得不向大家道出了实情："我的小村庄上就只有这么一头奶牛，它又没法同别的牲口在一起，所以我就想，倒不如把它带到集市上来，至少可以让它跟同类聚聚，散散心。"——居然是，她怕她的奶牛太孤寂，带它来集市上看一看同类，聊以解忧！

　　应该说，福贵和安恩，给过我太多的精神抚慰。我天生心软，是个"畏惧无畏"的人。年幼时读古书，不明白古人为何会将残鸷之人唤作"忍人"；后来慢慢懂了，原来，忍就是不动性、不动情、不动心，血液可以结成冰，肉身可以凝为铁。忍得下心，就下得去手——无视屠刀下生命的哀哭，无视樊笼里生命的哀号。"忍人"会说：动物嘛，生来就低人一等，生来就该果人腹、代人劳、分人苦、逗人欢、医人疾，动物需要什么尊严呀！

其实，福贵的牛，宰了也就宰了；安恩的牛，卖了也就卖了。它们是断不会抗议的，也不会变个鬼、托个梦来找那辜负了它们的人纠缠不休；但是，"不忍"的人，会在心里跟自己纠缠不休的。我喜欢这两个疼牛的老人，喜欢他们站在牛的立场上去想牛。他们乐于揣摩牛的心思，怕它消沉，怕它孤寂，怕它忧伤，于是，他们就激励牛、取悦牛，跟牛唠嗑、带牛散心，把这个世界的温暖传递到牛身上。

——在"新丰牛市场"，在"瓦尔普峡集市的牲口交易场"，福贵和安恩，还和自己心爱的牛在一起吗？

不顾一切地老去

天光有些暗。我侧脸照了一下镜子，竟被镜中的影像吓了一跳。那个瞬间的我，像极了自己的母亲；一愣神儿的工夫，我越发惊惧了，因为，镜中的影像，居然又有几分像我的外祖母了。我赶忙揿亮了灯，让镜中那个人的眉眼从混沌中浮出来。

——这么快，我就撵上了她们。

母亲有一件灰绿色的法兰绒袄子。盆领，泡袖，掐腰，用今天的话说，是"很萌"的款式。大约是我读初二那年，母亲朝我抖开那件袄子说："试试看。"我眼睛一亮——好俏气的衣裳！穿在身上，刚刚好。我问母亲："哪来的？"母亲说："我在文化馆上班的时候穿的呀。"我大笑。问母亲："你真的这么瘦过？"

后来，那件衣服传到了妹妹手上。她拎着那件衣服，不依不饶地追着我问："姐姐，你穿过这件衣服？你真的那么瘦过吗？"

现在，那件衣服早没了尸首。要是它还在，该轮到妹妹的孩子追着妹妹问这句话了吧。

人说，人生禁不住"三晃"：一晃，大了；一晃，老了；一晃，没了。

我在晃。

我们在晃。

倒退十年，我怎能读得进去龙应台的《目送》？那种苍凉，若是来得太早，注定溅不起任何回音；好在，苍凉选了个恰当的时机到来。我在大陆买了《目送》，又在台北诚品书店买了另一个版本的《目送》。太喜欢听龙应台这样表述老的感觉——走在街上，突然发现，满街的警察个个都是娃娃脸；逛服装店，突然发现，满架的衣服件件都是适合小女生穿的样式……我在书外叹息着，觉得她说的，恰是我心底又凉又痛的语言。

记得一个爱美的女子曾说过这样一段话：揽镜自照，小心翼翼地问候一道初起的皱纹："你是路过这里的吧？"皱纹不搭腔，亦不离开。几天后，再讨好般地问一遍："你是来旅游的吗？"皱纹不搭腔，亦不离开。照镜的人恼了，遂对着皱纹大叫："你以为我有那么天真吗！我早知道你既不是路过，也不是旅游，你是来定居的呀！"

有个写诗的女友，是个高中生的妈妈，夫妻间唯剩了亲情。一天早晨她打来电话，跟我说："喂，小声告诉你——我梦见自己在大街上捡了个情人！"还是她，一连看了八遍《廊桥遗梦》。"罗伯特站在雨中，稀疏的白发，被雨水冲得一绺一绺的，悲伤地贴在额前；他痴情地望着车窗里的弗朗西斯卡，用眼睛诉说着他对四天来所发生的一切的刻骨珍惜。但是，一切都不可能再回来了……我哭啊，哭啊。你知道吗？我跟着罗伯特失恋了八次啊！"——爱上爱情的人，最是被时光的锯子锯得痛。

老，不会放掉任何一个人。

生命，不顾一切地老去。

多年前，上晚自习的时候，一个女生跑到讲台桌前问我："老师，什么叫'岁月不饶人'啊？"我说："就是岁月不放过任何一个人。"她越发蒙了："啊？难道是说，岁月要把人们都给抓起来吗？"我笑出了声，惹得全班同学都抬头看。我慌忙捂住嘴，在纸上给她写了五个字："时光催人老。"她似懂非懂地点点头，回到座位上去了。其实，再过几十年，她定会无师自通地知晓这个词组的确切含义的。当她看到满街的娃娃脸，当她邂逅了第一道前来定居的皱纹，当她的爱不再有花开，她会长叹一声，说："岁月果真不饶人啊！"

深秋时节，握着林清玄的手，对他说："我是你的资深拥趸呢！"想举个例子当佐证，却不合时宜地想起了他的《在云上》一书中的那段话：一想到我这篇文章的寿命必将长于我的寿命，哀伤的老泪就止不住滚落下来……这分明是个欢悦的时刻，我却偏偏想起了这不欢悦的句子。——它们，在我的生命里根扎得深啊！

萧瑟，悄然包抄了生命，被围困的人，无可逃遁。

离开腮红就不自信了。知道许多安眠药的名字了。看到老树著新花会半晌驻足了。讲欧阳修的《秋声赋》越来越有感觉了。

不再用刻薄的语言贬损那些装嫩卖萌的人。不经意间窥见那脂粉下纵横交错的纹路，会慈悲地用视线转移法来关照对方脆弱的虚荣心。

柳永有词道："是处红衰绿减，冉冉物华休。"这样的句子，年少时根本就入眼不入心。于今却是一读一心悸，一读一唏嘘。说起来，我多么为梅丽尔·斯特里普和克林特·伊斯特伍德这两个演员庆幸，如果他们是在自己的青葱岁月中冒失闯进《廊桥遗梦》，轻浅的他们，怎能神奇地将自我与角色打烂后重新捏合成一对完美到让人窒息的厚重形象？

不饶人的岁月，在催人老的同时，也慨然沉淀了太多的大爱与大智，让你学会思、学会悟、学会怜、学会舍。

去探望一位百岁老人。清楚地记得，在校史纪念册上，他就是那个掷铁饼的英俊少年。颓然枯坐、耳聋眼花的他，执意让保姆拿出他的画来给我看。画拿出来了，是一叠皱巴巴的仕女图。每个仕女都画得那么难看，像幼稚园小朋友的涂鸦。但是，这并不妨碍我兴致勃勃地欣赏。

唉，这个眼看要被"三晃"晃得灰飞烟灭的生命啊，可还记得母校操场上那个掷铁饼的小小少年？如果那小小少年从照片中翩然走出，能够认出这须眉皆白的老者就是当年的自己么？

——从子宫到坟墓，生命不过是这中间的一小段路程。

我们回不到昨天；明天的我们，又将比今天凋萎了一些。那么，就让我们带着三分庆幸七分无奈，宴飨此刻的完美吧……

执虚如盈

　　■■■■■■　　每当听到学生们背诵《弟子规》中"执虚器，如执盈"的时候，我都会不由自主地放慢了脚步。

　　好喜欢这两个短句！一遍遍在心里默念它，被提醒的顿悟与被寄望的欣悦暖暖地包围了我。

　　从字面上来看，它很好理解——就算你手里拿着的器物里空无一物，你也要当它盛满了东西一样，小心翼翼地捧着，不要生出半点轻慢不恭。

　　我试图让自己潜入这两个短句的深层，轻轻叩问一下作者：先生究竟出于怎样的考虑，号召人们视"虚"为"盈"呢？难道说仅仅是为了爱惜器物、不使堕地吗？

　　——当然不是。

　　先生应该是十分看重那颗"恭肃的心"的。即使是捧着一只粗瓷的空碗，也当那里面盛满了佳肴美馔，不因"空"而生狎昵，恭肃的心，惴惴地悬了，让"盈"在这一刻成为"虚"的别解。

我得承认，我是慢慢喜欢上那种"执虚如盈"的庄肃感的。在这个美好的提示面前，我郑重地将自己所打发走的日子归了类，分为"执盈如虚""执虚如虚""执虚如盈"三个阶段。

在"执盈如虚"的岁月里，何曾知道自己正"执盈如虚"？生活将那么多盛满了琼浆的精美器物送到我手中，我却没想到它们都是需要我怀着一颗恭敬的心去珍爱的。这颗心，与其说是粗疏的，不如说是贪婪的，它惯于挑剔，惯于骄横，惯于在一朵花前遥想另一朵花。

后来，生活或是恼了？竟粗暴地略去了"洽谈"的程序，劈手从我怀里掠走了一些，又掠走了一些。我不能呼告，不能悲鸣，只能默默注视着自己越来越空虚的怀抱，惊恐莫名。于是，赞歌喑哑，腹诽茁长。一双"执虚如虚"的手，注定逃不掉被荒漠吞噬的命运。

感谢那个飘着海腥味的夏天，它使我幸福地读懂了"盈虚"的内涵。在那条仿佛被世界遗弃了的夜航船上，我站在甲板上看下弦月，一位写诗的大姐静静地站在我身旁，我叹口气说："月缺的日子，总是多于月圆的日子——多像生活！"大姐却说："换个角度想想，每一天的月亮其实都是圆的——你用光明的想象补充上那暗影部分就成了。"我把这说法进驻我的心的那一天看成节日，因为就是打从那一天开始，我渐渐修炼了一项将一弯金钩看成一轮玉盘的本领。

那一年，在大昭寺，顺着导游的手指看去，我们看到了那么多塞在"牙柱"缝隙里的牙齿。导游告诉我们说，这些牙齿都是朝圣者的，他们不幸死在了朝圣途中，同行者便敲掉他们的牙齿，将之带到这令他们神往一生的圣地。浩叹四起。我知道这些浩叹背后不乏鄙夷的同情，但是，我却忍不住朝那些牙齿深深鞠躬。想那毅然踏上朝圣之路的人，大概都曾逆料过这样一个途中抛尸的结局，可这却没有成为他们逃遁的理由。甘心的生命，甘心的灵魂，将空虚的朝圣之旅装扮得一路花开。

　　恭肃的心，充盈了器物；颖慧的心，充盈了月亮；虔敬的心，充盈了天地。说到底，真正空虚空洞的，既不是器物也不是生活，而是我们昏花的眼与蒙昧的心。

　　——"执虚器，如执盈"，是一种态度，更是一种境界啊。

卿卿如晤

最初，她只是他千万个读者中的一个。他在英国，而她在美国。

擅长写爱情的他一直没有结婚；而她，有着不完满的家庭。她的丈夫外遇不断，后来，丈夫居然爱上了她的表妹，不得已，他们离了婚。她带着两个孩子，从美国来到英国。就这样，他成了她可以倚靠的朋友。

这一年，他五十五岁，她三十八岁。

他们之间有许多密切的往来，但却不关涉爱情。

后来，她在英国的签证到期了，摆在她面前的是离境，而留下来的唯一办法就是与一位英国公民结婚。他决定帮助她，给她一个名分上的婚姻。就这样，两个彼此存有一定好感的人被命运安排成了名义上的夫妻。他们谁都没有料到，他们的关系还能往前走一步。

推动他们关系往前走一步的，是一只骇人的手。

一天晚上，她不留神在家里摔了一跤，双脚骨折了。送到医院检查，竟查出了癌症，且是晚期。他震惊了，突然意识到，苛刻的上帝，要以倒计时的方式计算这件珍贵礼物留存在他手中的时间了。

这是她处境最为悲惨的时候——背井离乡，经济拮据，又身染重疾。她有一张躺在病床上的照片，白发斑斑，双目无神，容颜憔悴。就是在这样的时候，他爱上了她，深深地爱上了她。这位写了太多爱情传奇的作家、学者，终于有机缘幸福地将自身放进一个真实的爱情传奇当中。

他们的婚礼是在医院举行的。新娘躺在床上，新郎坐在床沿。

婚后，他们"如一对二十多岁的蜜月中的爱侣"，缠绵缱绻，携手送走了一千个美丽的晨昏。

病魔再次向她袭来。她含泪含笑地走了。

他被孤单地撇在人世间。在那些泣血的午夜，他拿起笔，真实地记录下了丧妻后的大悲大恸。

那是一本写给她看的书，也是一本写给自己看的书。那本书，被台湾一位灵慧的译者译成了中文，书名就叫《卿卿如晤》。

他说，她离去的事实，像天空一样笼罩一切。他是那样地绝望。他不敢去他们常去的啤酒屋小坐，也不敢去他们常去的小树林散步。但他又强迫自己非去不可。他失了魂魄。稍一凝神，就是她唤他的声音，如母亲唤她的婴孩……他用自己爱的触须，碰触遍了他们相爱时的*丝丝缕缕、点点滴滴*。太多不期然的时刻，他的老泪"夺眶而出"。

他以为自己会在这无限悲痛中度过残生了。但是，没有。他如实地告诉她，也告诉世界，在那苦痛持续了十多天之后，他像一个被锯掉了腿的病人，在安上"义肢"之后，居然拄着拐杖开始学习走路了！

他为自己心理状态的好转羞愧不已，"觉得有义务要尽量珍惜、酝酿、延续自己的哀伤"。但是，他又坚定地告诉她说，他不要那样的虚荣。他要带着"女儿兼母亲，学生兼老师，臣民兼君王"的爱妻的那颗心，遵循生活的秩序，从容地活下去。他几乎是哀号着告诉世人："一切事物的真相都具有偶像破坏的特质。"——真相，惨苦的真相，不由分说地撕碎了我们煞费苦心经营的美丽构想，把我们不愿接受的一个丑陋结局当作礼物，猝不及防地塞进我们怀里。我们甩不掉它。我们所能做的，就是隐忍地揣了它，凭靠那被我们诅咒了一万遍的"义肢"，步步见血地赶路。

感谢他——伟大的C.S.路易斯！他为人间书写了一段最洁净无瑕的爱情；在他远远未曾爱够的乔伊走后，他用多情的笔勾勒出她"小轩窗，正梳妆"的美丽影像；更可贵的是，他勇敢地剖开自己的心，告诉乔伊，也告诉世人，他无意扮演"超级情人、悲剧英雄"的角色，他是普通的"亲人亡故的芸芸众生中的一个"，生活之水不会因岸柳的枯黄而停止流淌，日子照样还得过下去。就算是"取次花丛懒回顾"，也要硬着头皮朝前走。

所以，他在书的结尾处引用她的临终遗言，意味深长地说："我已经与神和好。"

——每个人，不都是被生活"截肢"的独脚汉吗？"缺失感"噬啮着我们无辜的心。洗澡的时候、穿衣的时候、坐下的时候、起来的时候，甚至躺在床上的时候，对永别了的亲爱的肢体的"怀念"悄然劫掠了我们，心中的苦味决堤般涌来，让我们痛不欲生；但是，蜿蜒的路，却赶来喝令我们悲苦无告的脚，逼我们将"行走"视为必做的人生功课。——这时候，如果我们愚鲁地选择"与神为敌"，就连那走远的人，都会在冥界为我们哀哭，不是么？

从爱之甘，到爱之憾，C.S.路易斯把他品到的爱的真滋味和盘托到我们面前。擎着这一册薄薄的《卿卿如晤》，如果我的手没有感到一种重压，我就没有资格入住C.S.路易斯苦心搭建的灵魂圣殿……

遇到今天的我，你是幸运的

　　███████　　初春时节，到凤凰山去踏青。不经意间往水塘上瞟了一眼，看到水面上点缀着一个个梭状的漂浮物，菱角大小，浅褐色，东一个，西一个，像是谁随手抛到水上的。俯身细看时，发现每个"小梭子"都由水底一根细线袅袅地牵着。纳罕地问我夫："你说，这究竟是什么东西呢？"我夫仔细观瞧半晌，哑然失笑道："荷钱儿呀！"——对呀！不是荷钱儿，又能是什么呢？只是，未及舒展的荷钱儿居然是这般楚楚可怜的模样，我真真是头一回见着。几天之后再来看，却见那一个个褐色的"小梭子"已欣然打开了蜷曲的自己，变成铺展于水面上的翠绿荷叶了。看着它们不由分说抢占水面的阵势，不由人心生快意——是呢，春天不就该这样么？不谦让，不讲理，先将暗淡混沌的画布涂一层逼人眼目的绿色再说。

　　——荷钱不能开口说话，我替它说了：遇到今天的我，你是幸运的。

　　周敦颐赞美莲花道"濯清涟而不妖"。曾有个女学生指着这个句子问我："老师，为什么作者说莲花'不妖'？那么，谁'妖'呢？"我被她问愣了，想了一会儿说道："'不妖'嘛，就是说这花不显妖媚之态，它不会魅惑你的手，让你轻易就可以把它摘回家去，它是一种自重的花；谁'妖'呢？芍药'妖'吧——你看，刘禹锡不就有诗道'庭前芍药妖无格'嘛！"站在盛开的荷花前，我又忆起这段有趣的师生对话。其实，"妖"也罢，"不妖"也罢，不过是文人强加于花的一种自我情愫。我单喜欢荷花对污泥的报复！立足于那么污浊的环境，却义无反顾地用完美报复着丑陋。我喜欢在荷塘边的柳荫下小坐，听任那一派清芬涤尽我浑身的庸懦。我殷殷叮嘱自己：看一回荷花，你就要添一些勇气。

　　——荷花不能开口说话，我替它说了：遇到今天的我，你是幸运的。

　　溽暑中，我像孩子一样，擎着两支青青的莲蓬，一粒一粒抠着吃白嫩嫩的莲子，就像在欣赏一个荷塘精妙的季度总结。是谁，把荷钱的心思、荷花的心思，一股脑地提炼出来，凝成这一颗颗饱满沁香的子实？这子实，不就是一个池塘的锦心绣口么？吃罢了莲子，也不要丢掉那空空的莲蓬，带回家，插进花瓶，看它慢慢褪掉青色，用萎顿却不失风致的姿态忆念着远方的池塘。谁见了都会夸："好美的插花！"这时候，你就可以驱遣着思绪幸福地回到那个快乐的日子，向朋友娓娓讲述起一粒一粒抠着吃白嫩嫩的莲子的故事。尽管你仅仅吃了有限的几个莲子，但你心中那美好的回味却是难穷尽的。

　　——莲子不能开口说话，我替它说了：遇到今天的我，你是幸运的。

秋来，带着一丝侥幸去池塘。心说，或许，有一两朵慢性子的荷花，愿意在这秋风乍起的日子里，耐心等我。哪知，我想错了，所有的荷花都不见了踪影，连荷叶都已萎黄残破。我的相机，陡然失去了使命——这般光景，镜头何来胃口？正要转身离去，却见荷塘深处有一叶小舟，两个穿了水鬼服的挖藕人正在那里忙碌。许是挖出了又肥又长的莲藕，他俩齐声欢叫起来。我忙举起相机，将他们欢快的劳动场面拉到眼前。——嚯！好多的藕呀！小船上的两个大筐都装满了。那藕，看上去黑黢黢的，被污泥严严地包了，却让你忍不住想象着它俊白的模样。我一边按着快门一边跟自己说：你好福气，看到了荷花美丽的根由！却原来，夏日里见到的那些撩人眼目的翠叶娇花，竟是打从这一截截不起眼的根茎上生发出来的。说起来，这该是件多么让人称奇的事——当荷香随夏风飘忽远去，藕，从淤泥深处抽出一缕珍贵的芬芳，成为思荷人齿颊留香的佳肴美馔。

——莲藕不能开口说话，我替它说了：遇到今天的我，你是幸运的。

在这池塘中安家的，就是这样一种植物，无论你在哪个时刻遇到它，都会觉得它是绝好的——幼年有幼年的疏狂，盛年有盛年的风光，中年有中年的奉献，老年有老年的气象。有谁，能像它那样，把一生活成一个美妙的寓言？有谁，能像它那样，在生命中的任何一个时刻都可以说：遇到今天的我，你是幸运的……

喜　舍

去石家庄公干，事情办得出奇的顺，凭空多出来一个晚上的时间，跟自己说：买本书看吧。

便到楼下的小书店去选书。看到一本星云大师的《喜舍》，眼睛陡然亮了。翻书看时，发现内页有两处打眼的破损，便跟卖书的女孩说："帮我找本新的吧。"女孩抱歉地说："就剩这一本了。要不是有这两处破损，也早就卖出去了。不过，您仔细看看，虽说有破损，其实是不影响阅读的，两个洞洞都在空白处。"我笑问："可以打个折吗？"女孩说："对不起，我是为别人打工的，对任何一本书都没有打折的权力。"我按照标价，递给了她二十元钱。

整个晚上，我都在虔心聆听大师的教诲。精警动心的语段，在本子上做了摘录；禅意氤氲的插图，用手机拍了照片；博大深邃的思想，入心生根，永生难忘。

　　书不厚，到23点，我已经全部看完了。"过河要拜桥"，遵从着星云大师的教导，掩卷之后，郑重将书捧于面前，恭敬地道了声谢。

　　第二天一早，吃过了早餐，我拿着那本书去找那个女孩。初升的太阳照在女孩青春姣好的脸上，看得人心生欢喜。正埋头拾掇书案的女孩一抬眼，看见了我，也看见了我手里拿着的那本书，惶急地说："我们卖出的书一律不退不换的。"我笑说："我知道。我看完了这本书……"不等我把话讲完，她就抢着说："看完了也不能退呀！谁买了书都会看完的，要是人人都看完了就退，我们的生意还怎么做呢？"我说："看把你急的，你倒是听我把话说完呀。我是说，我看完了这本书，觉得非常棒；而你的书店里就剩下这一本书了，再有人想买，就买不到了。所以，我就把这本书送了回来。我首先推荐给你看，你看完了要是觉得好，还可以推荐给别人看——当然，如果你愿意，你还可以再把它卖给喜欢它的人。"女孩的眼睛越瞪越大。最后她说："你心真好！……不过，我可是一分钱都不能退给你呀！"我说："我不要钱。至于我想要什么，你看完这本书就知道了。"

　　告别了女孩，一个人拖着拉杆箱走在骀荡的春风里，沿路是开得正盛的樱花。我忍不住地想：那个女孩，究竟会不会去那本书中寻找答案呢？当她读完了那本卖出去后又跑回来的书，她还会是原先的那个自己吗？她会不会像我一样，有生命摆脱匍匐后御风而飞的感觉？或者，她根本就不会去读那本书，单会痴痴地想：这究竟是一本怎样的书呢？作者到底在书中施了怎样的魔法，竟可以让一本定价二十元的书卖出四十元的好价钱……不管怎样，那女孩定是欢喜的吧？当她下班回到家，跟父母谈及此事，她的父母像听传奇一般听着女儿讲述发生在自己身上的美妙故事，他们的心，定然也是欢喜的吧？而这些欢喜的根芽，缘于我一早临窗梳妆时一个小小的念头。我用"送书"这个举动为这本《喜舍》写了一篇不一样的"读后感"。我御风而飞的欢悦，无人能及。

　　——亲爱的女孩，你找到星云大师给出的答案了吗？星云大师说："唯有'给'，才有好因好缘。舍，看起来是给人，实际上是给自己。"

将你衔走

　　■■■■■■　不止一次来过大连海洋公园。这次来，几乎是直奔让我惦念的海象而去的。

　　那不是一种俊美的海洋动物。它体态庞大，看上去拙而丑，像一只放大了上万倍的灰褐色的蛹。它没有讨人喜欢的白鲸那样的福分，有资格住在超豪华的巨大水箱里，一天到晚举着一张据说是"微笑"的脸自在戏水。这两只悲惨的海象，住在小到仅容转身的"迷你"水箱中，愤懑地游来游去。

　　我索性蹲下来，看它们游泳。

　　今天，它们似乎是商量好了：公海象卧在水底休息，腾出足够的空间供母海象做运动。那只母海象稍一发力，不出一秒钟的工夫，就触到左边的箱壁了，它只好一个打挺翻过来仰泳，不出一秒钟的工夫，又碰到右边的箱壁了。这个局促的小小空间，仿佛就是为了让它戒掉"水中散步"的嗜好而特意打造的……去年，一个在北京打工的亲戚说他租到了一间"胶囊房"。头一回听到这个名字，我心里"咯噔"一下，当下就琢磨：谁这么善于命名？——"胶囊房"，形象得让人心中泛起了比胶囊"内容物"还苦的苦味啊。眼前的这两只海象，不也相当于住在"胶囊房"中吗？真想问问它们：梦到过海洋吗？那让你无论怎样畅游都不会碰壁的蔚蓝色海洋啊……

　　在来海洋公园的路上，一个同行者问导游："怎么看不见你们大连的女骑警呢？"善言的导游苦笑着说："我们的女骑警安然无恙，有恙的是那些马。那些马，就算天天戴着护腿、吃着钙片也挡不住腿关节出毛病。原因找了一大堆，有人说这些马太老了，有人说这些马太娇了。权威兽医给出的答案是，因为水泥路面太硬了，一点弹性都没有，那可怜的马腿，就是生生让这硬死人的水泥地给戳伤的……"

　　我想，更重的伤，应该在它们的心里吧？这草原的浪漫情人，用轻巧的蹄子踏着草香与花香，风中扬起美丽的鬣鬃，夕阳下站成绝佳的剪影，那才是真正属于它的生活啊。当它来到灯红酒绿的城市，它的面前就只剩下了走也走不到尽头的水泥路。——它想过出逃吗？

　　我有一个爱诗的学生，写了多年的诗也不见长进。就在我对她几乎要绝望的时候，她写了几行让我对她刮目相看的诗，她写道：

　　　　我的车啊

　　　　快将我从钢筋水泥的

　　　　棺椁中衔走

　　　　随便丢到

　　　　哪一片春意氤氲的田野

我会立刻盛开

给你看

读着这样的好诗，我会忍不住将自己放进去，将自己的爱放进去。我自怜地问：我的盛开，我们的盛开，正被谁一次次凶蛮地劫持？

看着愤懑的海象，我的心有了一种压榨感；想着不幸的马儿，我的腿竟也隐隐作痛起来。我不明白，为什么"抑郁"这个词突然有了可怕的普世性。海象与马，都是智商很高的动物，我战战兢兢地寻思，大概，聪明的它们也难免"抑郁"吧？"抑郁"的时候需要服用"百忧解"吗？为它们做"心理按摩"的医生在哪里？

在我替海象思念海洋的时候，在我替马儿思念草原的时候，我自己被抛弃在了哪一阵风中？我步了谁的后尘，惴惴地用"适应"泡了壶茶，却每每喝出"不适应"的况味。我们都回不去了吗？

——能将我们衔走的，除了梦想，还有什么？

第二辑：
花万岁

　　美丽的力量，是一种让你的心儿变软、骨头变硬的力量；美丽的力量，是一种让你愿意抛却怨艾、铭记恩泽的力量；美丽的力量，是一种让你勇于摒弃那个丑陋旧我、悉心培植纯美新我的力量。美丽的力量，是人人心中都适宜生长的一种可爱植物。看重它、培育它、欣赏它，让它成为你爱这世界的一个重要理由。

——《美丽的力量》

那立足于泥土的鲜活生命，与大地有着最真切的关联。——《为花忙》

花香拦路

那日黄昏，步行穿过一个小园。眉头上了锁，满腹俗事沸腾。路的尽头，等着我的，依然是一件无趣的事。

突然闻到了紫茉莉的香味，匆遽的脚步倏地慢下来。

满目绿色，寻不见花的踪影。我岂肯甘心让花香撇下？任着性子，潜入小园深处，寻宝般寻起紫茉莉来。

蝉声顿噎。我猜想，蝉正在高处俯瞰着我，外凸呆滞的眼睛，警觉地捕捉着树下这个人的一举一动。我在心里嗤笑它："典型的防卫过当，根本不是冲你来的！"

——寻到了！好大一棵紫茉莉！在蔓草中，一群小花，兀自吹着紫红色的迷你喇叭。我长长吁出一口气，想：几多年不见紫茉莉，依旧这般模样，依旧这般芬芳。

儿时，家中有个小小的后院，外祖母遍植了紫茉莉（冀中人唤它夜来香）。一到夏天，它的香气就缠牢了我。我喜欢它馨雅迷人，喜欢它花开不断，喜欢它五个小花瓣薄薄皱皱楚楚可怜的模样。清楚地记得，那年家里来了个北京亲戚，竟管这花叫"晚饭花"。这奇怪的名字，把我和表姐都逗笑了。现在想来，这名字多亲、多暖！唤它"夜来香"，不确切呢。它并不是在真正的夜间开放的。它很会挑，它挑在晚饭时分开放。它就是要在人间烟火气中安妥自己的那一缕香。

于我而言，紫茉莉，无疑是一种"怀旧花"。它的香气里，藏着我的少年时光。低头一嗅，光阴折叠，我三步两步就迈进了昨天。

这本是个缺乏诗意的黄昏，却因了一缕曾经谙熟的花香，显影了一方旧日时光。我拦住那个在"晚饭花"中笑弯了腰的自己，让她对着今天这个眉头上锁的自己发问：你竟是为了会晤忧烦才走了这么远的吗？你将笑的本领丢在了哪段烟尘飞扬的路上……那个被问的女人或是羞了，谦恭地朝紫茉莉讨要了两颗"小地雷"（花的种子），暗许将它植入心壤。

才知道，奔赴一个无趣的事件，原也可以端出有趣的心情。花香在我鬓边，花籽在我手中。有一种灵魂的雀跃，说来就来。

——一朵花，救了我。这话说起来也许不会有人信，但我可以证明，我，确乎是这样被救的。

一　湖　云

　　━━━━　来到镜泊湖，获赠一湖云。

　　此前，我被允来此处戏水泛舟，啖鱼赏瀑，何曾逆料，她送我的见面礼，竟是一湖云！

　　才知道为何会用"镜"来命名一个湖。当真就是一面平滑洁净的"镜"啊！苏轼所谓"风静縠纹平"，应该就是此番景象吧。再看那"镜"中的白云，一朵朵，仿若被绣在了湖的天心。一时间，我竟可笑地以为，只要我的手法足够高妙，我就能轻巧地揭下那一匹匹美丽的织锦，裁袍缝衣，一任我意。我大张了双臂，在意念上拥住了这一湖云。我深信，我此刻拥住的，已是这个湖所能给我的绝顶美色。我仰头望天，跟云们说："嘿！你们一个在天上，一个在湖中，硬是把我夹在中间——你们，竟不怕生生把我美死吗？"倏然间，莫西子诗的歌从唇边冒出来，冒出来牢牢缠住了我——"我们就只是打了个照面，这颗心就稀巴烂……""稀巴烂"的心，一点点被我抛进水中的云端，覆水难收。

坐在餐桌边，却不停地勾头看手机。我在搜索镜泊湖的四季气温以及牡丹江的房价。搜完了，自嘲地暗问："难道，你竟打算来此地定居吗?"——我狂野不羁的"打算"，总是华丽丽越过了我谨饬审慎的理性，以一副荒唐至极的面目，小丑般跳到我面前。然而此刻，我却无意自嗔自责。我温柔地对那个荒诞不经的"打算"说："要怨，也委实怨不得你。"

借宿湖畔的几天，天天怀着不可告人的目的，来湖边找寻那一湖云。然而，镜子沉入了湖底，湖面起了波澜；天上的云，也早已不知所踪。可我却是那么执拗，直到上车前，还借口去洗手间，跑到落地窗前瞄了一眼那湖。特别渴盼瞄见那一湖云，特别害怕瞄见那一湖云——我想要一个重温的时刻，又担心多一份牵绊的理由。

我回到了远离那一湖云的城市。

不能听到有人提及镜泊湖，不能听到有人提及牡丹江，甚至不能听到有人提及东三省，只要一听到，立刻进入极度兴奋的状态，自顾自开讲"一湖云"。

单位对面有个烟雨湖，小得可怜，湖面没有云朵来殷勤投影。深秋时节，我和白头的芦苇们并排站在湖边。面对琥珀色的湖水，我听到我心底有个声音在说："请允许我为你做一件事——把我获赠的一湖云，转赠给你吧!"我开始不辞辛苦地从心头往下卸那些繁丽的云朵。她们那么轻盈，那么乖巧，那么任人摆布。很快，我就卸了满满的一湖云。我俯首凝视自己的怀抱，仿佛是要检点心头还剩几多白云。突然，我兀自笑起来，因为，我发现自己心中的云朵居然越卸越多……湖畔有红男绿女在走，然而，没有人看见我"卸云"的壮举。芦苇们前仰后合，仿佛在笑，莫非，它们觉察到这湖起了微妙的变化？反正它们和我一样，莫名欢悦起来。一湖云，厚待过我，抚慰过我，招引过我，追随过我，幽禁过我，救赎过我。在太阳底下那面硕大的镜子旁，我接受了一种异样的美的点化，从此，我的怀抱不再寂寞空虚。

心中装有一湖云，逢水即牧一湖云。云在我心上，我在云心头……

稼轩稼轩，你开个微信公众号吧

　　学校举办"宋词狂欢节"。我提议："咱们五个班子成员一起出个节目吧！"大家一致同意。于是我便策划了手语版的宋词朗诵——辛弃疾的《鹧鸪天》："晚岁躬耕不怨贫，只鸡斗酒聚比邻。都无晋宋之间事，自是羲皇以上人。千载后，百篇存。更无一字不清真，若教王谢诸郎在，未抵柴桑陌上尘。"我们请来了唐山市特殊教育学校的手语教师，让她逐字教我们用手语"朗诵"。我们用手机录制了视频，分头在下面反复练习。张宜年书记说，他躺在被窝里还在用手比画呢！我则对着落地镜，一遍遍地用手语诵读："千载后，百篇存。更无一字不清真……"读着读着，我的眼泪就下来了。我跟自己说："跟那些聋哑人相比，你多么幸运！你一开口，就可以字正腔圆地朗诵出这么美的辛词；你今生头一遭用肢体语言'说话'，而你所'说'的，恰是你最爱的辞章；假如真有那么一天，你失音了，你不借助唇舌，第一句流畅'说'出的，会不会是辛弃疾的《鹧鸪天》呢？"那天，我们的表演非常"惊艳"，观众在笑，含泪地笑……那场"宋词狂欢节"，最炫的，是辛弃疾。

说起来，我是多么迷恋辛弃疾！我们校园的铁艺围栏上装饰了一些红色的警示牌，警示牌上写着我们精心挑选的警示语。其中一句是辛弃疾的——"我见青山多妩媚，料青山见我应如是"。一天，我路过这块警示牌，恰好遇到一位老者在为它拍照。我问他："您也喜欢这句话？"他答道："我喜欢说这句话的人。"我没再问他知不知道说这话的人究竟是谁，我也没必要知道他究竟知不知道说这话的人究竟是谁。一句"喜欢"，就已够了，不是吗？那一年，我们学校的学生参加 B 大学的自主招生考试，抽到的题目居然就是这句辛词！所不同的是，白纸黑字赫然书曰"我看青山多妩媚，料青山看我应如是"，让考生谈谈对这两句辛词的理解。我的学生回来跟我说："老师，可能坏事了！我一上来就开始质疑这个版本。我说：我们老师曾经讲过，这两句词有两个不同的版本，一个版本为'看'，一个版本为'见'。我们倾向于'见'。'见'是无意而看，更契合作者对青山'一见钟情'的心……老师，我好担心人家评委说我卖弄。"我说："怎么会！或许是出题人故意这样设计题目，就等着你这样的明眼孩子来纠正呢！"

一个闹嚷嚷的聚会。忽听一个即将毕业的中文系研究生说她正在写毕业论文，论文题目是《揾泪英雄辛稼轩》。我立马起身，绕过众人去握她的手。我恳切地对她说："你的论文题目让我倾倒！"辛弃疾，骨子里是个英雄，不是个词人呀。他叹"蛾眉曾有人妒"，我一直在想，他的"蛾眉"，原是"弓刀"吧；在"宜醉宜游宜睡，管竹管山管水"的日子里，他心中的那个英雄也未曾眠去；他将剑锋移上笔锋，但"写尽胸中，块垒未全平"；那"看试手，补天裂"的豪气，从不曾被光阴削减一分一毫。辛弃疾使我懂得，唯有胸中的英雄气挥发出的才气，才能散发旷日持久的光芒。

辛弃疾预备了一席有硬度的珠玑美宴，慷慨地赠予他身后的人们，你只需在纸页上稍一凝眸，那些字就倏地立起来，在你面前不倦地横槊起舞。

在手机阅读势不可当的今天，我订阅了许多微信号，也关闭了许多微信号。有个开了微信公众号的朋友坦诚地跟我说："没人打赏，我都焦虑了。我给广东的表弟发去微信红包，让他给我打赏用。"真真令人哭笑不得。这时，我听见自己心里有个声音在说：稼轩稼轩，你开个微信公众号吧！我敢说，大批"辛迷"都将争先恐后地为你打赏……

月下看猫头鹰

殿波的微信几乎都是跟绘本有关的。我送他一个雅号：绘本之父。我曾有幸走进"绘本之父"的家。哇，顶天立地的书柜里，摆满了绘本！他那一团稚气的妻子和一团稚气的孩子（那孩子足有一米八高了），也被他带动得沉溺于绘本中，不能自拔。殿波说，晚饭后三口人窝在沙发里看绘本，是他家最惬意的夜生活。

我让殿波说一说在这些绘本中他的最爱。他眼里闪着孩子似的天真的光，脱口道："当然是《月下看猫头鹰》！"

记住了这个书名，却没有急着去寻去看。直到有一天，这只猫头鹰几乎是和我撞了个满怀。

我独自乘坐火车，对面座椅上的一对母女正在翻看一摞绘本，其中居然就有《月下看猫头鹰》！我正在埋头读一本教育管理类的书，讲南方普通话的妈妈开始为她的女儿读《月下看猫头鹰》了。我索性丢掉手里的书，闭目静听。

一个孩子，跟随父亲踏着积雪走进夜的松林。父亲模拟着猫头鹰的叫声吸引猫头鹰。月光照着他们冻僵的脸。他们等啊等啊，终于，松林深处传来了回应的声音……

故事还没听完，我已经按捺不住地网购了《月下看猫头鹰》。

绘本送到我手上时，房间里坐了很多人，聊的是关于"资金缺口"的沉重话题。大家好奇地盯着我手里的邮件看。我知道他们希望我当场扯开包装袋向他们炫耀新购的书。但是，我没有。我不想跟他们解释这么大一个人为啥会网购一册绘本。

关起门，我尾随着那个女孩和他的父亲，再次踏着松脆的积雪走进夜的松林。蓝的夜，白的雪，银色的月光，金色的猫头鹰。当爸爸倏然打开他的手电筒照到那只循声而至的猫头鹰时，父女俩与猫头鹰对视，我与纸上的这个场景对视。"你看我，我看你，看了一分钟，三分钟，或者足足看了一百分钟……"当那个金色的精灵化作一道黑影飞走，我们都没有叹息。书上写道："出去看猫头鹰，不需要说话，不需要温暖舒适，也不需要别的什么，只要心中有一个希望。那个希望，会用没有声音的翅膀，在明亮的，看猫头鹰的好月光下，向前飞行。"

月下看猫头鹰，一百个人看到了一百种"心像"。甚至是，你缺少什么，你就被殷勤弥补了什么——父爱那么真切，仿佛随时可以从纸上走下来，暖暖地拥住你；美那么真切，在你与月下的猫头鹰对视时，美就在你的襟袖之间盘桓；勇气那么真切，自觉拒斥"温暖舒适"的心，因为获得了嘉奖而变得愈加强大；希望那么真切，你只需耐心地等一等，它就会和着你心底的歌声翩然飞临……这多像一个投射一生的神秘寓言，在"好月光"的照耀下，它稳稳地托举着你，向前飞。

　　我想，每一个人，都应该到月下去看一回猫头鹰；至少，也应该看一回《月下看猫头鹰》。世界妥藏了太多的美，不轻易示人。那幽密的通道，只朝热切渴望的心灵洞开。当现实将我们抛在毫无诗意的世俗荒野，当岁月一点点收走我们曾经葳蕤的童真，我们还有没有兴趣跟着那父女俩来一场纸上的冒险，兴致勃勃地邀约隐匿在松林深处的猫头鹰？

　　在发给殿波的微信中，我写道："我看到了月下的猫头鹰，并且是不止一次。嗯，那的确是一只非常'治愈'的猫头鹰，我的'成人病'，竟在那凛冽的冬夜里被猫头鹰一声声'呼呼'的啼叫给吓跑了……"

你抱着花，我抱着你

　　"你抱着花，我抱着你"，这是我受朋友之托，为他烧制的美丽花器拟写的一则广告语。

　　恍然惊觉——将这个句子赠予人，我才真正拥有了它。

　　在陶瓷博览会上，我分明听见那相中我的花器在殷勤唤我："带我回家，好让我抱着花，好让你抱着我。"我笑了。用指纹亲近她细腻的肌理。所有的瓷器，都曾是一块贱贱的泥，火的红绸反复擦拭她的身子，于是她醒了。她惊讶地看见了脱胎换骨的自己。当一个价签走近她，她悄声自问："天！这是我吗？我有这么金贵？"所有瞄见这价签的人都在讥笑，他们说："泥巴咋就卖出了金子价！"我在心里替她不平："浴火的时候，她有一万个理由粉身碎骨，并且，她的太多姐妹都已香消玉殒了；然而她撑过来了！她遍体傲人的痛，让所有的价签都该对她道一声'抱歉'呢！"怀着一份不可告人的隐秘欢悦，我有口无心地杀着价，当卖家坚决捍卫一件花器的身价时，我竟在心中暗暗叫了一声"好"，欣然掏钱买下了那件在我看来便宜透顶的宝贝。

花器张着嘴儿，等待一枝宿命的花。

你瞧我选的花器，小者不盈握，大者及人腰。买来花器，又开始遍寻适合那花器的花。先给那不盈握的小可爱喂了一枝勿忘我——难看死了！花与花器门不当，户不对，彼此都让对方给衬得丑到家了。赶紧给它们拆开。又分别将绿萝、铜钱草、秋葵干果赠予那小可爱，竟一律排斥！我气愤地对它说："小祖宗，你咋就这么难伺候啊！"后来，我在校园里散步，看到忍冬花红宝石般的玲珑果实，顿时欢叫起来。我朝忍冬树讨要了一小枝果子，回来小心翼翼地喂进那小可爱的嘴巴——哇！整个房间都亮起来了呀！

花与花器，不一定都要白头偕老的。隔一段时间为花器更换一种适宜的花，被我解读为"人道主义"。插好了花，要做的第一件事就是为它们拍照。趁着初遇，趁着惊喜，留下最有感觉的影像。待到光阴蚀了那感觉，待到新桃换了旧符，照片就开始絮絮讲述一个韶润迷人的故事了。

赞我花器者，被我高看。我的经验告诉我，对美敏感的人，会自觉地拒斥丑。你想吧，一颗仰慕着美的心，只顾对美上瘾了，哪能舍得令自己去与丑为伍呢？而那一身俗骨的人，对美盲视，亦被美鄙弃。面对花与花器，他视而不见，滔滔不绝地述说着更为重要的事情；慈悲的花影投射了他一身一脸，而他，用一个臭烘烘的句子就将它们消解掉了。

只有你真正需要的东西，才能真正走进你的生命里。有一种光，本是从你体内发射出来的，你却误以为是那光厚待照耀了你。

——当你抱着花，当我抱着你，空虚远去，寂寥蒸发。那一刻，我将心与面，都交付了安详。冥冥中，听见罗伊·克里夫特在吟哦：我爱你，不光因为你的样子，还因为，和你在一起时，我的样子……

井底有个天

在"万里浮云阴且晴"的日子里，徽派建筑等来了远道而来的我。

粉壁黛瓦马头墙、木雕砖雕石头雕，我都可以不看，偏偏迷上了"天井"。好端端的房屋，没来由地就在屋顶开了个长方形的洞，暗沉沉的房里，跌进一束天光。在宏村，在黄村，在渚口村，天井引我仰望。

殷实的人家，房屋都是用上好的木板围合而成。木香裹挟了我。不是那种新鲜的刨花的香，而是年轮被岁月的手反复摩挲的香——沉郁、低回、缠人。没有窗户，也无须窗户，天井里流泻而下的光，充溢了房屋的每一个角落。坐在一把包浆喜人的老木椅里，安静地抬眼望天。突然发现，那天井居然是活的——流云带动了天井，那精心镶嵌于屋顶上的画，便朝着与风相反的方向游移。好好的阳光，倏然落下几滴雨来。亮亮斜斜的银丝，就在我眼前垂挂而下。幽暗的老屋，被这几丝不期然飘落的雨挑逗得风流蕴藉；我看见雨落在"井底"滑腻的苔藓上，又不动声色地消隐于水槽中。我看呆了。想，若是落雪呢？（导游说过，这地方冬日是要落雪的呀）炉中的火苗舞蹈着，被雪拦在家中的人儿，"卧观天井悬"，看一朵朵雪花从天井里热切地扑进屋内，边坠落，边融化，坠到青苔之上，已没了筋骨；又忍不住想，若是夏夜呢？夏夜里繁星闪烁，坐在凉爽而又蚊虫不侵的屋内，摇了扇子，悉心点数天井圈住了几多星星，暗暗记下，与下一个夜晚天井所圈住的星星作一下比对，隐秘的欢悦，漫上心头……落花时节，天井会飘落花瓣雨吧？有鸟飞过，天井会滴落鸟啼声吧？

　　"四水归堂"，导游这样讲。天井，本是用来承接天降的雨水与财气的，四方之财，犹如四方之水，汇聚于我家——晴天阳光照进天井，即是"洒金"；雨天雨丝飘进天井，即是"流银"。又有民谣道："家有天井一方，子子孙孙兴旺。"或许，每一个天井里都藏有这样的美好祈愿吧。然而，我不相信为自己的家族祝祷乃是天井唯一的使命，就像我不相信世间花朵的绽放只是为了传宗接代一般。想那第一个建造天井的人，他一定是一个兼具哲人智慧与诗人气质的建筑家。他近乎负气地说："谁说天光一定要从四方的窗牖里泻落，我偏要从屋顶开一扇窗，恭请日月进驻，恭请风雨进驻。我就是要在井底有个天！我就是要在房屋的中央，供奉一个不走样的自然！我坚信，这一方自然里，住着福气，住着神祇！"——他赢了。在他身后，呼啦啦，千万间房屋都争先恐后地开了天井。于是，这里的人家都开始借一眼通天接地的井，纳财、纳福；于是，太阳在俯瞰这个蓝色星球时便忍不住朝这一片与它友好对视的眼睛多看了几眼。"会呼吸的房子"——这是外国友人对有天井的徽州老房子的由衷赞叹。是呢，借助一个神奇的孔洞，房屋呼出了浊气，吸进了生机。

　　当地人说："天井，是家庭的中心气场。"在"中心气场"的外围梳理四季，四季也变得圣洁起来、馨香起来。拥有天井的人家，该拥有怎样的岁月呢？这些人家，勇毅地掀开了生活的一角给天看。指天发誓，似乎成了一件更易于实施、更易于应验的事。——我发誓不负天下。我发誓不负春光。我发誓不负卿卿……一言既出，日月可鉴。用心耕犁生活的人，怀抱一颗拙朴的心，铭镂庆渥，感念福泽，屐痕至处，处处花开。

　　好人是最好的风水。懂得敬畏，懂得惜福，懂得图新，懂得守璞，懂得将自心与天心拤捏成一个整体——这样的人，不就是一块行走的"风水宝地"么？

　　——剪一方澄澈的蓝天，镶嵌于刻板黯淡的屋顶之上。自此，头上有个井，井底有个天；自此，林木的呼吸就来殷勤应和我的呼吸，天地的心事就来殷勤刷新我的心事。井在。爱在。烟火在。

幸好迎来了你

　　仅有二十五分钟的可自由支配时间，我问自己，我去哪里？嘴上还没给出答案，脚步却已将我往烟雨湖的方向带了。

　　这是一个小巧的人工湖。翠山的影子跌进水里；湖周围是木栈道；木栈道的两旁生满了各种亲水植物。我围湖散步，在心里叫着认识的植物的名字，向它们亲切问好；然后对那些不认识的植物说：喂，干吗把名字藏得那么深？

　　即使闭着眼睛，我也知道自己走到哪里了——西北方向的植物略带甜腥的味道，似乎是那种叫"千屈菜"的植物制造的；再往前走，到了西南角，那里的植物，以艾蒿为主，味道辛中带香；拐过一个弯，到了东南方向，那里植物的味道最为复杂，像调色板上涂满了丰富的颜料，难寻主色调，一丝丝草茉莉的清香潜隐于草香间，稍纵即逝，在这里，我总是不由自主地放慢脚步，纵宠自己的鼻子闻个够；到了东北方向，我可就几乎要跑起来了，因为木栈道的右手边是一条马路，汽油与尘土的味道，迫得人丢了从容。

我将那个著名的句子改成了这样——我不在烟雨湖畔，就是在去烟雨湖畔的路上。究竟是从什么时候开始，对这个湖上了瘾？我说不清。反正感觉很久很久了，久到遇到它之前。记得当年第一次听陈慧琳的《不如跳舞》，听到"让自己觉得舒服，是每个人的天赋"时，忍不住笑起来，想：这样的"天赋"，成就了多少"天才"呀！——今天我之去烟雨湖畔，是不是也可称作一种"天赋"呢？

每次去湖畔，都捐弃了一些东西，又获赠了一些东西。

越来越远离那个"无一语不可告人"的自己了。有些话，只愿意说给草木听。每次，我都听见那个湖畔散步者内心的语言汹涌澎湃。那天，凝视水边一种灿黄的花，单瓣，勇敢地裸露着心，突然愧怍起来，对她说：与你比，我是朵"重瓣"的花吧？深深掩藏了自己的心……不管怎样，说出了就好。说出了，就卸下了。

听熊芳芳老师讲奈保尔的《没有名字的东西》，听她讲那个叫波普的木匠从意兴盎然地制作"没有名字（自然也没有用处）的东西"到垂头丧气地制作"莫利斯式椅子、桌子和衣橱"，米格尔街上所有的人都觉得这个波普越活越靠谱了，但是，只有一个纯真的孩子，悼念般地怀念着制作"没有名字的东西"时的那个无比快乐的波普。下课后，我跟熊芳芳老师说："我就是波普……"——嗯，只有到了烟雨湖畔，我才远离了那个垂头丧气地制作着"莫利斯式椅子、桌子和衣橱"的自己，我才被这个温情的"没有名字的时刻"温柔俘获。

东南角的菖蒲长得可真茂盛。在菖蒲中，站着一块顶部平整的青石。每次走到这里，我都借意念将自己送至石上，盘坐。那天在星巴克喝咖啡，竟荒唐地想到了这块石头，自问：若是坐在那块青石上喝"拿铁"，眼观菖蒲俯仰，耳闻鸟鸣啁啾，该是何等滋味？

　　烟雨湖抚慰了孤寂而又疲惫的我。每一个从湖畔归来的我，都是一个重生的我。

　　——幸好有个烟雨湖！说出这个句子，又觉得意犹未尽，靦颜为烟雨湖设计了一句台词——幸好迎来了围湖散步的你……

附近有薰衣草

　　■■■■■　参加一个培训班，每日步行往返于一条新路。走到一面爬满常春藤的老墙前，闻到了薰衣草的香气。我停下来，四顾寻觅，却不见薰衣草的影子。再一次路过的时候，薰衣草的香气又如期而至。我纳罕极了，暗问常春藤：莫非，你是薰衣草嫁接的？这样想着，竟忍不住俯身去嗅那常春藤，自然未曾嗅出任何味道。那天中午，新雨过后，薰衣草的味道浓得就像打翻了薰衣草精油，我跟自己说：嗯，这浓郁的气息是多么好的线索！今天，豁出去迟到了，我定要寻到它！我踮着脚，绕到那面老墙后面，小贼一样，东瞅瞅，西看看，紫薇、凤凰花、草茉莉都顶着晶莹的雨滴开得正好，可就是寻不见薰衣草的影子。我是怀着绝望的心情离开的。整整一个下午，我都在想着薰衣草的事，满腹狐疑，释不开，放不下。就这样，一周的培训时间，二十多次路过，明知道附近有薰衣草，却最终也未能寻到它的所在。

　　或许，寻到了，就早忘了吧？恰是因为最终也未能寻到，它才会一直勾人魂，摄人魄。

多年前，学校空出来一小块地，老校长说："咱们栽些薰衣草吧。"大家都说好。去苗圃选薰衣草苗的时候，我也去了。苗圃老板娘说："三种薰衣草，一种五角钱一棵，一种一元钱一棵，一种三元钱一棵。你们自己选吧。"我说："我们当然要便宜的。"老板娘一指那紫花开得最繁盛的植物说："那就是这种。"我俯身去闻，却没有任何味道。老板娘笑起来："那么便宜的薰衣草还能有味？"说着，端来一棵顶着可怜的一小簇紫花的植物给我闻。——"唔！好香！"我叫起来，"这才是正宗的薰衣草呢。"老板娘说："这种三元钱一棵。"有个同事开玩笑说："涂了点香水，身价就高了哈？"后来我们才知道，那些开着繁盛紫花的植物，一种叫马鞭草，一种叫鼠尾草，它们都是"山寨版"的薰衣草，丝毫也不香。

自打学校栽上那一小片正宗的薰衣草，我才真正认识了这种植物。它香的，不仅仅是花，还有叶，还有茎——它通体的绒毛上都生有"油腺"，轻轻一碰，油腺即破，释出香气；紧邻薰衣草的几个教室的师生反映，整整一个夏天，教室里都没有蚊蝇；美术班的学生在老师的带领下，为薰衣草轰轰烈烈地进行了一次写生；只要一落雨，薰衣草就染香了整个校园，让你觉得随便抓一把空气都可以攥出淋漓的香来。但是，薰衣草又是多么娇气的植物呀，旱不得，涝不得，不断有死苗被拔除。干枯的叶子，捻碎了，满掌的香，真真应了那句"零落成泥碾作尘，只有香如故"。怜惜的痛，风吹难散。来补苗的苗圃老板娘奚落我们道："谁让你们当初非要栽这种薰衣草呢！又贵又难拉扯，总得补苗。你看你们西边那家，栽的都是一元钱一棵的薰衣草，皮实着呢！"可是，"西边那家"栽的薰衣草,它也不"薰衣"呀。

侄女去"薰衣草庄园"游玩,发过来一组照片。满眼紫色,煞是养眼。侄女的许多张照片都是在勾头嗅花,且作陶醉状。我却禁不住对着那照片上的人儿说:"宝贝,别装了,那都是马鞭草,半点都不香!"

那年在苏州十中,听诗人校长柳袁照讲,他的学校绝不允许一棵假花假草存在。他喜欢"玩真的"。的确,玩真的,才真好玩。真的香,真的醉;真的凋,真的痛。

昨天,开车路过那面爬满常春藤的老墙。秋深了,常春藤的叶子变红了,紫薇、凤凰花、草茉莉都隐匿了踪迹。隔了车窗,我仿佛闻到了干枯的薰衣草的芳香。我想,不管它藏身何处,它都用无意泄露的香气证明了它的美好的存在。只要一想到附近有薰衣草,我就六情顿喜,五体俱欢。我一遍遍微笑着告诉自己:它知道你知道它的存在……

那一场又一场的艳遇

　　喜欢侍弄花。喜欢将旁人 K 歌、宴饮、网聊、网购、斗地主、打麻将的时间拿来，统统花费在花身上。遇到花店的花、菜市场的花、路边的花（野生），往往立刻生出将伊领回家的"邪念"。——"嘿！这你也敢往家拿？"我家先生横眉立目地指着一棵爬山虎说："它会爬到你床上去的！"——甭吓唬我，我才不怕！遇到中意的植物，带它回家，欢天喜地地做定它的奴仆，将这原本空虚苍白的人生，甘心交付一场又一场的"艳遇"，这在我，是多么奢侈的事！

　　路过任何一株植物，都试图知道它的名字。所以，当有一次与一伙人外出，我就跟死了一个叫玉江的植物学家。你随便一指路边的一棵小草，他立马就叫出了它的名字，并且，该植物的种属科目、学名别名，他都门儿清。有一次，我去一所小学办事，在学校门口，遇到了一个卖盆花的小摊主。我俯身看他的一盆不知名的厚叶植物，请教它的名字，小摊主居然说："是多肉家的亲戚吧？"我大笑起来。就冲这名字，我要定了这盆花！回到家，闷得不行，不眨眼地瞅着那盆植物，在心里问它："小亲，你究竟叫什么名字呢？我辛辛苦苦捧你回家，你却连自己叫什么都不肯告诉我，太不够意思了吧？"这样想着，就忍不住拍了照，发给了玉江。玉江说："它叫金鱼吊兰，又叫金鱼花、袋鼠花，苦苣苔科，苦苣苔属。"半年之后，它开花了，颜色金红，腹鼓嘴噘，酷似金鱼。好后悔当初没留那个卖花小摊主的电话，否则，我定会拍一串金鱼发给他，告诉他：人家根本不叫"多肉家的亲戚"！

我家的阳台彻底被植物攻陷了。比我还要高出一点点的龙血兰是我家花卉中的元老，蘸着淡啤酒为它擦长长叶子上的微尘，是一桩妙事；虎刺梅一年四季花开不断，每早清扫凋谢的一地小花，这活儿，我才不肯让别人干；米兰大概四十天开花一次，花事最盛时，我家先生不顾天寒地冻也要开窗透气，"香晕我了！"他气急败坏地说；三角梅多长时间开一次花，完全取决于它的心情，开心时百日里施脂弄粉，抑郁时多半年垢面蓬首；不知为何，我对爬蔓植物欢喜得紧，红薯、山药都曾在我家爬出四米多长的藤蔓，那滴翠的长蔓穿插在白色的隔栅间，给夕阳一照，遍地花影扶疏，由不得让人想坐在那花影里，想一回最艳的心事……

有了美的花，没有美的花器是不成的。在每年的陶瓷博览会上，我都能淘到几件赏心悦目的花器。古意芬芳的水仙盆，拙朴素雅的插花瓶，"剖腹"的瓦罐，"开片"的大碗，各种大大小小令人爱不释手的异形花盆。后来，迷恋上了用麻绳自己缠花器。网购了一批麻绳以及与之相配的牙白色蕾丝花边，开始轰轰烈烈地缠了起来。家里闲置的瓶瓶罐罐，一律被我当成了宝物。缠呀，缠呀，越缠越上瘾。去超市购物，站在酒类柜台前挪不动脚步，因为相中了一个长颈酒瓶，欣然买回家，忙不迭地把酒倒进矿泉水瓶子里，开始争分夺秒地缠那个美丽酒瓶。就这样，我家拥有了 N 多个自缠麻绳的花器。就连今年暑期回家探望母亲，我都没有忘记给她带一个装饰了蕾丝花边的缠瓶。母亲举着那个瓶子看了又看，最后叹赏道："我闺女怎么还有这两下子？"我得意地笑着，往那瓶中注满了清水，插了一株绿萝，顿时，母亲的窗台旖旎起来。

　　与植物的一场场"艳遇"，又何尝不是与自我的一场场"艳遇"？在一片新叶中发现自己，在一茎花蕊中深读自己，在一次凋萎中审视自己……人与花，相互侍弄，相互警励，走出一片不败的春色。

花事四帖

海　棠

　　每年春天，海棠花开时节，我一定要寻理由反复路过文化路上那三棵老西府海棠。在这座城市里，她们大概算得上是祖母级的海棠花树了吧。每棵树的树干都是丛生挺直，竭力生长得更疏朗、更高峻，似乎是为了将数十万朵花开得更阔拓、更豪恣。春风摇蕾的日子里，长久仰望着那花树，巴望幸运地全程目击第一朵花开。倏忽之间，满树飞花。置身树下，感觉粉白的浪在头顶翻涌。那么鲜润，那么娇妍，与周围灰突突的环境格格不入，仿佛是从另一个粉雕玉砌的世界里快递过来的。谁言"海棠无香"？西府海棠的香，是袭人的，那是介于茉莉与槐花之间的一种香，醒脑，沁脾，牵魂。春阳下，我凝视一朵海棠花的花心，顿觉胸中尘滓全无，我湛蓝的心空，鸽哨般反反复复回响着这两句美诗——"二三星斗胸前落，十万峰峦脚底青"。

枣　花

你留神儿过枣花么？那是一种淡绿色的小花，甜气颇重。每年枣花飘香，我都能借着它特有的芬芳便捷地怀一次旧。我外祖母家的窗前就站立着一棵枣树。枣花开放的时候，总有野蜂飞来采花蜜，我和表姐便也学着野蜂的样子，采下一把枣花，贪馋地一朵朵舔花蕊。那么一丁点的甜，却又那么尖锐，让味蕾受用得不得了。"簌簌衣巾落枣花"，这是苏轼的诗句，第一次读到它，就欢喜得紧，意念中，那簌簌落下的枣花一朵也没有落在别处，都刚刚好落在了我和表姐的衣襟之上，抖落它们的当儿，上万个日子迅跑而过……记得有一部电视剧的女主人公叫"枣花"，我曾在心里对伊说：不如，你把这个名字让给我吧。

绒　花

我上下班的路上，两旁种植的是合欢树，当地老百姓喜欢唤它"绒花树"，我也觉得这个名字更恰切、更形象。绒花，就是绒球般的花，成百上千个细细袅袅的"绒针"亲密地攒在一起，攒成一朵微香微粉的花；无数微香微粉的花攒在一起，这条路的"颜值"可就高了起来。绒花盛开的时节，我每每替走在这条路上的人和跑在这条路上的车感到幸福。我妈说过一句名言："多在花前走，人也显精神。"绒花树栽种数年，树冠渐见丰腴，路两旁的树在空中热络地牵上了手，我于是拍了一张"绒花隧道"照片，得意地发到朋友圈，引来一片赞声。我的"绒花隧道"没有删除，绒花树却突然被删除了。来不及道别，绒花树就集体失踪了，只留下一个个丑陋的洞穴……那天，我恰好讲牛汉的诗《悼念一棵枫树》，不知不觉间，泪水滴落在了书页上。

丁　香

　　一夜细雨。清晨，我到单位值班。寻常的小路上，一幅奇景赫然入目——我们的五棵老丁香树，每棵树都以树身为圆心，用落花在小路上画了个规整的半圆（另外半个圆没入了灌木丛中）。三个紫色的半圆，两个白色的半圆，就那么静静地摆在雨后干净的柏油路上，惊得我半晌都挪不动脚步。每一个半圆都那么精美呀，就像卓越画师仔细拿落花拼的画；纤巧的四瓣花朵，经雨润过，未见半点憔悴；丁香的香气那么浓，仿佛伸手抓一把，就能攥出馥郁的丁香精油来。我想唤人来共赏，可惜，偌大的院子空寂无人。我只好将目光投向那制造了这神迹的丁香树，对她们说：喂，假如我不来，你们竟打算私享了这美么？

玲珑榴莲心

■■■■■■■　看到一组图片，拍的是榴莲从开花到结果的过程。那么粗壮苍老的枝干，没来由地就钻出一簇一簇小花苞。那些花苞排列得可真密呀，你拥我挤，互不相让，像是谁捆扎了一把把绿珠子，仔细地绑到了枝干上。慢慢地，花苞鼓胀起来，开出梨花样的乳白色五瓣花朵。盛开的榴莲花一律垂挂在枝干上，一团一团的，像是树在倒放焰火。似乎来了一场风雨，"焰火"瘦了些，又瘦了些，更瘦了些……树下堆起了厚厚一层残花。再看那枝干上，原先挨挨挤挤的花大多连花柄都谢落了，光溜溜的枝干，就像从不曾有过花开；只有些稀稀落落的花朵幸运地发育成了小榴莲。但这还不算完。又有凄风苦雨袭来，浑身毛刺的小榴莲又从枝头跌落下了一批——落花还没有成泥，落果就急着来寻它们了。再看树上，只剩了少而又少的一些榴莲，伶仃但坚毅地垂挂在枝干上，相约走到时光深处。从乒乓球大小，到网球大小，再到足球大小，128天，它们悲壮地走完了从花到果的全程，终于修成了"正果"……

有网友慨叹："榴莲国"的竞争太激烈了！"榴莲国"的淘汰太残酷了！

其实，榴莲开口讲了一个寓言，一个关于成长的寓言。

真正的成长必伴随扬弃。为了体现自我的生命价值，比咬牙坚持向前走更为重要的是懂得抛舍，像榴莲树那样，抛舍那么鲜润的花，抛舍那么嘉美的果。就像经过了精确测算一般，它明白自身任何一个位置的最佳"挂果量"。它没有死死抱着成千上万个"乒乓球"往前走，借助风雨，它明智地丢弃了一些，又丢弃了一些，这样，它就能够确保自己既不匮乏、又不盈溢，确保自己贡献给世界的是货真价实的"万果之王"。——你瞧，榴莲的心，是锦做的，也是铁做的，唯其如此，它才能既怡人眼，又怡人口，更怡人心呀。

叹不如物

少小时候，自卑多多——貌不如人，衣不如人，舞不如人；及至长大，自卑变换了频道——才不如人，名不如人，闲不如人；再后来，自卑又变换了频道——体不如人，思不如人，悟不如人……"不如人"的感觉真是糟透了，你被一把残酷的尺子量得体无完肤，却只能独自揣着一份羞于示人的痛，隐忍前行。

而今，该轮到我庆幸了吧——我的"自卑"，竟渐渐脱卸了丑陋的形貌，变成了凡庸生命中难以割舍的一份依怙。

某个清寂的春日午后，我独坐在郊外一个新绿初泛的小土丘上，无比自卑地观瞻了一下午喜鹊筑巢。她和他，轮流衔了草棍、树枝等"建筑材料"，一心一意修建爱巢。暖风吹着他们的灰色羽衣，阳光都开始淌蜜了呀。他们劳动，他们对话，他们交颈而歌。他们的巢，简陋至极，却又华美至极。我在心里对他们说："亲，贷款、首付、月供、物业、车位……这些词，你们都不知道吧？不知道，这真好。"

金风劲吹的日子里，我让自己的视线骄傲地跳过了闹嚷嚷的菊展，去追寻那些开得如痴如醉的野菊花。那些紧贴大地的菊朵儿，可真瘦啊，但攒在一起，却又是那么招眼的粲然一片。为了传递对她们深怀的好感，我特地穿了件黄色羊毛衫去会她们。我跟菊们说："今天，就是要跟你玩'撞衫'哦！"但是，跟她们的黄比起来，我的黄怎么那么难看呀？暗沉沉、灰突突、脏兮兮。被一朵瘦瘦的、贱贱的菊秒杀，我输得只想笑。

校园里种了几垄番薯，收获的时候，我惊讶地发现稀稀拉拉的番薯秧下面，竟埋藏着巨大的块根。每天，我从这一小块田地边经过，从来没听到过它们为自己唱赞歌、拉选票。它们静默地生长，不因"怀才"而狂傲，相反，却用谦逊的叶蔓低调地匍匐于大地。只有到了收获的季节，它们才用沉甸甸的语言说出了自己的锦心绣口。与它们相比，我发现自己有时简直浅薄饶舌到可怜。

……

从在人前自卑到在物前自卑，从"叹不如人"到"叹不如物"，我的自卑，走过了一段从委顿到奋起的路程。感谢岁月，没有让我在自卑的忧悒中烟灭，也没有让"不如人"的痛刺得我忘了领受生活的好。在必然地走过了一段"硌脚"的路之后，我迎来了灵魂的涅槃。今天，我已懂得，只有当自卑蜕变为"因惊羡万物之伟大而深感形秽"时，自卑，才能由"啮人"变为"养人"，由"虐心"变为"润心"。

舍我一些花籽

初秋真好。走在公园里，花还在热闹地开着呢，却有花籽成熟了。我喜欢哪种花，就径直去采摘那植株上的花籽，不用担心采错。

牵牛花我喜欢蓝色的，多年前在超市里买过一包牵牛花种子，包装袋的图片上显示的分明是蓝色的花，可开出花来，却是玫红的，怨着那花不遂我愿，也怨着自己太挑剔，就这样纠结了好几个月。现在好了，我在开着蓝色花朵的牵牛花蔓上采了上百颗种子，我听见它们争着抢着跟我说："这下你放心吧，我们保证都给你开出蓝色的花！"

那年春天，我在菜市场买了两包"秋葵"的种子，回家种了满满一阳台。我跟我家先生说："你信不信，等这些秋葵开花的时候，咱家的阳台将成为全楼最美的风景！""秋葵"发芽了，长高了，绿屏风般，茂盛极了，只是迟迟不见有开花的迹象。公园里的秋葵早就开成花山了，俺家的"秋葵"却似乎忘了开花的使命。入秋了，一米来高的植株居然在顶部打了小花苞。我搬个小凳子，踩上去，端详那花苞，怎么看怎么不对劲，人家公园里秋葵的花苞是圆形的，我家"秋葵"的花苞却是一柄长长的绿色小穗。几天后，绿穗上开出花来，微白，小如米粒，细密排列。我知道自己买了"山寨秋葵"，却不清楚这被我精心伺候了好几个月的究竟是何等植物，心里这个闷啊！终于采下两片叶子，拿到学校给生物老师看，结果，生物老师也不认识，只是反复说"这叶子跟秋葵的叶子可真像啊"。拈着那两片叶子，要扔到垃圾箱，打扫垃圾的师傅看见了，问我道："从哪里采的栗子叶啊？"我一听，大喜过望，遂俯身请教。老师傅说："这东西结的籽儿叫栗子，可以喂鸟；这叶子跟秋葵是有点像，可它有股清香味儿，人们吃烧烤时，拿它卷肉，可去油腻。"——老天！我居然养了一阳台栗子！

有了"种错花"的经历，如今能够眼睁睁瞅着花朵、准确无误地采花籽，心里那个美、那个得意、那个解气啊！

我采了蓝色牵牛的花籽，又采了粉色秋葵的花籽，还采了一些黄色草茉莉的花籽。当我去采红茑萝花籽的时候，碰上一个老园丁，他问我采这东西干吗用，我回答："种啊。"他笑了："这小贱花有啥种头？"我没有回答他，而是在心里问自己："你说你咋就这么近乎神经质地稀罕着这些'小贱花'呢？是因为她们亲切，还是因为她们皮实？或者就是因为你自己原本就是一朵跟大富大贵无缘的花呢？"

我是带着感恩的心采摘花籽的。边采摘边在心里说："谢谢你舍我一些花籽！"——谢谁呢？谢天？谢地？谢植株？我说不太清，反正就是觉得该谢。

"保真"的花籽带给人踏实的欣悦。在一粒花籽上想象花开，既是现实主义，又是浪漫主义。

　　我家先生收拾出了一个三平方米左右的空调外机间，本想堆破烂用，我央他把这个空间送给我做花房，他慨允，却讥诮我道："整个一个农妇转世！又要种一花房栗子？"现在，我骄矜地揣着一裤袋大地馈赠的花籽，突然有了想法——我要让花房的北篱笆（刚刚网购的）上爬满蓝牵牛，西篱笆上爬满红茑萝，再把所有空花盆都种满粉秋葵和黄茉莉。等大雪纷飞的时候，我家花房花开正盛。到时候，我或许会拉上老闺蜜，得意扬扬地跟她说："走，上我家的'袖珍花房'喝杯咖啡去！我要让你亲眼看看，我怎样成功偷得三平方米的夏天……"

树 先 生

春日里，应邀到阔别多年的学校旧址去参加一个活动。一路走，一路叹——变了，一切都变了；远远看到那个安置我青葱岁月的校园，也已面目全非。下了车，走在曾经熟悉的路上，履底已然寻不到往昔的足迹；所有的建筑都是新的，新得让人手足无措。突然，我惊呼起来——我看到了记忆中的那五棵老丁香树！它们居然无恙！它们居然一如我初到那年的春季安静地开着淡紫色的花朵！我奔过去，抚摸它们，在心里说着温存的问候语……我回头对身边的一位活动组织者感叹："只有这几棵丁香树是老东西了。"她笑笑说："规划这楼房的时候，本应砍掉这几棵丁香树。但是，关键时刻，有个人站出来替它们说了几句话，他说：这几棵丁香树都七十多岁了，比咱们都生得早，按理说，咱们应该尊它们一声'树先生'才对，欺负老先生，不合适吧……就这样，楼房往后跳了两米，丁香树留下来了。"后来我知道，为树请命的人就在活动现场，登时对他生出敬意。

——敬重树的人，让我敬重。

在绥中，遇到一位爱树的校长。那校长讲了一个关于树的故事——有一年秋天，他瞄上了一棵高大的银杏树，恰好他的新学校刚刚落成，若是能移来这棵树，那可就太添彩了。他便竭力跟能做主的人套近乎，那人终于开口讲了一个价。"其实就是半卖半送。"校长说。到了来年春上，他备足银两，预备去买那棵银杏了。但是，负责移栽的专家去了现场，感叹道：这么美的树形，砍掉枝干真可惜；就算砍掉大部分枝干，成活的可能性也只有70%。校长一听，毅然决定放弃买树。他对我说："每年秋天银杏叶子黄透的时候，我都要去看看那棵树，很庆幸自己当年没做傻事。"这位校长曾来过我们学校，当听我说学校面临搬迁时，他首先操心的竟是校园里的那五棵雪松。"你们一定要请最好的林业专家帮你们移栽。记着，挖树前要在向阳的那面做个标记，栽树的时候，阳面必须还要朝阳。"

在南宁的钻石海岸酒店前，有一棵巨大的榕树。直直的马路，为了避让它，竟谦卑地拐了一个弯。清晨起来围着它散步，惊讶地发现树下有红绸、有香灰！我想，来烧香的人，一定痴信树里住着一个神，他们向着那树顶礼膜拜，对它的神力深信不疑。

在贵州梵净山乘坐缆车时，我身边坐了一位同行的植物学家。他无视身边几个女孩夸张的尖叫和搔首弄姿的拍照，两眼直视窗外，一一呼唤沿途树木的名字，语调亲切，如唤亲人。我知道，一到梵净山，他就开始不懈地寻找一种叫做"柔毛油杉"的珍稀树种。因为他左一句"柔毛油杉"、右一句"柔毛油杉"，搞得大家都会讲这个拗口的树名了，末了，索性就将"柔毛油杉"当了他的绰号。

听一位老师讲牛汉的诗《悼念一棵枫树》，那是那位老师自选的一篇课文。我猜，他定然是爱诗的。当讲到"哦，远方来的老鹰，还朝着枫树这里飞翔呢"时，他突然嗓音发颤，不能自已……我连忙埋下头，不敢看他。听完了课，我明白了，他对树的爱，远远超过了他对诗的爱。

无论是先于我生的树还是后于我生的树，都请允许我尊你一声"树先生"吧。——树先生，你的内心，也有隐秘的欢乐和忧愁吗？你也渴盼着知音的出现吗？当我有幸邂逅了你，你能读懂我对你心怀的深度好感吗？日月经天，江河纬地，你静默地站在一个属于自己的位置上，用枝叶对话阳光，用根须对话泥土。你活成了圣哲，活成了神祇。你给予我生命的柔情抚慰，胜过了一打心理医生。遇见你，敬慕你，礼赞你，祝福你，除了这些，我不知自己还能做些什么……

玫瑰为开花而开花

独自坐在玫瑰园里，想着关乎玫瑰的心事。

这么繁盛，这么美艳。但我却不想说，她们是为了答谢辛勤的园丁而开花；也不愿说，她们是为了酬酢和畅的惠风而开花；更不能说，她们是为了繁衍后代而开花。还是诗人说得妙：玫瑰为了开花而开花。——的确，对一朵玫瑰而言，开花就是一切。

我曾是一个可怜的"目的主义者"。以为有"目的"的行为才是有价值的行为。就这样，我欣然将心交给"目的"去蛀蚀。当我将自己摆在一朵绝美的花面前，我就像一个强迫症患者，本能地摸手机，本能地要拍照。从哪一天开始，我背弃了那个浅薄焦虑的自我？我已经学会"零负担"地欣赏一朵花，驻足，心动，玩索，然后带着感动，悄没声儿离开。

马年到来的时候，有人发来一个段子，大意是讲"马如人性"：见鞭即惊为圣者，触毛即惊为贤士，触肉始惊为凡夫，彻骨方惊是愚人。

就想，有没有第五种马呢？它不惊，亦不驽，它不愿为"鞭影"而奔突，只肯为释放生命而驰骋；它俯瞰氤氲草色，仰观高天流云，它总是乐意在残照里完美一幅剪影；它保持着可贵的矫健与豪野，它感谢上苍让它成为一匹美学意义上的马。

《民国老课本》里有一篇课文，通篇只有短短的四句话："三头牛吃草，一只羊也吃草，一只羊不吃草，它看着花。"——你瞧，这分明是一只具有诗人气质的羊啊！它看着花，是因为它有灵性，是因为它注重生命的精神趣味。可惜，这只可爱的羊早就从课本中走丢了，取而代之的是"羊的全身都是宝，肉可以吃，奶可以喝，皮、毛可以穿"。——"目的"高调登台之后，"情趣"只能黯然退场。

我曾经嘲笑过辗转认识的几个同城姐妹，每当桃花盛开，她们一定带着扑克牌和小被子，兴致勃勃地将自己送到迁西的一座桃花山上，挑一树最热闹的桃花，在树下郑重铺开小被子，盘坐，打牌。她们吵嚷着当"皇上"或做"娘娘"，贴满脸的纸条，就这样一直玩到日落西山，才甘心地往回返。我曾在心里不屑地说：多么可笑啊，竟在美丽的花树下做那等俗事！今天，我却倏然懂得了她们。与那些搬着蜂箱追着花朵跑的人相比，她们的目的性更弱一些，但她们占有的春光却要更多一些。

我曾多次跟同行分享那个"孔雀与作文"的故事——语文老师讲了一则故事让大家找论点：雄孔雀都非常珍爱自己漂亮的尾巴，每日必梳理呵护，生怕有丝毫损伤。一帮无耻猎人知道这一特性就专找雨天捕孔雀，因为下雨会将雄孔雀的大尾巴淋湿，由于有饱满的水分缀着，孔雀生怕起飞会弄伤羽毛，故不管猎人离得多近也绝对一动不动，任人宰割。很快，一位"学霸"发表高论了："可以从两个方面入手。一则孔雀——贪慕虚荣，因小失大，忽略整体，只看部分……二则猎人，善于抓住时机……"老师听后，点头赞许。可怜的师生，陷入了一个"实用即至善"的泥潭。

"美"那么轻，"目的"那么重。"目的"这个幽灵，时刻都在明处、暗处招引着我们，让我们做稳它的信徒。对"美"盲视，几乎成了我们的"家族病"。"实用即至善"成了太多人的共识。一看到玫瑰，就恨它不结个南瓜；一看到马，就恨它追不上"磁悬浮"；一看到羊，就指望它多出肉、出好肉；一看到花朵，就想到蜜源；一看到孔雀，就想到活捉……被"目的"劫持的我们，心灵干枯，嘴脸丑陋。

谁能引领我们走出那个精神委顿、高度扭曲的自己？谁能引领我们叩山为钟、抚水为琴，真正做一回大自然浪漫缠绵的舞伴？谁能引领我们赞赏玫瑰为开花而开花，激励孔雀为美丽而美丽，抛开功利与恶俗，成全自己那颗拙朴本真的心？我想，除了我们自己，大概不会有别人。

玉 兰 凋

几日外出，竟辜负了玉兰花开。怎么就忘了她的花期？若记得，那能不能成为我拒绝此次外出的理由？我说："适逢我家玉兰花开，故不便外出。"这样的请假缘由，会不会被人讥为痴骏？

六株不高也不矮的玉兰树，长在我每日坐守的地方。冬天就给她们相过面了——这株枝上花蕾稠，那株枝上花蕾稀；花开时节，那稀的，可撑得住头顶一方蓝天？操着这等闲心，暗淡的日子里就摇曳起了虚幻细碎的玉兰花影……

抬眼处，我惊呆了——玉兰，正大把大把地抛撒着如雪的花瓣。那些硕大的白花瓣，每一瓣都还那么莹洁鲜润呀，她们，可真舍得！仿佛听到了冥冥中的一声号令，趁着容颜未凋，决然扑向泥土。

这六株玉兰，是我见过的所有玉兰中的极品。花开得早，那些灰突突的慢醒植物都还在伸懒腰呢，她早精神灿烂地在微凉的风中吟诗作赋了；花色纯白，白得晃你的眼，最盛时，满眼是纤尘不染的白鸽，在枝上作欲飞状，惹得你大气儿都不敢出；花朵奇大，每一朵花，都大过我平摊的手掌，那年花开，我悄悄拿手去量她，被"喂"的一声断喝吓了一跳——是园丁，他以为遇到了窃花贼。见识了这六株美到极致的玉兰花，我品鉴起她们的同类来可就有了底气。遇到一株紫色玉兰花，众人皆赞，我却直接跟树上的紫玉兰对话："你咋弄了件这种颜色的袄子穿上了？学学我家玉兰，穿白色吧——白，是一种无敌的艳。"

黛玉说："花谢花飞飞满天。"说的是那种花瓣菲薄的花，比如桃花、比如杏花，花瓣小过指甲盖，薄到无风都可旋舞。那等花，仿佛就是为谢而开的。玉兰凋，全然不是这样的，它太像一种仪式了，华妙、庄严、神圣，让你生出千缕思、万斛情。你想说"珍惜哦"，话还未及送出口，竟变成了"喜舍哦"；你想接住那跌落的硕大花瓣，手却迟迟没有伸出，你跟自己说："寒素的大地不也正焦灼地等待着承接一种美艳吗？"你为自己冒出的打劫之念愧怍不已。

早年我竟不知，玉兰的花芽居然是在头年秋天叶子脱落之后生发出来的。她要经过漫漫一冬的长跑，方能迎来生命华彩的粲然绽放。有一回在电视上看一位民间艺人展示他的作品——毛猴。上百只活灵活现的毛猴散布在袖珍的"花果山"上，煞是有趣。后来，艺人开始讲述毛猴的制作过程，竟是拿玉兰花蕾做猴身！我叹起气来，忍不住跟那艺人隔空对话道："猴子无魂，不来扰你；玉兰有魄，借猴鸣冤。"

一直在想，谁，是赐予你芳名的人呢？玉质兰心——除却你，谁个又能担得起？《镜花缘》中有"百花仙子"，司玉兰花的仙子是"锦绣肝"司徒妩儿。好想知道，今日我眼前这六株玉兰树，在那妩儿的辖区吗？

　　就在我伫立痴想的当儿，玉兰花瓣仍未停止脱落。树下，铺起了奢华的白毯。瞧她走得多么欣悦！仿佛是欢跳下去的。我想，此刻，如果我叹息，她定会为我的叹息而叹息。在走过一段芬芳的历程之后，她庄严谢幕。我似乎听见她对我说：我苦过、待过、美过、爱过，我的一生，没有缺憾。

　　——玉兰凋，于我而言，是一个不能忽略的精神事件。有一些艳不可渎的花瓣，直落进了我的生命里……

文竹开出小雪花

　　一位母亲，拿她儿子的作文给我看。孩子读小学五年级。最近写的一篇考场作文被老师判成了不及格。

　　那是一篇要求描写植物的自命题作文。孩子拟定的题目是《文竹开出小雪花》。孩子写道：刚入冬，他家的文竹就开花了。梦一样的叶子，点缀着一朵朵精致小花。那花儿，太像雪花了！白色，并且，不多也不少，刚好就是六个瓣呢！把鼻子凑过去闻一闻，嘿，居然是水蒸气的味道！文章的结尾，孩子是这样写的："今年冬天的第一场雪，落在了我家。"

　　我跟孩子的母亲说，单看结构与表达，我觉得这篇作文写得确实不错；但是，我没有看见过文竹开花——文竹会开花吗？这是不是杜撰啊？……孩子的母亲一声接一声地叹起气来。她说，那天，孩子把试卷拿给她看，她觉得这篇作文写得非常好，却不知道为何阅卷老师不欣赏。她让孩子拿着试卷去问老师。老师说，这篇作文最失败的地方就是胡编乱造。老师告诉孩子，她自己也曾养过多年文竹，可是文竹压根就不可能开花，更不可能开出"有水蒸气味道"的"雪花"。孩子申辩说，他家的文竹就是开花了，花朵就是有水蒸气的味道，不信的话，他可以把花搬来给老师看看。老师更加生气了，认为孩子是在为自己的错误狡辩……孩子的母亲气愤地拿出手机，给我看她为开花的文竹拍摄的照片。我于是惊讶地看见了孩子在作文中描写的那一幕。

　　——文竹开出小雪花。这是一个小学生给我们上的多么生动美妙的一课啊！

　　可是，为什么我以及孩子的老师一上来就不由分说地怀疑孩子是在"杜撰"、在"胡编乱造"呢？

　　我们那么趾扈地相信着自己的感觉，断然将自己的孤陋寡闻当成了否定他人的铁证；我们喜欢用呵斥的口吻跟小孩子说话，把居高临下地向孩子宣布正确答案视为自己不可撼动的角色定位。

　　或许，在某时、某地，我以及孩子的老师，都曾与开花的文竹擦肩而过。然而，我们的倨傲使我们忽略了这美好的一幕。那么细碎的花朵，那么寒素的颜色，那么寡淡的香味，我们断然让自己的目光滤掉了这一切；唯有孩子才会欢呼着扑过去观赏那一场落在梦一样的植物上的"迷你"白雪，唯有孩子才会兴致勃勃地一瓣瓣点数那小花朵上更小的花瓣，唯有孩子才会生发出文竹花朵的瓣数恰等于雪花的瓣数的奇妙联想。

　　成长，在赋予我们知识、经验、眼界、力量的同时，也强塞给我们一些不讨人喜欢的"搭售品"——褊狭、自负、倨傲、麻木……苍天怜惜我们这些无趣的人，派孩子来拯救我们乏味的心灵，通过孩子"目光的第二次给予"，我们看到了被我们粗心忽略的种种，更看到了"美"在这个世界上富丽多彩的栖止方式。

　　——文竹开出小雪花。这雪花，可映亮了你的眼与心？

精神灿烂

　　凡清代画家石涛看得上眼的书画，定然符合他给出的一个标准，那就是——"精神灿烂"。

　　自打这个词语植入我的心壤，我发现自己几乎是依赖上了这种表达。看到一株树生得蓬勃，便夸它"精神灿烂"；看到一枝花开得忘情，也赞它"精神灿烂"。在厨房的角落，惊喜地发现一棵被遗忘的葱居然自顾自地挺出了一个娇嫩花苞，也慨然颂之"精神灿烂"。

　　在清末绣娘沈寿艺术馆，驻足沈寿精美绝伦的绣品前，我一下子就明白了，为何这个女子能让一代魁星巨贾张謇为她写出"因君强饭我加餐"的浓情诗句，她将灿烂之精神交付针线，那细密的针脚里，摇曳着她饱满多姿的生命。她锦绣的心思，炫动烂漫，无人能及。

　　学校的走廊里挂着一些老照片，尤喜其中一幅，青年学子在文艺汇演中夺了奖，带着夸张的妆容，在镜头前由衷地、卖力地笑。我相信，每一个打从这幅照片前经过的人，不管揣了怎样沉沉的心事，都会被那笑的洪流不由分说地裹挟了，让自己的心儿也跟着泛起一朵欢悦的浪花。

美国著名插画家塔莎奶奶最欣赏萧伯纳的一句话："只有年少时拥有年轻，是件可怕的事。"为了让"年轻"永驻，她不惜花费三十年的光阴，在荒野上建成了鲜花盛开的美丽农庄。她守着如花的生命，怀着如花的心情，把每一个平凡的日子都过成美妙童话。满脸皱纹如菊、双手青筋如虬的她，扎着俏丽的小花巾，穿着素色布裙，赤着脚，修剪草坪，逗弄小狗，泛舟清溪，吟诗作画。她说，下过雪后，她喜欢去寻觅动物的足迹，她把鼹鼠的足迹比喻成"一串项链"，她把小鸟的足迹比喻成"蕾丝花纹"。九十二岁依然美丽优雅的女人，告诉世界，精神灿烂，可以击溃衰老。

在石涛看来，"精神灿烂"的对面，颓然站立着的是"浅薄无神"。我多么怕，怕太多的人被它巨大的阴影罩住。我们的灵魂情态，我们的生命状态，一旦陷入"浅薄无神"的泥淖，它所娩出的产品（无论是精神的还是物质的）定然是劣质的、速朽的、甚至是富含毒素的……

相信吧！一个精神灿烂的人，可以活成一座花园；一个精神灿烂的群体，可以活成一种传奇。

草木的权利

　　和一个懂植物的朋友去苗圃选绿植。无知的我，指着一株株滴翠的植物问这问那。老板殷勤地陪着笑，以为碰到了大主顾。

　　老板指着他待售的商品向我们作介绍："这叫金娃娃……这叫招财草……元宝树……摇钱树……金钱树……发财树……"少见多怪的我惊讶地大叫起来："哇！你家草木的名字好怪！怎么一律跟钱财有关呀？"老板笑着说："不跟钱财扯上点关系不好卖呀！你想，谁花钱不愿意买个吉利？我们多培植些名字跟钱财有关的花草，不也是想讨个好彩头嘛！"

　　我问朋友："这些植物有自己的名字吗？它们原本都叫什么？"朋友说："它们当然有自己的名字。但是，别名用得时间久了，人们都忘了它们的本名。金娃娃本名叫萱草，就是屈原写的'公子忘忧兮，树萱草于北堂'的萱草啊！招财草本名叫草胡椒，跟招财没有任何关系。元宝树本名叫栗豆树，摇钱树本名叫栾树，金钱树本名叫美铁芋，发财树本名叫瓜栗。"我听呆了，痴痴地问："这些草木，还知道自己原本的名字吗？它们讨厌现在的名字吗？"老板被我问傻了，大概从来没有一个买主会将他摆在这么荒唐的问题面前。他勉强解释道："谁会讨厌金钱呀？这些花草树木，当然会特别喜欢现在的名字喽——多贵气！"朋友苦笑着对我说："又犯痴了不是？一个草木，哪懂得什么'喜欢''讨厌'？叫它啥，它就是啥。要是你喜欢，你可以在心里管金娃娃叫'道德草'，它准保不会抗议。"

我当然明白，"金娃娃"一旦更名为"道德草"，它的身价定然大跌。掏钱买它的人，多是冲着它的名字来的——金娃娃，谁抱谁会笑。想想看，谁愿意掏钱买一簇祈望道德提升的草回家呢？

但是，我不可遏抑地可怜起那些丢了自己本名的草木来。没有征得它们的同意，世人就一厢情愿地勒令它们更了名。它们沾满铜臭的名字，是逐臭者一种飞扬跋扈的强加。什么都不肯放过，霸道到连草木都必须爱我所爱，替我求财。

记得母亲侍弄过一种名叫"缺碗儿草"的花，废弃的破木盆里挨挨挤挤地长着高低错落的娇嫩叶片，爱煞个人。我剜了一些带回自己的家，栽进精致的花盆，邻居看了，问："你也待见铜钱草？"我说："我不待见。我待见'缺碗儿草'。"——我执拗地随了母亲，将那种风致的植物唤作"缺碗儿草"，就算这名字不洋气、不贵气，但我偏摁不住心头的那份欢喜。

千百年来，草木以一个个不谄不媚的名字，被诗人颂着，被百姓唤着；它们定难逆料，在"金风"劲吹的今天，它们会不期然地被一个个金光闪闪的名字无理劫持。

有谁，愿意捍卫草木的权利？让草木活在自己欢畅的呼吸里，让它们的名字跟草字头、木字旁发生幸福的关联，而不是用金字旁、贝字旁冒犯了它们……

——放过它们。

——放过我们自己。

花　万　岁

　　一早去牡丹园，发现假山下戳起了一块简陋的牌子，上面是一首手写的打油诗，清劲的柳体，颇惹眼。那打油诗写的是："牡丹可谓不容易，一年开花只一季。最盛只有十来天，看上一眼是福气。你若稀罕颜色好，拍她画她都随意。姑娘不要摘花戴，偷花不会添美丽。小孩不要把花害，你欢笑时花哭泣……国色天香人共赏，千万不要拿家去。"我一连读了数遍，意犹未尽，又用手机拍下来，发给了天南海北的朋友。

　　占有的欲望总是魔鬼般操纵着凡俗的心。就在刚才散步的时候，我看见烟雨湖畔的木栈道上横卧了几枝梨花，拾起来，擎在手上，是一种无限怅然的况味。那"梨花一枝春带雨"的佳妙光景，再也不可能属于这枝花了。白居易说："蔷薇带刺攀应懒，菡萏生泥玩亦难。"——蔷薇，披一身自卫的利刃，让攀折的手生出畏葸；菡萏，把家远远地安在泥淖之中，让贪婪的心徒呼奈何。但是，牡丹、芍药、梨花、桃花们却忘了设防，憨憨地把一种极安全的美丽和盘托给你。春风中，她们相约举出一道道特别的考题，考量人心。

"天国钟声""梅朗口红""美好时光""杂技表演""我的选择""我亲爱的"……这些，都是我校月季园中月季们的芳名。她们开得多么忘情啊！一天上班，我发现偌大的月季园中出现了一个墓穴般的空洞——"我亲爱的"不见了。一连几天，我都在暗暗呼唤着她的芳魂。所有让我生疑的地方都找遍了，却觅不见她的芳踪。就在我快要绝望的时候，"我亲爱的"居然回到了她原来的位置上！只是，她的花与花苞都凋萎了，叶子也已枯黄。我忙唤来园丁为她大量补水。园丁叹口气说："不中用了。——谁把好端端的一棵花祸害成这样了！"黄昏时分，我远远看到月季园里有一个黯然的身影。待那身影离开后，我才悄悄走到园子里，看到"我亲爱的"又已被浇了水。——无疑，她就是那个冒失地挖走了花的人。她定然如我一般热爱着"我亲爱的"，遂生出了独享的心。哪知，那花不媚她；就算她被悔愧驱遣着重又将花送回原处，那花也义无反顾地用凋残抗议她的劫掠。

据说苏格拉底是爱花的，当他带着弟子们漫游的时候，最喜将帐篷支在花丛旁；泰戈尔告诫人们："摘下花瓣，并不能得到花的美丽。"苏霍姆林斯基曾遇到一个摘玫瑰花的四岁女童，当他问她为什么摘花的时候，那女童说："我奶奶病得很重，我告诉她学校里有这样一朵大玫瑰花，奶奶不相信，我现在摘下来送给她看，看完后我就把花送回来。"——只有这个女童的"借花一看"是可以原谅的，因为她的本心，不是跋扈的占有。

我一直为高中语文教材中删掉《灌园叟晚逢仙女》一课感到遗憾。

我喜欢冯梦龙笔下的"秋先"，喜欢他在花开之日，"或暖壶酒儿，或烹瓯茶儿，向花深深作揖，先行浇奠，口称'花万岁'三声，然后坐于其下，浅斟细嚼"。秋先在别人家的花园里看到心爱的花，便挪不动步了；花园主人想折一枝花赠他，他连称罪过，决然不要，"宁可终日看玩"。

　　——"花万岁"。如今会说这句话的人还有几个呢？无视花开的人，用冷漠为花降了一场霜；摘走花朵的人，用酷虐为花下了一场雪。而那霜雪的营造者，岂不也营造了"自我的冬天"？那在花前倾慕地作揖并深情地祝祷"花万岁"的人，自会被无边的春风宠溺，自会在无涯的芳菲中遇仙、成仙……

海棠花在否

　　春尚嫩，草木未及醒。香抱来一盆浓烈的花，说："海棠，让你的眼睛先尝个鲜。"

　　——端的懂我，知我眼馋，送我一盆不嗜睡的妖娆。

　　好稀罕的海棠！铁色枝干，如焦似枯，失尽了生气；而在这焦枝之上，竟簪花戴彩般地缀了一串串娇姿欲滴的花朵。没有叶——保守的叶，或许还在慢条斯理地数着节气的脚步，花们却早耐不住了，你推我搡，捷足先登地抢了叶的风头。仔细端详那花与那枝，仿佛是不相干的两样东西——盛放与焦枯，奇迹般地同台演出，却又精彩得令人击节称赏。

　　这一盆"迷你"春天，婴儿般吸摄了我母性的心。暖气房太燥，天天提个喷壶，给她殷勤喂水。喷多了，怕浇熄烈焰；喷少了，又怕她喊渴。便忍不住怨她："海棠海棠，你总该开个口，为自己讨要一场无过、无不及的春雨呀。"

　　每日里一进家门，心中问的第一句话必是："海棠花在否?"——这是韩偓的一句诗呢。青葱岁月里，欢悦地背诵过它；纵然我再善于舒展想象的翼翅，又怎可逆料，那诗句，竟是妥帖地预备了让我用在这里的。璎珞敲冰，梅心惊破，好花前吟诵好诗，在我，是多么奢华的时刻！可笑如我，竟毫无理由地以为，我的海棠愈开愈妍，定是得了我与韩偓的双重问候。

　　海棠花没有媚人的香，但这不妨碍我将自己融进她虚幻的香氛里。我安静地坐下来，与她长久对视。我想，如果我是一株植物，如果"焦枯"跋扈地定义了我的枝干，我还会葆有开花的心志吗？明知凋零就潜藏于日后的某一个时刻，我还会抗逆着令人畏缩的萧疏，毅然向世界和盘端出我丰腴的锦灿吗？

　　"如果说，一朵花很美，那么我有时就会不由自主地自语道：要活下去。"这是川端康成《花未眠》里面的句子。曾有个女生擎了书，认真问我："为什么看到一朵花很美，人就有了活下去的勇气呢？这两者之间有因果关系吗？"——这个问题，问得多好啊！我一直执拗地相信，好的问题本身就包裹了一个好的答案，犹如花朵包裹着花蕊一般。我没有急于为这女生作答，或者换言之，我舍不得贸然作答——我愿意将这个问题交给流光。

　　一朵花，她的象征意义委实值得玩索。当她在浩渺的时空坐标上多情地寻到你，当她以生命的炽烈燃烧慨然地点化你，如果你不曾在这一场特别的约会中汲取到强大的精神能量，你不该为自己的愚钝而捶胸叹惋吗？

　　——绽放，是一笔美丽的债，来人间还债的花与人，有福了。

坐在海棠花影中，想着这缤纷心事，突然不再担忧日后那场躲不过的凋零。当我再小心翼翼地问起"海棠花在否"，即使我听不到枝头那热烈的应答，我也会用想象的丹青绘就一幅空灵画卷，供思想的蝶雍容栖止花间。海棠不曾负我，我亦未负海棠，我还要那些赘余的幽怨惆怅派什么用场呢？

——"焦枝海棠"，你喜欢我这样唤你吗？冰欺雪侮，夺了你枝上的颜色，你却以焦枯之躯，勤心供养出酬酢季节的娇美花串。焦枝是你风骨，海棠是你精魄。你可知，你至刚至柔的一句花语，怎样幽禁了我，又怎样救赎了我……

那满满一竹篮水啊

早年教过一个学生，写诗着了魔。有时听我的语文课，他突然目光空洞迷茫，我知道他一准是在构思诗了，便转移了视线，不去扰他。

一次练笔，他脸上漾着得意的笑，交给了我这样一首小诗：

我家小妹妹

提着竹篮去打水

妈妈说

竹篮怎能打来水

妹妹说

可我明明

打了满满一篮水

一路上

花儿要我喂

草儿要我喂

等我回到家

没了一篮水

我得承认，我一下子就不可救药地迷上了这首诗，兴致勃勃地把它拿给对坐的老同事看，不料，他看后冷冷地说："这不是痴人说梦吗？拿竹篮子，打了满满一篮水？还喂花喂草？——嘁！亏他想得出！"

我听了，心里为这个孩子鸣不平，却讲不出道理。

后来，我偶然读到了一个美国学生的"痴人说梦"——有人在草丛里发现了一个巨大的蛋，这个说是恐龙蛋，那个说是鸵鸟蛋，一个认真的小孩便拿回家去孵那个蛋，蛋壳裂开了，从里面蹦出了美国总统。这篇想象作文，引起了美国民众的极大兴趣。大家为这篇文章喝彩，觉得它"妙极了"。

我把那篇"妙极了"的作文拿到课堂上，读给我的学生们听。他们听了，不欢笑，不喝彩。半晌，有个怯怯的女声朝我飘来："总统知道了会不会生气呀？"

——瞧，想象力在我们面前跳芭蕾，不懂得欣赏的人却只管死盯着舞台上的追光灯问："它究竟是多少瓦的呀？"

时间越久，我越喜欢那首无题小诗。我甚至觉得那是我亲身经历过的一个场景——我家小妹妹，梳着两个翘翘的羊角辫，提着一只半旧的竹篮，一弯腰，就从清澈见底的河里晃晃荡荡打了一篮水。干净的阳光照耀着她。她一路欢歌，与花儿草儿分享着那篮清水——唔，就连她小裙子上的花儿也分到了一些呢……今天，我多想让当年的小作者知道，当我坐在干渴的日子里，听着来自四面八方的干渴的声音，自救的本能，我一次次遁入这首玲珑小诗。吟诵间，我看见自己的汗毛孔里开出一万朵水灵灵的花。

　　——蛋壳里不一定非要孵出来一只鸟，装满水的不一定非要是一只桶。想象力比"正确答案"重要千百倍。当你能够快乐地尾随"我家小妹妹"打一竹篮意念的水、浇一路精神的花，你就成了一个琴心智者，一个剑胆仁人。

摘　棉　花

　　坐在去石家庄的汽车上，透过车窗看到外面一大片棉花地，白花花的棉花一朵朵从"棉花碗儿"里膨出来，由不得想，这是谁家的棉花？怎么还不摘呢？再不摘就开"大"了啊！这个想法一冒出来，竟满心焦灼，恨不得喊司机停车，奔到棉花地里，帮人家摘了那棉花。

　　长这么大，只摘过一回棉花，却独自回味过一万回。那一年，我刚上初中，在一个叫南旺的村子里，哭着喊着要表姐带我去摘棉花。表姐拗不过，便带我去了。秋阳之下，好一片望不到边的棉海！在地头，表姐为我在腰里系了个蓝白格子的包袱皮儿，贴腰的那面勒得紧，外面则松松地张了口，以便往里面装棉花。表姐腰里也系个同样的包袱皮儿，边摘棉花边为我讲解摘棉花的要领——下手要准，抠得要净，棉花碗儿里不能丢"棉花根儿"。我一一记下，心说，这不忒简单！开始摘了，手却笨笨的，一摘就把棉絮抻得老长，棉花碗儿里还丢了不少的棉花根儿。为了摘干净，我不得不用左手牢牢托住棉花碗儿，右手一点点抠棉花根儿。表姐看我摘得拙，笑死了，跑过来为我示范——眼到手到，左右开弓，同时摘两朵棉花，指尖带了钩儿一样，轻轻一抠，棉花碗儿就溜光地见了底儿；双手各存了四五朵棉花后才一并塞进包袱……不一会儿，表姐的包袱就鼓起来了，怀孕一般，拿手托着包袱底儿，腆着肚子回到地头，把一包袱棉花倒在一个大包袱皮儿里，轻了身回来继续摘……整个半晌，我光顾叫唤"这朵棉花大""那朵棉花美"了，收工时竟没有摘满一包袱棉花，手却被扎得稀烂。

离开那片棉田许多年后，我依然会做摘棉花的梦。我梦见自己弹钢琴般地弹着洁白的云朵，手指如飞地采摘着棉花。我腰间的包袱鼓鼓的，怀孕一般。即便从梦中醒来，我还会意犹未尽地缩在被窝里模拟摘棉花，鹰爪一样蜷了十指，试图一次钩净冥冥中那黏附在碗底儿的棉花根儿。我自信通过醒时梦时恁般不懈演练，我的摘棉技术定然已是突飞猛进，真盼着有机会再跟我那牛表姐较量一番。

我的表姐却着实攥牢了我的把柄，只要一见着我，不管当着多少人的面，立刻活灵活现地向大家表演我一手托着棉花碗儿、一手抠棉花根儿的丑态。那些庄稼把式们看了，无不解恨地冲着我狂笑，臊得我抓起一把瓜子，稀里哗啦地扬到表姐身上。

在远离棉田的地方，我操作着电脑，带一群美术生欣赏齐白石的画作。讲到《棉花》时，我动情地说："你们可以忘掉今天的课，甚至可以忘掉我，但是，我拜托你们一定记住齐白石这幅《棉花》的题款——'花开天下暖，花落天下寒'。在这个世界上，能画棉花的人很多，能说出这个妙语的却唯有齐白石。在我看来，只有一个真正懂得感恩的人才能对棉花唱出这么美妙的赞歌。棉花，是一种站在穷人立场上对严寒大声说‘不’的花，是一个还没有学会涂脂抹粉的乡下女孩儿，是大地献给人类的至宝。”

一位母亲带着她的儿子去乡下，回来告诉我说：“我儿子摘了一朵棉花，举到我面前说，妈妈，我敢肯定，它是纯棉的！”我跟了一声笑，又蹙了一下眉。想起“的确良”刚面市的时候，我多么钟爱这种跟棉无关的神奇织物啊！穿了一件豆绿色的的确良绣花上衣，美得不行。学校让搬砖，我把一摞红砖远远地端离了新衣，吃力地趔着走。偏偏班主任是个“X光”眼，一眼就看穿了我惜衣心切，伊的刀子嘴便派上了用场，在班会上对我百般奚落……的确良被丢在了岁月的辙痕里，今天的我多么迷恋纯棉。一想到身上的丝丝缕缕原是田间一朵朵被阳光喂得饱饱的花，心中就涨满暖意。

一次跟儿子打越洋电话，我说心情差。他说：“去旅游吧，山水最能抚慰人。”我说：“我怎么突然就理解你三舅姥爷了——他心里一难受，就从广州飞回老家，跑到谷子地里去，跟谷子们说话儿。”儿子笑起来：“哟，老妈，莫不是你起了归农之意？”

——嗯，反正要是能让我到甭管谁家的地里去摘上半晌棉花，我会乐。

给它一个攀爬的理由

秃的墙，没有看头。便有邻居建议，干脆，咱种些爬山虎吧，不消两年，这墙就全绿了。

爬山虎是一种皮实的植物，很容易活。"压条"后，叶子打了两天蔫儿，但一场雨过后，打蔫儿的叶子下面就冒出了红褐色的新芽。

接下来的一切似乎应该没有悬念了，墙在侧，"虎"善爬，听凭它们由着性子去编织美丽故事好了。

然而不然。爬山虎竟然背弃了那墙，毫无章法地爬了一地。

"怪了！这些爬山虎的'虎气'哪里去了？怎么跟地瓜秧一个脾性了？"一位邻居讶异地说。

我们请来了生物老师。他告诉我们说，墙面太光滑了，爬山虎卷须上的黏性吸盘无法吸附在上面，要将墙弄成麻面才行。

说干就干。我们借了电钻，开始兴致勃勃地破坏那墙面。

经过小半天的奋战，墙体变得面目全非了。我们又不辞辛苦地拉来水管，冲净了那蒙在爬山虎叶子上的白灰，又将那长长的爬山虎藤条一根根搭到墙上的花窗孔中，然后正告它们道："这下，你要是还不爬，可就没有道理啦！"

居然，它还是不爬！

生物老师又来了。他挠着头皮说："可能是原先生出的黏性吸盘已经过性了，也就是说，它们在最适合找到攀附物的时候没能找到攀附物，吸盘就在藤条上干枯了；而藤条顶端嫩芽上新生的吸盘又无力带动那么沉重的一根藤条，所以，这爬山虎就难往上爬了。"

看着匍匐一地的爬山虎，我们万分沮丧。

以为只能这样了——新的藤条从根部滋出后，张开眼，欣欣然发现旁侧已有我们殷勤打出的适于攀爬的墙面，于是欢呼着，将卷须上小小的吸盘快乐地吸附于墙面，开始了傲视前辈的向上奔跑；而匍匐的藤条只有怨恨地委身地面，看别人飞翔。

清晨，我照例路过那面令人纠结的墙去上班，却见一位父亲带着一个男孩在那面墙前忙碌。再仔细看时，我惊叫了起来。——天！那父子俩居然在用透明胶条一根根往墙上粘那藤条！他们已经粘了十几根了。丑陋的墙，被漂亮的绿藤装饰出诗意。

我对那父亲说："你真行啊！太有创意了！"

那父亲嘿嘿一笑说："不是我，是我儿子想出的办法。跟咱们一样，他也在暗暗为这些爬山虎用力啊！看它们实在爬不上去了，他就说：咱们帮它们爬上去，这样，后长出的藤条借着老藤条往上爬，会更容易些……"

如今，那面墙已经被深深浅浅的绿所覆盖，大概很少有人想起这一墙爬山虎初始的故事了吧？而我却不能忘怀。每次走到这里，我都忍不住驻足。我思维的卷须上生出一个个小小的吸盘，有自嘲，有自省，有自警，有自励。作为一名教育工作者，我问自己，我是否给了每一株怀有向上热望的爬山虎一个攀爬的理由？当理想的藤条在现实面前怆然仆地，我能否像那个可爱的男孩一样，不沮丧、不懊恼、不怨艾，智慧地拿出自己的补救方案，将一根根自暴自弃的藤条抬举到梦的高度？

美丽的力量

去年初冬在台北，正赶上"2010台北国际花卉博览会"。在飘着桂花甜香气息的大街小巷，到处都能看到"花博会"的主题词——"美丽的力量"。五个彩色动感的汉字，头上绽放着花瓣烟花，看得人心旌都跟着摇曳起来。

回来翻看照片的时候，发现照了太多以这个可爱的主题词为背景的照片，才知道，自己爱上了这五个灵动多彩的汉字。

今年春上应朋友阿芳之约，去洛阳看牡丹。当我随人潮痴痴地跌进美得让人心痛的牡丹花海时，我的心里一下子跳出了在台北看到的那五个绽放着花瓣烟花的汉字——"美丽的力量"。

如果美丽没有潜藏着巨大的力量，她怎能将千里之外的我牵引到她的身旁？在我心中，一座城市有一个意象，大连是一朵浪花，衡阳是一声雁鸣，湛江是一树夹竹桃，而洛阳，自然是一朵千年不凋的妖娆牡丹。欧阳修说："洛阳地脉花最重，牡丹尤为天下奇。"在洛阳，我的心思全在牡丹上，看了一个园，还想再看个园。手里的纸扇上摇着牡丹，手机的壁纸上开着牡丹。吃了一席牡丹宴，作了十首牡丹诗。抱起一个牡丹花籽枕头，就舍不得放手，甚而至于到了机场，托运了所有行李，却不肯撒手这个漂亮的枕头，搂着它，飞上万米高空。

阿芳对我说："看了洛阳牡丹，你要是动不动还穿一身黑，就叫悟性差！"我悟性不差，回来后穿衣风格大变，真真迷恋上了色彩鲜丽的服装。——美丽的力量，征服起你来不啻爱情。

我喜欢那个真实的故事，一个外国人，来到九寨沟，看到那遗落在人间的美丽仙境，突然扑通跪倒在地，涕泪横流。我不晓得他是否会说"美丽的力量"这个词组，但我明白，他在被美丽击中的瞬间，慑服于她无可抗拒的伟大力量。身与心，顿时瘫软如泥，沉醉如酒。

在这个世界上，太多的人痴迷地相信着一种看不见的力量。知识、宗教、地位、权势、金钱……我不否认它们的力量。它们所给予心灵的救赎以及为空虚的生命注入的充盈感真实地存在着，不容你忽视。但是，在这些之外，你有没有能力感觉到一种"美丽的力量"的存在呢？

我曾在看一部纪录片时多次流泪。那是雅克·贝汉等人花费四年多的时间拍摄的《迁徙的鸟》。美丽的鸟，在天空排成诗行，平平仄仄地飞翔。它们相约飞越大西洋，却不期然在途中遇到暴风雨。茫茫大海上，只有一艘孤独的轮船随巨浪起伏。无助的鸟儿们误将它认成了小岛，纷纷栖落于甲板，从容地梳理起了羽毛；有一只疲惫已极的鸟，索性卧下，将头埋到翼下，甜甜地进入了梦乡。在镜头之外，我想我看见了那在暴风雨中跟踪鸟儿的人，他们的飞机，成了迁徙的鸟群中特殊的一员。鸟儿们睡了，他们也不睡，他们在耐心地等待着羽毛干透的鸟儿同朝阳一道醒来……他们是在用生命的燃烧礼赞着"美丽的力量"。

看《迁徙的鸟》而不流泪的人，不配做我的朋友。

美丽的力量，是一种让你的心儿变软、骨头变硬的力量；美丽的力量，是一种让你愿意抛却怨艾、铭记恩泽的力量；美丽的力量，是一种让你勇于摒弃那个丑陋旧我、悉心培植纯美新我的力量。美丽的力量，是人人心中都适宜生长的一种可爱植物。看重它、培育它、欣赏它，让它成为你爱这世界的一个重要理由。

虫　唱

去药店的路上，与一个卖蝈蝈的汉子擦肩而过。

毒日头下，他挑着两座闹嚷嚷的山，引得路上几个小孩子拽着大人朝他跑。我本无心购买他的货物，却倏然想起了一个怪怪的名字——"驴驹儿"，兀自笑出了声。"驴驹儿"，是我冀中老家对蝈蝈的一种叫法，那么玲珑翠嫩的一种小虫，却有这么一个憨傻笨重的名字，真不知那最初的命名者究竟是咋想的。就在这么瞎琢磨的当儿，早踅回身，欣然掏钱买了一头"驴驹儿"。

捧着药与虫回到家时，老公急了，拧着眉头说："我说你是咋想的？买的是安神助眠的药，又生怕自己睡得好，整个叫虫儿来搅乱！"

——是呢，我咋就没有意识到手上这两样东西原是"打架"的呢？

那只蝈蝈是个饶舌的东西，"蝈蝈蝈蝈"地在阳台上叫个不停。入夜，以为它会小憩，然而不然，竟愈加勤勉地大叫起来。

我不知自己是在何时睡着的，半睡半醒间，感觉耳畔有琴声，不及细听，又沉沉睡去。醒来时，天已大亮，蝈蝈正兴致勃勃地自说自话。

——我居然是不怕蝈蝈搅扰的！

接下来的几天，更加证实了我的这一结论。我停了药，睡眠却不再薄脆如瓷，一碰就碎。

才明白，其实，暗夜里，我最惧怕的原是被我心中的虫子啮噬。那不会鸣唱的丑陋的蚕，不声不响地啃光了我一枚枚黑甜的桑叶……

闲下来时仔细端详这只可爱的虫子，发现它有点像"驴驹儿"呢！首先是头脸，不就是"具体而微"的一个小驴子吗；再看那短短的翼翅，多像驴子身上架了一副鞍子；而最相似的，大概是它们恣意的叫声吧？它们都属于用撒欢式的高叫表达生命感觉的动物，不屑缄口，不屑低语。

记得曾带学生做过一段文言文练习，其中谈到怀揣蝈蝈越冬之妙："偶于稠人广座之中，清韵自胸前突出，非同四壁蛩声助人叹息，而悠然自得之甚。"许多同学读到这里都笑了起来。我也忍不住笑了。揣想着在那没有"随身听"的年代，那长衫的男子以"胸前"一声"清韵"引来众人艳羡眼光时的得意神情，不由你不笑。

大自然的声音最是慰人——慰被生计压得丢了从容、丢了睡眠的悲苦人，慰漫漫寒冬中耳朵寂寞得结了蛛网的寒苦人。

班得瑞轻音乐之所以获得那么多拥趸，不就是因为他们聪明地在音乐中糅进太多阿尔卑斯山中自在的鸟鸣虫唱、风声水声吗？我们跟着奥利弗·史瓦兹静静倾听，在《云海》中飞身云海，在《仙境》中步入仙境。

一个哲人走进深秋的草丛，他厌恨虫子们毫无理性的浅薄鸣唱，告诫它们道："明天就将有一场霜扼断你们的歌声！"虫子们回答说："正因为这样我们才拼命歌唱！"

我喜欢虫子们的态度。我喜欢我的"驴驹儿"日夜勤勉地叫个不停。当我手捧费尽千辛万苦从郊外采来的两朵娇黄的丝瓜花送给你做点心时，我小小的、有着滑稽绰号的歌唱家，愿你能体察到我对你以及我们永恒故园的挚爱……

第三辑:
惊喜力

　　初次淋雨的幼儿,初次相望的眼眸,这些"初次"当中有你么?"初次"之后呢?惊蛰惊醒你了么?红叶染红你了么?有那么一个人,经了七十七回梅开,再看时,依然难掩初见般的惊喜,恨不得在每一树盛开的梅花底下都放置一个"我",纵宠自己看个够、看个饱——"何方可化身千亿,一树梅前一放翁?"陆游七十八岁时那满格的惊喜力,你有么?

——《惊喜力》

爱着爱着就厌了，飞着飞着就倦了，
这是多么雷同的生命体验。
惊喜力就是赶来拯救厌倦的心灵的。
　　　　　　　　　　——《惊喜力》

一　袋　盐

　　1998 年，一个做小生意的亲戚送来一袋盐——二十五公斤的一蛇皮袋子盐呀！他将那一袋子盐扛上楼，"哐"地卸在他脚边。听到我对着那巨大的一袋盐惊叫，他歉疚地搔着头，眼睛望着别处，闷闷地说："嫂子慢慢吃吧。"

　　亲戚走后，我跟我家老徐说："我的天！他这是想让咱们吃一个世纪吗？"

　　每次我用盐罐去扎盐，都要对着那巨大的一袋盐惊叹半天。我跟自己说："到哪辈子才能将这海量的盐吃完呀？"扎了一次又一次，可那一大袋盐，似乎半点都不见少。我跟办公室的同事们说："谁要盐？有人送了我家老大老大一蛇皮袋子盐呢！"大家笑起来，说："要是别的就帮你吃点，盐嘛，你自己慢慢吃去吧！"

　　慢慢地，那一大袋子惹得我惊叹不已的盐，竟淡出了我的视线。早就习惯了逛超市不买盐，拿藐视的目光瞥着货架上那可怜的一小袋一小袋盐，对它们说：哼！我家的那袋盐，堪做尔等祖宗；早就习惯了大手大脚地用盐腌咸菜、腌鸡蛋、腌一切能腌的东西，大把抓盐的时候，心里说：守着偌大一座盐山，不肆意挥霍，何其羞愧！

时间挺进了二十一世纪，我们家的盐还有多半袋。我跟老徐说："我为这一袋盐骄傲！因为它是我们家跨世纪的盐！"

大约到了2003年，有一天，我照例举着空盐罐去扗盐，突然发现那一座盐山竟快被我们吃空了！我急煎煎地把老徐喊过来，拎着那仅剩一点点盐的空袋子跟他说："我简直不敢相信，这才五六年的工夫呀，咱们居然吃进去了五十斤盐！"老徐幽幽地说："咱们没吃，时间吃了。"

扔掉那个空蛇皮袋子的时候，感慨淹没了我。我问自己：还有什么东西，是时间嚼不动、咽不下的呢？

来自那一袋盐的感悟，足以投射我的后半生——我在初见那饱满的一袋盐时，惊叹了又惊叹；我在舍离那个注满空气的盐袋时，感慨了又感慨。但是，我很难回忆起漫长地享用着那袋盐的日子里的点滴心绪。与初始的拥有与懊丧的挥别相比，那中间的漫漫时日仿佛是专门供人忽略的。这事体，具有多么强烈的象征意义！当一个链条（譬如婚姻的链条、事业的链条、生命的链条……）足够长，长到令我们难以看到它的起点与终点，我们茫然面对着那中间环节，除了麻木、淡漠，几乎无事可做。一种稳切安全的占有，偷走了我们所有的忧患与惊奇，我们大把大把地挥霍着那超量的拥有，根本看不到时间对它的蚕食。

想起了巴尔扎克的《驴皮记》。主人公瓦朗坦得到了一张神奇的驴皮，它可以帮助主人实现任何愿望，然而，每实现一个愿望，驴皮就会缩小一些，主人的寿命也会随之减缩一些……其实，驴皮的损耗与生命的损耗都属于不可违逆的事件。时间，最是贪吃，万事万物，悉数填入了它无厌的腹中。

　　——你挥霍的手，何时方能被理性的目光蜇痛？

　　——你麻木的心，何时方能被那初始的惊叹与舍离的感慨赐予智慧，因而变得柔软、温煦、顾惜？

那封叠成燕子状的"情书"

十八年前的一个上午，我刚讲完高二的两节语文课，拍着前襟上的粉笔末朝办公室走，副校长喊我，我便随他进了他的办公室。看座、沏茶、开套近乎的玩笑。敏感的我一下子就意识到要发生什么于我不利的事了。果然，他开口了："嗯，你知道，你们年级的朱老师提拔成教务处副主任了，他没办法再做班主任了。我们考虑，想让你去接他的班……"不等他说完，我就叫了起来："我可接不了那个班！那么……邪性！除了朱老师，谁还能收拾得了他们？您让我从起始年级开始带班吧！这都高二第二个学期了，学生们习惯了朱老师的带班风格，换成我，对他们没有半点好处！"副校长收敛了笑容，说："这事是班子定的，我只是通知你。"

我是哭着离开副校长室的。

硬着头皮进了班。虽说不"爱岗"，但却本能地"敬业"，再说，也犯不上跟学生们耍闹啊！我拼命拿捏分寸，既让他们觉得我可亲可敬，又让他们觉得我凛然不可侵犯。我的课，是我无往不胜的利器，有了这份自信，聚拢学生的心就有了底气。

大约接手这个班一周之后，我搞了一个问卷调查，问卷中的一个内容是——对新班主任说句心里话。卷子收上来，我懊丧地发现有的学生在趁机发泄，比如，有个学生公然写道：心里话？对你说？呵呵呵。另一个学生恬然写道：心里话都跟女朋友说完了。我强压着内心的怒火，一页页往下看。当然，也有学生表达了对我这个新班主任的信任与欢迎，还有学生真诚地向我表了决心。

在这些纸页中，夹了一个叠成燕子状的折纸。我好奇地举着那只特别的燕子瞧了又瞧。从纸张的质地来看，那就是我们发的那张问卷了，但是，它却不屑平展着走上老师的案头，它扭来扭去，一定要以一种与众不同的姿态飞进老师的视野。——它是多么难拆呀！记得读大学的时候，同宿舍一女生的情书就是折成这样子的。我边拆边想：莫非，这真的是一封"情书"，不愿意让班长收卷子时看到，所以就巧妙地隐藏了自己？

终于拆开了那张纸。上面竟然是一行拼音文字—— nizhuding-yaoshibai！我的呼吸急促起来，心里虚得不行，没勇气去想那与之对应的汉字。我跟自己说：慢着，看看还有没有别的拼法……但我很快就否定了自己——没有！绝对没有别的拼法！

它分明就是在说：你一注一定一要一失一败！

这句阴险刻毒的诅咒语，是一只美丽的燕子衔来的呀！那个人，一定是担心被我辨认出了字迹，所以才用拼音来写的。

我简直没脸再进那个班了，但还要竭力装得没事人一样。我抑制不住地寻找起写了那句阴险刻毒的咒语的嫌疑人来。—— 是朱的课代表？是朱的追随者？是朱的同姓人？要不就是某个擅长折纸的同学……当我激情万丈地讲着《记念刘和珍君》，突然，我就被那句"我向来是不惮以最坏的恶意来推测中国人的"给绊了个狗啃泥！我多想问问同学们：你们说说看，咱们班有这样的"中国人"吗？但还好我有理性，我缄了口。但瞬间激情全无。一想到那个阴毒地诅咒我的人近在咫尺，气息可触，我就禁不住毛骨悚然，心惊肉跳。

有一天，我正跟校长边走边聊，我们班的班长径直跑了过来。她怨愤地望着我，大声说："那张叠成燕子的纸你看了吗？"我极力压抑着内心的慌乱，偷瞄一眼校长，装傻道："什么……燕子？我不知道你在说什么。"班长声音更高了："就是写了'你注定要失败'的那张纸啊！我实话告诉你吧，那不是我们班某个人写的，那是我们共同的心声！哼！"我绝望地瘫坐在地上，呜呜地哭起来……哭着哭着，我醒了，原来是个梦。

我以为我一生都不会走出那只燕子的阴影了。

谁料，我错了。

随着时光的推移，我居然不再试图揪出那个人了。我改换了一种"报复"TA的绝佳方式——把语文教出花儿来！把文章写出花儿来！当我的课代表在课前三分钟声情并茂地朗读我最新发表的一篇文章时，我会忍不住跟那个燕子的主人对话："你见过这么'失败'的人吗？虽说你的老师的文章谈不上洛阳纸贵，但它却可以同时被几十家报刊转载。好文章就是好德行啊！这道理，你懂吗？"

高考来了。我的班级考出了令人意想不到的好成绩，尤其是我的语文，平均分在全市遥遥领先。拍毕业照那天，每个学生都无一例外地单独跟我拍了照。我想，在这单独与我拍照的同学当中，一定有"那个人"的！在和我一起笑对镜头的时候，TA 想到那只燕子了吗？TA 佯装无事，亲切地与 TA 诅咒的老师站在一起，而 TA 虔心呼唤的"失败"却被身边这个老师无情地甩到了爪哇国——TA 的心头，该是何等滋味？

　　这届学生毕业后的第一次大型聚会是在分别十年之后。十年，偷走了我心中的"孩子们"脸上的稚气，有几个人，身材大走样，脸型大走样，性格也大走样了。他们拉着我拍照，居然敢对摄影师大叫："把老师拍老点儿、拍丑点儿哈！省得我媳妇儿看了吃醋！"喝醉了一堆人，喝哭了一堆人，而我，就是那个舍命陪醉、陪哭的傻老师。众人喧哗之中，一个念头，小蛇般明晃晃地在远处跃动了一下。我顿时萎了。是的，我又想起了那只燕子……我差不多是自语般地低声说："今天，咱们是不是应该叫朱老师？"我身边的一个男生说："他退休后光忙着办班赚钱了，肯定懒得参加咱们的聚会——又不发钱！"大家夸张地大笑起来。

　　后来，我被摆到了校长的饭碗前。这碗饭可真难吃啊！开会、被开会、听课、评课、谈心、谈判、接待家长、接待来宾……我似乎有一万个理由专心做校长了。但是，那只燕子总是适时飞来，用不可思议的温柔语气对我说：那个注定要失败的人，怎么会是你呢？于是，我打了鸡血般地振作起来，疯狂读书、疯狂写作、疯狂讲课。我成为全国首批正高级中小学教师，出版了个人文集二十二部，赴全国二十余个省区讲座两百余场。

　　——也许，那个孩子太重情了，TA 实在舍不得自己的"老班"，所以才冲动地写下了那行文字；也许，那个孩子根本就不了解张老师，即便来的是王老师、赵老师，TA 照样奉上那行文字；也许，TA 只是想搞恶作剧，跟新来的班主任开个有点儿过火的玩笑；也许，TA写了就忘了，根本没指望让这句咒语生效……可是，TA做梦都不会想到，TA间接成全了一个人。那个人，被那行燕子衔来的拼音文字吓得不轻；但这行文字，恰如排版工人排出的文字，乍看是反的，印到纸上，却产生了意义。这些年，我一直跟那行文字暗暗较劲，那来自它的警醒，胜过了一打励志书籍。就这样，我被一只惊吓过我的燕子领飞，穿云破雾，邀约阳光。十八年过去，我已然习惯了它的存在，甚至多次在心中悄悄对它说：曾经，我误读了你，我固执地以为你是来倾覆我的；如今，我终于读懂了你，因而我要由衷地对你说：亲，谢谢你！谢谢你带我飞离了平庸！

今天，假如有人要殷勤地告诉我那只燕子的主人是谁，我会说：我不想知道，真的。就让它成为我生命中一个永远的谜吧！那只吉祥的燕子，衔着一句难懂的祝福语飞来，比爱情还紧密地死死缠了我六千多个日子，并且还将继续缠下去、缠下去。有它在，我每天起床都多了一个美好的理由。我亲爱的燕子啊，你可知道？是你，携来一把奇妙的剪刀，剪除了我的惰气，剪掉了我的晦气，剪出了我人生的一片花红柳绿……

在刹那中培植一个千年

参加一个活动，被安排与一位陌生的女子同居一室。她比我早到一步。我拉着箱子进屋时，她正低头忙活。遽然回头瞥见我，夸张地以手抚心道："吓死我了！"我赶忙赔礼道歉。她说："不怪你！不怪你！是我自己做贼心虚！——你看，这花，是我刚从走廊的插花瓶里偷来的！"说完哈哈大笑。我这才注意到，她正在往玻璃杯里插一枝黄玫瑰。此后的三天，被这枝美丽芬芳的黄玫瑰照耀着，我俩拿出与之比美的劲头，起劲地工作，起劲地梳妆。我可爱的同屋，更是用一包湿巾，反复擦拭那已经被服务员擦拭得锃亮的几案、椅背、镜框、窗台。"她们的抹布未必干净呢！"她边擦边说。瞧她那一丝不苟的样子，仿佛是要在此屋长住下去……打那儿以后再住宾馆，不论是单住还是与人同住，我都不敢再乱扔衣物、乱堆寝具，我将房间收拾得整整齐齐，仿佛要在此屋长住下去。

我家有一间小小的"山景房"，极其用心地装修了一番，打算每年暑期去那里度假。结果，我家老徐不忍看那房闲置，擅自将它租出去了。我心疼得不行，跟老徐说："我当年嫁给你都没住上新房，好不容易有了间新房，你居然不舍得给我住，却拿它换了银子！好歹毒！"……两年后，租期到了，我们去收房。我的个天哪！那新房早已被住得没了模样——复合地板上有几处扎眼的划痕，划痕里沉积着污物；沙发靠背上落满了尘土，尘土上的手印历历可数；浴室的瓷砖掉了一大片，破碎的瓷砖胡乱堆放在地上；阳台窗户的玻璃仿佛被子弹击中，辐射状的裂痕触目惊心；最令人不可思议的是，灯开关按钮的四周全是厚厚的黑泥！我一忍再忍，才将那句"你们天天竟是拿烤肉按开关吗"的问话强咽了回去。

同样是"短期居住"，但居住者的心态却为何有着如此巨大的差异？一个是"积极建设"的心态，一个是"消极破坏"的心态；一个试图将一天住出一年的诗意，一个却将一年住出了一天的苟且。

——"租房心态"，这是我在一本企管书上读到的一个词语。作者说，有些员工，就算在一个单位获取了"编制"、站稳了脚跟，也会在心中将自我设定成"租户"——这里的一切都不与我的生命发生深切的关联，我只是暂时"借居"于此，因而，"短期行为"永远是我的第一选择。就像那个"拿烤肉按开关"的奇葩租户，他以为珍惜是反常的，不珍惜才是正常的。"随时离开"的想法，不由分说地攫住了他的心，于是，他便将在这借居之所付出劳动视为不值甚或可耻。由奴性催生的惰性，由惰性催生的狼性，便在这个人身上肆无忌惮地彰显出来。

《借我一生》，是余秋雨一本书的名字。说到底，哪个人的一生不是"借"来的呢？包括我们的家、我们的单位、我们租住的房屋、我们客居的旅社……这一切的一切，无不是"借"来的，它们不可能恒久地属于我们，就像流星必然的滑落，我们与我们挚爱的一切，深藏了一场场必然的告别。然而，这不应该成为我们苟且的理由。傻瓜才会拿着无数光鲜的日子去为最后那个灰色的日子殉葬；并且，我的经验告诉我，不屑安妥一天的人，便无能安妥一生。一旦我们不幸生出了"租房心态"，一个可怕的咒语便随之响起——恨出恨进，怨往怨来。你恼怒着打烂了器物，裂痕，终会爬进你的生命里。

罗曼·罗兰说："这世上只有一种英雄主义，那就是在看透了生活的本质之后，依然热爱生活。"明知道迟早要离开，依然爱得如痴如醉，在刹那中培植一个千年，于瞬间里安放一个永恒——这，难道不应该成为你我的第一等修炼？

又高兴又后悔

那是一个教育学家讲的寓言：有个人在沙漠中赶路，突然，空中传来了一个声音——多捡一些卵石吧，明天，你一定又高兴又后悔。那人便捡了一些卵石放进了口袋。次日，他惊讶地发现，口袋里的卵石都变成了红宝石、绿宝石甚或钻石……他瞬间就体味到了什么叫"又高兴又后悔"——高兴的是毕竟捡起了一些卵石，后悔的是没有捡起更多的卵石。

这本是一则关乎教育的"远期效应"的寓言，然而，我越来越深切地体悟到，这则寓言其实有着"广谱性"的意义。

当远方的一个亲人离世，黯然想起与之相处的点点滴滴，我又高兴又后悔。高兴的是，我们曾共同创造了许多美好回忆，多少次，我们将遥遥的空间骄傲地踩在脚下，为了见一面，不惧劳顿、不计成本，盼奇迹般地，痴痴盼着坐在同一张餐桌前吃一顿炸酱面。后悔的是，为什么想都没有想过，彼此终会有阴阳两隔的那一天？如果那个黑色的日子能事先发布，我或许会星驰兼路、分秒必争地飞到你身边，寸步不离地陪护着你，将所有的俗务弃之脑后，跟你扯着家长里短的闲篇，任凭日影一点点挪移，心安理得地浪费了光阴。

当我凝视一段生了苔藓的旧爱，想起被这爱一寸寸焚烧的日子，我又高兴又后悔。高兴的是，我被那份爱重塑，我爱上了爱着的自己。万事万物，似乎都染上了那爱的光泽，一个大大的世界，被捧在小小的掌心。当我路过那个特定的地点，我那么快活，感觉即刻死掉都了无遗憾。后悔的是，我为什么没有为那份爱做足加法？在可能的条件下，在日月的注目中。我没有爱到无能为力，我欣然当了自己的逃兵。

当我检视泛黄的梦想，忆及那被写进日记的*丝丝缕缕*，我又高兴又后悔。高兴的是，我毕竟生出了那梦想，并且激励着自己踏上了那片艳丽的土地。迎着怀疑的目光，我将别人眼中的肥皂泡垒成了壮观的城堡。我鄙视捷径，以与众人同挤一个宽门为耻；我迷恋"笨拙地活着"，不惧怕一次次被推到山顶的巨石复又一次次滚落。后悔的是，当初，我为什么将梦想的梯子搭得那么低？星月、云霓，压根就不曾纳入我的视野，直到某一天，当那天上的礼物必然地降落到他人的襟袖之间，我才恍悟——却原来，是我拱手让出了自己的拥有权。

……

——空中那微茫而执着的声音，是上苍多情的启悟；沙漠中困乏不堪的旅人，是疲于奔命的苍生；卵石，是必然会随岁月增值的寻常而又不寻常之物；弯腰捡拾，是对本无意义的生命的一种"意义注入"。可叹的是，庸常的肉眼，总是看不透惹人心惊的结局。错过与过错，拧成一条憾迹斑斑的绳索，捆扎起散佚黯淡的岁月，和着叹息，被无奈地弃若敝屣。是谁，让我们对空中传来的声音本能地拒斥？于是，一波波的"又高兴又后悔"轮番袭扰着我们脆弱的心房，让我们不知是该暗自庆幸还是该暗自抓狂。——嗯，就在我写这段文字的当儿，又一个簇新的"又高兴又后悔"，子弹般，猝不及防地再次射中了伤痕累累的我。

如果你唱得好

████████　我带着高二年级的学生玩"接句"的游戏。

我给出的上句，是一个名叫小娟的弹唱艺人讲的。她说："如果你唱得好……"我让我的学生们展开想象，补写这个假设句。我的要求是：写出你自己真实的想法，不要曲意迎合老师。

学生们的"接句"五花八门。概列如下：

学生甲——那你就可以上"春晚"了。

学生乙——那你的粉丝就会特别多。

学生丙——那就会有唱片公司主动上门与你签约。

学生丁——那你就不用参加高考了。

学生戊——那你以后就不用过上班打卡的日子了。

学生己——那你就可以办个培训班了。

学生庚——那你就可以嫁得好。

学生辛——那你就会招来很多人的羡慕、嫉妒、恨。

学生壬——那你就可以像刘晓庆所说的那样"用每一分钟挣名挣利"。

学生癸——那你的邻居可就要遭殃了，因为你会一天到晚唱个不停。

……

学生们嚷嚷着要看"标准答案"。我说："你所写的，就是你自己的'标准答案'。你的'接句'里盛放着你一颗不走样的心。我曾经写过一篇文章，题目就叫《人生没有错误的台词》。就算是你不假思索脱口而出的句子，也可以出卖你。在你们看来，如果一个人唱得足够好，她就可以过锦衣玉食的日子，她就可以成为名利场上的大赢家；上帝赏给了她一副好嗓子，她就获得了痛苦的'豁免权'——不用高考了，不用打卡了。总之就是：好事追着她，坏事躲着她。你们掉进了一个陷阱——你们跛扈地让这个人以'唱得好'为资本，去换取在你看来最为紧要的东西。

"你们都知道'价值观'这个词。'价值观'其实就是'观价值'——你怎样观瞧一个事物的价值？你更看重的究竟是什么？价值观这东西，通常是看不见、摸不着的。但是，每一个人其实都很难藏起自己的价值观。比如刚才你做接句练习的时候，你的价值观就稳稳地操控着你的笔。那落在纸上的句子，不是你说出来的，而是你的价值观说出来的。你的笔端流出的，就是你心中最想要的东西。你几乎没有'说错'的可能。

"蒋勋先生写过一本书，书名叫《生活十讲》。书中有一个章节，是专门谈'物化'的。什么叫'物化'？'物化'就是指商业社会中的人们对物质的过度追求。蒋勋先生痛惜人们'因为物化而迷失，因为物化而失去快乐'。当一个人立志将自己变成赚钱工具的时候，就等于主动典当了自己的灵魂，阉割了自己的生命。彩虹、流星、涛声、鸟语，这些他都可以视而不见，充耳不闻。他沦为了金钱的奴隶，一辈子给金钱打工。他的生命因此变得干瘪丑陋。他成了上帝的一个败笔。

"物化时代，我们究竟应该拥有怎样的价值观？这个问题值得我们每一个人认真思考。当一个人拥有了某种天分，除了跟名利挂钩，还可能得到怎样的奖赏呢？比如这个小娟，'唱得好'这件事，给她的身心带来了怎样的欢愉？——好吧，让我们来看看这个句子的提供者小娟是怎么说的吧——

"'如果你唱得好，院子里的树就比较绿。'"

1与1000比邻而居

那是多年前的一个夏天，我与儿子站在马路边等车。车一直不来，我俩无事可做，便盯着眼前的居民楼看。

我有个发现，就对儿子说："你注意观察每一家的阳台摆放的植物，看有什么区别。"

他看了一会儿，突然叫起来："哇！有的人家养了满满一阳台花，还嫌不够，竟然又焊了个伸到楼外的多层铁罩子，层层摆放花盆。嘿！简直是立体绿化呀！有的人家嘛，一棵花也没有养——就是这个区别吗？"

我说："你再看看，有没有人家只在阳台摆放了一盆花？"

他看了看说："还真没有。太奇怪了！这些人家，要么不摆花，要么就摆许多花！"

我说："是啊！你看你老妈我，不就是养花上瘾了嘛！你记得吗？咱家养过一棵米兰，开花的时候，它的香气竟然可以从二十层楼一直飘到楼下！这香气鼓舞了我，我于是又陆续买来了茉莉、栀子、薰衣草等香气袭人的花……我每天早起要做的第一件事就是向花们请安。我简直不能忍受家里有空花盆，一旦把花养死，我会立刻设法在那花盆里种上东西，实在没的可种，就种几粒花生，要不，就种一块姜。你爸嘲笑我是'农妇转世'，我呢，还挺认可他这个评判，哈哈……不过，我想跟你说的可不是养花的问题，我想跟你说人性的一个特点：人，一旦在某件事上尝到了甜头，他就遏制不住地要复制再复制。这就是人们通常说的——从0到1的距离，通常会大于从1到1000的距离。我们甚至可以这样说：1与1000比邻而居。就说对面楼里那个焊了铁罩子搞立体绿化的人，一定跟你老妈一样，从养一盆花到养多盆花，一发不可收……"

后来，家里有个农村亲戚迷上了赌博，输光了家中的所有积蓄，又借了钱还赌债。我得知此事后很同情他，便给他汇去了一些钱。收到钱后，他打来电话，大哭。他说："妹子妹子，我要是再耍钱，我就砍掉自己的手指头！你一辈子都别再认我这个哥了啊……"我在电话这边陪着他哭，说了好多劝慰的话。大概过了不到一个月的时间，嫂子打来电话，大哭，说："你哥又去赌了！我没法跟他过了……"我听后十分震惊，儿子却在旁边笑笑地说："妈，这有什么好大惊小怪的？这不就是要么不养花、要么养一阳台花还嫌不够吗！这不就是你所说的'1与1000比邻而居'吗？"

再后来，接触到了"路径依赖"的说法，明白了上述事件均可以表述为：人们一旦进入某一路径（无论是"好"还是"坏"），就可能对这种路径产生依赖。一旦人们做了某种选择，就好比走上了一条不归之路，惯性的力量会使这一选择不断自我强化，并让你轻易走不出去。

——这多像是"鬼打墙"！你掉进了一个怪圈，任凭怎么奔突、挣扎都逃不出一种无形的辖制。你试图前行，却周而复始地踩在自己的脚印中。

"路径依赖"普遍地在我们身边存在着：发表了一篇文章，就生出再发表十篇八篇文章的欲望；献了一次血，就有了再献十次八次血的冲动；资助了一个"珍珠生"，就滋生了再资助十个八个"珍珠生"的想法……而当你第一次蔑视规则却侥幸获赞，当你第一次徇私舞弊却未被拆穿，当你第一次背信弃义却喜得红利，你自然也会踏上一条不归之路，在不断的"自我强化"中一点点逼近生命的断崖。

所有的"习惯"里都住着一个魔。它一旦统摄了我们的灵魂，我们即会不由自主地向着它所指定的方向断然滑去——一个美丽派生出千万个美丽，一个丑陋派生出千万个丑陋。

一想到"1"与"1000"原是比邻而居的，我们就应该感到惊骇、悚震。每个人，都不妨在初始的选择面前打一个激灵，因为，这个初始的选择中藏匿着一个"隐形按钮"，按动之后，它将死死地操控着你，不是让你"越飞越高"，就是让你"越陷越深"……

惊 喜 力

　　这个词是我"自造"的——惊喜力。

　　我以为，"惊喜"确乎是一种能力，一种值得夸耀的能力。

　　我们学校有一句人人皆知的口号："让生命的相遇充满惊喜。"惊喜，是一种喜出望外的欢悦——感谢相遇，感谢上天安排你我走进对方的生命里。网友说，人生不过四亿次眨眼，在这匆遽的一生当中，有缘的人来到同一所校园，在同一个屋檐下厮守数年，每天彼此相守的时间，远远超过了与最亲密的人相守的时间，这是几世修来的缘分！

　　仿佛一夜之间，纳兰容若的一句诗就火遍了全国——"人生若只如初见"。我的学生在适宜的地方引用它，在不适宜的地方也引用它。他们未必知晓这诗句后面的"等闲变却故人心"的苍凉悲吟，只管在惊鸿一瞥、电光石火的定格中忘情啜饮"初见"的琼浆……

　　一见倾情的"惊喜力"，好比露水，往往禁不起朝阳的热吻。

　　想那散文家苇岸，在1998年突然动了一个奇怪的心思——为古老的二十四节气造像！他在自己居所附近的田野上选择一个固定点，在每一个节气日的上午九点钟，观察、拍照、记录，最后形成一段文字。他在《惊蛰》中写道："'惊蛰'，两个汉字并列一起，即神奇地构成了生动的画面和无穷的故事。你可以遐想：在远方一声初始的雷鸣中，万千沉睡的幽暗生灵被唤醒了，它们睁开惺忪的双眼，不约而同，向圣贤一样的太阳敞开了各自的门户……"在苇岸眼中，世界，永远是刚刚"启封"的样子，人间纵然经历了千万次"惊蛰"，他依然雀跃地将眼前的这个"惊蛰"视为鲜媚无比的新娘。

——惊于惊蛰，蛰雷未曾在天空炸响，已然在心空炸响。这等惊喜力，委实令人叹服。

看过一个视频，拍的是宝宝初次冲进雨中的情景。她惊讶，她欢喜，她旋转，她癫狂。她仰着小脸承接那雨丝，欢悦得如同一头撒欢儿的小兽。我想，当这个小生命长大，当她在凄风苦雨中独自擎伞赶路，那视频中的画面，还会在她脑海中浮现么？

当惊喜力被成熟的理性所睥睨，它便会羞赧地逃遁。

有人说："熟悉的地方没有风景。"熟悉的地方不是没有风景，而是眸子生了锈，不肯再将风景视为风景。入秋，我通过微信发了一组"秋林盛开"的红叶图，有个旅游成性的微友看了，惊呼道："周末你去北京香山了？"我回："没有。我去的地方，距贵府不足百米。"我能猜到他看到这条回复后的表情——惊中有疑，疑中有鄙。襟袖之间的风景，是打了折的风景。太容易亲近了，反丧失了亲近的欲望。

在我看来，越是肯对微不足道、司空见惯的事物奉献惊喜力，越有可能将自我修炼成一处绝佳的"精神风景"。

　　究竟谁能说得清楚，那个叫"磨损"的词，生着何等的利齿？它针尖挑土般，一点点偷走"初见"的惊喜，让鲜润的不再鲜润，让颓败的愈加颓败。与"磨损"进行的拉锯战，几乎要伴随我们整整一生。

　　我讲课时多次提到张中行先生的一件小事。张中行先生九十岁时，得到一块心爱的砚台，他长久地抚摩它，神情快乐得如同进入了天堂。当朋友来探望他，他会慷慨地将爱物示人，拿起人家的手，放到那砚台上，和人家一道抚摩。"你好好摸摸，手感多么滋润啊！"他这样说。爱得动一方砚台的心，依然是一颗蓬勃的少年心。

　　爱着爱着就厌了，飞着飞着就倦了，这是多么雷同的生命体验。惊喜力就是赶来拯救厌倦的心灵的。初次淋雨的幼儿，初次相望的眼眸，这些"初次"当中有你么？"初次"之后呢？惊蛰惊醒你了么？红叶染红你了么？有那么一个人，经了七十七回梅开，再看时，依然难掩初见般的惊喜，恨不得在每一树盛开的梅花底下都放置一个"我"，纵宠自己看个够、看个饱——"何方可化身千亿，一树梅前一放翁？"陆游七十八岁时那满格的惊喜力，你有么？

我为什么写"吾儿职场守则21条"

我儿子有一份很不错的工作，存在感、成就感也颇强。但是，身为母亲，我依然不能对他完全放心；有时候看到自己身边的同事出现这样那样的职场问题，我马上就会想：我儿子会不会也出同样的问题呢？自打这个孩子出生，我就一直在盼着"省心"日子的到来——孩子不会走的时候，我就想：待他会走了我就省心了，待他真的会走了，却感觉更不省心了；孩子没上小学的时候，我就想：待他上了小学我就省心了，待他真的上了小学，却感觉更不省心了。一直到后来他读中学、读大学、读研究生、读博士，进入职场，我都有类似的体会——总以为下一站就叫"省心站"，结果，"省心站"至今都没有迎来。终于明白，母亲，就是个无法省心的角色，活到老，操心到老。

操心，是爱的同义语。这世界上有两个人，我对其除了爱还是爱——生我的人和我生的人。只要有"许愿"的机会（例如在生日烛光前），我一定在心里默默为这两个人祝祷，祝母亲健康，祝儿子优秀。

我跟儿子讲过这样一件事——在与我校老教师进行退休前谈话的时候，我有个惊人的发现：每个人都无限留恋自己的职业生涯！他们当中，有的是习惯性迟到早退的，有的是收获过一茬茬学生"差评"的，有的甚至曾经装病不上班，但是，在挥别那个职场上的自己的时候，他们难过了、流泪了。他们不愿意带着憾恨离开，但却永远丧失了修正的机缘。单位，或许是个让人生厌、让人诅咒的地方，我们可以不重样地骂它一千句、一万句，但是，一个叫"我"的东西就活生生地戳在单位里。在一种宿命般的捆绑中，我们必须找到与它诗意共处的理由，因为，你最美丽的一段生命历程，就熔铸在单位里。我们的学校简称为"开一"，我们有句口号叫"开一美好，其中有我"。当然，如果你想跟这口号较劲，你完全可以把它改成"开一垃圾，其中有我"，甚至"开一毁灭，其中有我"。

遥望过一次儿子供职的公司，在心里对它说："拜托你善待我的儿子哦！"我明白，这句话应该有个前提，那就是，我要保证交给你一个值得"善待"的孩子。因为太在乎孩子的生存质量，因为太希望他在职场不留、少留憾恨，因为太愿意让他活成值得他自己崇拜的人，我为他写了"吾儿职场守则21条"——

1. 早晨不去公司刷牙、洗脸、大便。

2. 永远在被人提醒"头发该理了"之前理发。

3. 宁可穿破，不可穿错。

4. 出了家门就绝不趿拉着鞋子走路。

5. 与人谈话时毅然按掉任何人的手机来电（让眼前这个人觉得比天边那个人重要）。

6. 电脑桌面与办公室桌面要时常清理。

7. 与人吃饭,抢着买单。

8. 与上级对话口气不软,与下级对话口气不硬。

9. 不在背后说任何人的坏话。

10. 如果觉得上司做错了,先拿出建设性的意见再开口,否则就闭嘴。

11. 永远不要带着怨气向上司要名要利。

12. 上司也需要朋友,不要巴结,但要贴心。

13. 对神一样的对手要真心服气,对猪一样的队友要真心援手。

14. 做一个会"偷师学艺"的有心人。

15. 永远不要把"赚钱"当成最高追求。你若太爱钱,钱就不爱你。

16. 被人嫉妒说明你还没有超他太多,要知道,土丘不会嫉妒珠峰。

17. 一吃亏,就偷笑。你姥姥讲话:明里人亏欠,暗中天偿还。

18. 比攒钱更重要的是:攒本事,攒人气,攒健康。

19. 凡是值得一做的事,不问结果,全力去做。

20. 别人吃一堑,自己长一智。

21. 拖拉就是弱智。

有趣的是,当有个同事得知我写给儿子的这"21条"之后,便央我转发给她。我笑问:"你儿子才十岁,你要这个干吗?"她答:"我要转发给我老公。"

他们在毕业典礼上说了什么

　　看了一系列来自美国的2014届毕业典礼演讲视频，有三个视频给我留下了深刻印象。

　　首先是一对夫妇的演讲。丈夫的口才显然比妻子逊色。丈夫推出了一个观点，妻子梅琳达负责佐证他的观点。梅琳达是个擅长讲故事的人。她说，她去了趟印度，接触了一些妓女。当她为她们未来可能患上艾滋病而忧心忡忡时，她们却告诉她说，还有比艾滋病更让她们感到难以承受的痛苦，那便是"污名"。她们那么渴望与她肢体接触，她便紧紧地、久久地握她们的手。后来，梅琳达到"垂死之家"去慰问，发现病房的角落里有一个三十多岁的女子被弃置不顾。询问时，得知她是一个艾滋病患者。死神在那女子身上逡巡。梅琳达拉着那个濒死女人的手，无法用语言交流，却在用心交流。形销骨立的女子指着楼顶，说出一个梅琳达听不懂的愿望，但她猜到了，那女子是想到楼顶去看日落。梅琳达招呼义工，想和他们一道抬她上去，但义工们拒绝了。无奈之下，她只好自己抱着那个女子上了楼顶，满足了她看日出的心愿（众唏嘘）。但也仅此而已，没过多久，就得到了那女子去世的噩耗……她说：有时候，越是你帮不了的人，对你心灵的震撼也就越大。演讲即将结束时，梅琳达号召即将走向社会的大学生们竭尽全力去帮助那些需要帮助的人，让更多的人过上有尊严的生活。大学生们感奋不已，激动地起立为她鼓掌。

　　第二位演讲者是位成功女士。在谈到"保持诚实"这个话题时，她举了发生在密友贝琪身上的一个例子。贝琪第二次怀孕时，儿子山姆已经五岁了。山姆好奇地问妈妈：宝宝的胳膊在你的胳膊里吗？妈妈回答：不，宝宝的胳膊在妈妈的肚子里——整个宝宝都在妈妈的肚子里。山姆又问：那么，宝宝的腿在你的腿里吗？妈妈回答：不，宝宝的腿在妈妈的肚子里——整个宝宝都在妈妈的肚子里。这时候山姆又发问了：妈咪，我想知道你屁股里长的是什么？（众笑）——孩子不懂得藏掖，他的问题，都是"真问题"。但是，成年人就不同了。她接着举例说，当她仓促结束了不到一年的失败婚姻时，许多朋友对她说：我早就发现，你俩不合适。她难过地想：那为什么不在我结婚之前告诉我呢？所以，当她说出一个又一个被大学生们忽略着的真相时，当她鼓励大家去改变这些不如人意的现状时，大家才会由衷地为她鼓掌欢呼。

　　第三位演讲者是一位知名男士。他出席的是一所技术高中的毕业典礼，下面坐着的都是获得了"拆装引擎、经营餐馆、建造房屋、修理电脑"等专业技能的、即将开启职业生涯的学生。他坦诚地说：我早就不记得我高中毕业典礼上的演讲者了，因为当时我正在想着毕业聚会的事，但现在连毕业聚会的事也不记得了（众笑）。他话锋一转，调侃道：

你们将记住今天毕业典礼的演讲者，不是因为我的演讲多么鼓舞人心，而是因为会场安排了这么多"特勤局"的人员（众大笑）。他这样夸赞那些聆听者——你们的兽医诊所每月大约要救治250只宠物，所以，我应该把波和桑尼（均为宠物犬名）带来，你们可以精心照顾它们；他这样鼓动那些聆听者——运用你们学到的焊接技术，去建设一间太阳能板房，应对来自中国的竞争（众鼓掌尖叫）；他这样勉励那些聆听者——"天赋"加"辛劳"，可以将你们带到更远的地方；他这样称颂那些聆听者——你们将去做伟大的事情！最后，他祝福他们，为他们祈祷。

这些毕业典礼演讲有一个共同特点，那就是，远离"假话、大话、空话、套话、鬼话"；贴近大地，贴近生命，贴近人心。

——那对夫妇，是世界首富比尔·盖茨夫妇。那是他们在斯坦福大学的演讲。

——那位女士，是Facebook首席运营官雪莉·桑德伯格。那是她在哈佛大学的演讲。

——那位男士，是美国总统贝拉克·侯赛因·奥巴马。那是他在伍斯特技术高中的演讲。

负　累

　　一位同事告诉我说，他老父亲住院了，起因是一对核桃。原来，老爷子受老伙伴们的影响，对"文玩核桃"着了迷，一掷千金买了一对，供在了书架上。没承想，一转眼工夫，孙子就和他的小伙伴们把那对宝贝核桃给砸了。老爷子心疼得嗷嗷叫，暴怒地举起手，在空中悬了半晌，却舍不得落在宝贝孙子身上。急火攻心，老爷子的心脏病犯了。

　　想起了另一个发生在美国的故事。一位老人临终前将自己珍存多年的一件礼物送给了他的侄子，那是一个棒球，上面有波士顿棒球队全体队员的签名。年轻人将棒球视若珍宝。后来，他四岁的儿子很想玩这个棒球，却被他生气地制止了。他严肃地告诉孩子说："我们不能碰这个棒球！永远不能碰！"孩子非常困惑："为什么不能碰这个棒球呢？"他自然不可能对一个四岁的孩子讲解关于这个棒球的来历，只是说："你看，这个棒球上面有签名呢！我们不可以拿上面签了名的棒球来玩。"几周之后，他儿子兴奋地问他："爸爸，我们是不是可以玩棒球了？"爸爸想要重复他讲过多遍的话语，不想，孩子居然说："我们现在可以玩这个棒球了！我已经把上面的签名全都擦掉了！"

在孩子心里，没有价格、价值的概念，看见核桃就想吃，看见棒球就想玩。成人则不同，面对一对寻常的核桃，他的眼会衡量，他的心会掂量。交易时，双方讲着与他们本心南辕北辙的话语，让山里来的、没见过世面的核桃听得心惊肉跳。只有不懂事的孩子，还原了核桃的原本价值。孩子送给核桃仁（假设有核桃仁的话）的评判语可能就一个字："香。"而核桃听了，一定会特别受用吧。棒球因为身上有了签名，就可以作为珍贵的遗物堂皇地传给下一代了。如果它被叫卖，人们会给出超过棒球成千上万倍的好价钱——大家愿意用金钱抬举覆盖在棒球身上的密密麻麻的名字。但是，一个四岁的孩子却将这些值钱的名字视若仇敌，在他看来，正是这些可恶的名字在妨碍着他滚动、投掷这个棒球，于是，他毅然将那些多余的东西涂掉了。他没有错。他只是按照自己心灵的指引在做事。

曾经，我们都是不懂得"值钱"为何物的孩子。但是，慢慢地，我们懂得了。懂得之后，我们的生命就多了一份负累；并且，懂得越多，负累越重。

永不卑贱，永不虚伪，永不残忍

目下人们正在热议家风家训，突然想起了他——大卫·科波菲尔，想起了他的姨婆谆谆告诫他的三句话：永不卑贱，永不虚伪，永不残忍。不知这段话能否算作大卫·科波菲尔的"家训"。

这段话被安排在"人教版"高中教材一个不起眼的角落里。有一次跟一个女生交流写作体会，我提到了这段话。她瞪大眼睛肯定地说："老师，我们书上没有这段话！"我说有的。她坚持说没有。后来，还是教材站出来说话，证明我是对的。我不是那女生的语文老师，但我可以想见，她的语文老师没有注意到这段话；而那个女生也不大可能去注意到这段话，因为既然老师不讲，就不会考，不考的东西，学它干吗。

但这却是多么好的一段话呀！每一个孩子都应该读到它、思考它、践行它。

——永不卑贱。奴性十足的人，一律打着鲜明的"卑贱"戳记。以自我的卑琐，培植他人的下贱，这几乎是所有卑贱者的拿手好戏。鲁迅在他的《孤独者》中塑造了一个名叫魏连殳的形象，他的人生际遇颇像坐"过山车"，忽而低到尘埃里，忽而高到云头上。在他低到尘埃里时，那些世故的小孩子都嫌弃他，连他的花生米都不肯吃；当他高到云头上时，他给小孩子送礼物，前提竟然是要小孩子"装一声狗叫，或者磕一个响头"。这样的故事居然还有"现实版"，在饥饿的年代里，莫言就曾被粮食管理员用一块豆饼诱着，被迫学狗叫。你可能觉得学狗叫的人卑贱，其实，迫人学狗叫者的卑贱程度比学狗叫者高一万倍。越是卑贱，越是嚣张，一个人的嚣张指数与其卑贱指数呈正相关。

　　——永不虚伪。有谁能清醒地意识到，其实，"虚伪"天天都跟我们腻在一起，"皇帝的新装"在我们身边长演不衰。我们见惯了虚伪，渐渐沦丧了说出真相的勇气与热忱。我想，这样的道理不会有人不明白——我们可以叫醒一个沉睡的人，但是，我们休想叫醒一个装睡的人。装睡的人，以刻意营造睡的假象为使命，呼唤、撼动、鞭打都不足以让他醒转来。网友说：虚伪的最高境界乃是把虚伪读作真诚。骗天、骗地、骗人、骗鬼，这虚伪的"道行"还不够深，那称得上"虚伪九段"的，是连自己都可以骗过。侯宝林有个著名的相声段子《买佛龛》，有人问老太太：您这个佛龛是新买的？老太太一听不乐意了：去，哪有这么说话的？！那人赶紧改口：那您这个佛龛是花多少钱"请"来的？老太太愤然答道：哼，就这么个玩意儿，八毛！——老太太充其量是个"虚伪三段"。

　　——永不残忍。看到狮子追捕、撕食羚羊，有人大叫"残忍"，嘻嘻，这哪叫残忍！上帝没有把狮子设定成食草动物，为了活命，它必须这么干。真正的残忍，是来自人类的"精致的残忍"——在熊身上打开一个永远脓血交流的伤口，令其源源不断地为人类提供珍贵的胆汁；当街"活杀驴""活杀猴"，边杀边亢奋地叫卖鲜嫩的红肉或雪白的脑浆；麻利地割下鲨鱼的背鳍、胸鳍、尾鳍，然后将其抛入大海，让它慢条斯理地死去……你以为这些残忍就登峰造极了吗？没有。我最近又见识了一种"极品残忍"，那是一个叫林森浩的研究生提供给我的。他那么淡定地向董倩讲述毒死室友的过程，就像讲述毒死一只小白鼠；在二审的庭审现场，他自始至终没有看过父亲一眼，甚至当法庭宣布判处他"死刑"后失态的老父亲飞身扑向法官时他都冷眼相对……选择用化学物质杀人的林森浩，生命中确乎少了一张不该少的"人性元素表"。

　　卑贱、虚伪、残忍，我们来向这个世界报到时都不曾携带这些东西，但是走着走着，这些东西就像尘埃一样扑向我们。怎样拂去这些恼人的尘埃？怎样守住人生的底线？怎样让"永不卑贱，永不虚伪，永不残忍"成为我们乃至我们家族成员鲜明的戳记？让我们想想，让我们好好想想。

吃　愁

曾经，我是个不会"吃愁"的人。

"愁"是"秋心"啊！心，不期然被秋天劫掠，我怎甘乖乖就范？

在一句歌词前逡巡了很久，那歌词道："甜蜜方糖跳进苦咖啡。"我被那个"跳"字困住了。方糖，它定然是甘愿的了，不然，那个动词应该换成"掉"甚或"跌"。我做不成那块崇高的方糖，我宁愿抱紧自己珍贵的甜蜜，让它小心翼翼地躲开苦咖啡。

可"愁"却是多么地迷恋我啊！终于有一天，我突围不出去了，硬着头皮，拨通了琳的电话。琳是我早年教过的一个学生，现在是一名精神卫生工作者。琳惊喜地说："老师，让我猜猜，您是要通知同学聚会吗？"我沮丧地说："不是。我向你讨要一种市面上买不到的精神类药品……"

"愁"的抗药性太强大了，它居然嚣张地将那一枚枚精致的药片当成了自己的兴奋剂。我每天晚上精神百倍地守着它，听任它携着我上天入地。

一个患有重度精神抑郁症的朋友说，他以每天高声诵读唐诗宋词的妙法，医好了自己的病。偷偷用了他这方子，盼着李杜、三苏们能从千载之前发功，驱走我身上的愁魔。可是，我再一次失望了。

从哪一天开始，我不再与"愁"为敌了呢？我说不清楚。我只知道，我似乎慢慢修炼来了一种能耐，那就是，像吃粥、吃茶一般，平静地将"愁"吞下去。我跟自己商量：姑且，把"秋心"当成一味中药吧，想它具有明目、舒肝、润肺、养心、去燥、益气的神奇功效。服下"愁"去，生出"喜"来。

那天，和一伙子人分享一只硕大的榴莲。榴莲那特殊的气味热烈地包围了我们。大家大呼"好吃"。吃货当中，有人带了一个四五岁的孩子，那孩子快被榴莲的味道弄哭了，她捂着鼻子嚷嚷道："你们缺心眼吧？吃这么臭的东西！"

童年的口味，往往是单一的甜或香，随着年龄的增长，我们的口味要求变得复杂起来，苦、辣、酸、咸，甚至臭，我们都奋勇地去吃。看那卓尔不群的咖啡，竟将黑白、冷热、苦甜这么多对立元素熔为一炉，使自己拥有了远高于蜜汁的昂贵身价。真的，一枚优秀的"方糖"，真会奋不顾身地"跳进"苦咖啡的呀！这是一种带着痛感的"自我实现"。相信吧，那跳进了苦咖啡的方糖，不会愁，不会怨，不会抑郁，不会失眠。

人说，太阳底下没有新鲜事。其实，太阳底下也没有新鲜的"愁"。我吃到的"愁"，早被先人或远人吃过了，我大可不必为它的不期然光顾而大惊小怪。说到底，我的"愁"多是"爱上一匹野马，可我的家里没有草原"之类的闲愁；那也无妨，就让这挥之不去的"秋心"渐次晕染了我的"甜蜜方糖"，让我坐在沁凉的风中，从容自在地读天，读地，读自己。

——能"吃愁"的人，有福了。

一块豆饼的给予方式

假如，我是说假如，你手里有一块豆饼，一块通常用来喂牲口的、口味很不怎么样的豆饼；但是，你身边围了一圈儿孩子，一圈饥肠辘辘的孩子，他们眼巴巴地望着你手里那块"美味"的豆饼，悄悄咽口水。你手里的豆饼有限，不可能满足所有孩子的要求，那么，你会怎样送出手中的豆饼？

有这么一个人，是村子里的粮食保管员，他拿豆饼引逗着肚子瘪瘪的孩子们，让他们学狗叫。他说，谁学得最像就把豆饼赏给谁。结果，一群孩子便争先恐后地学起了狗叫。大家学得都很像，难分伯仲。于是，那人便把那块豆饼"远远地掷了出去"，让孩子们蜂拥而上去抢夺那块豆饼。

在这群孩子中间，有一个叫莫言的人。他后来把这个酸涩的故事写进了他的散文《母亲》。莫言写道，当他回到家中，受到了父亲和爷爷的严厉批评。爷爷说：嘴巴就是一个过道，何必为了一块豆饼而学狗叫呢？人应该有骨气！

当我带领着今天的高中生阅读这篇文章的时候，我没有在爷爷的话上过多引申，毕竟，那种可怕的饥馑不太可能转回身来继续啮噬今天的孩子，并且，他们读初中时就背诵过了"志士不饮盗泉之水，廉者不受嗟来之食"，"为了尊严不学狗叫"的道理他们都明白。但是，我依然不肯轻易翻过这一页书，我说："来，孩子们，我们一起想想一块豆饼究竟有多少种给予方式？"

他们嚷嚷起来——平分了给予，人心向来"不患寡而患不均"；按家庭条件给予，照顾家庭特困的；按年龄大小给予，照顾年龄最小的……

我说："你们说的都有一定道理，我愿意相信你们会动用自己的智慧分好手中的豆饼。但是，我还是担心，我担心你们会自觉不自觉地学那个粮食保管员。邪恶的倨傲心，让他有了那么独特的'创意'——你不是想得到我的施舍吗？那好，那你就先满足我对你的'非人'设定，你是一条狗，你要学狗吠叫、学狗抢食，只有这样的给予方式，才能让我真切地体会到拥有权势的快感。

"孩子们，以后，你们手里可能会攥着五花八门的豆饼——如果你做了教师，你会攥着知识的豆饼；如果你做了医生，你会攥着健康的豆饼；如果你做了董事长，你会攥着薪酬的豆饼；如果你做了执法者，你会攥着公正的豆饼……那么多的人寄望于你，那么多的人巴望着从你那里得到他们正匮乏、正渴盼着的东西，你能将倨傲的给予看成是一种对自我的侮辱吗？就像那个粮食保管员一样，当他动了让那些孩子学狗吠叫、学狗抢食的心思，他已先于孩子们充任起了他预设的角色。

　　"你懂得怎样的给予才称得上是高贵的给予吗？当那块无形的豆饼被送出去的时候，那施予的手，应该是被感恩注释过的——感恩我有机会给予你知识，感恩我有机会给予你健康，感恩我有机会给予你薪酬，感恩我有机会给予你公正……一个社会的美好度，很大程度上取决于给予者的美好度。给予者丑恶不堪，社会就不可能美好。

　　"孩子们，让我们在特蕾莎修女的箴言面前对对表吧——'给予就是接受，施恩就是受惠'。"

谁能读懂一只"纯真的越橘"

　　一个朋友的朋友，坠入人生低谷，想要逃遁，央我荐本书看。我看他说得恳切，便将梭罗的《瓦尔登湖》推荐给了他。

　　一晃半年过去了。再见他时，全不见了先前的黯然。我暗想：莫非，《瓦尔登湖》的功效竟如此神奇？

　　他向众人做了个安静的手势，闹哄哄的房间登时肃静下来。他说："在我最难熬的日子里，张老师给我推荐了一本书。是个美国人写的。那家伙从大城市里逃出来，一个人跑到湖边，过起了原始人的生活。——我说的没错吧，张老师？"

　　他表情古怪地看着我。我点头。

　　他接着说："书里说了这么个事，大家琢磨琢磨。说有个诗人，去了趟田园，写了几首关于田园的诗，就觉得占有了那田园；农夫却觉得，田园里的瓜果属于自己，奶牛属于自己，自己才是田园真正的占有者。你们觉得，谁才是那田园真正的占有者？"

　　大家几乎异口同声地笑答："农夫呗!"

　　那人也笑了："可是，张老师可能就不这么认为。——张老师，你向我推荐这本书，是不是想让我站到诗人那边？但是，现实是残酷的。你只捡到几个野苹果，果园绝对不可能属于你；你在意念上挤走了人家的牛奶，并且提取了牛奶中的精华成分——奶油，可是，人家牛奶的品质却并没有因此发生丝毫改变！我觉得，那个诗人，太过阿Q了。毕竟，谁都不可能生活在真空当中。这个梭罗，看看还可以，绝对学不得!"

　　后来我才知道，此时的他已非彼时的他——人家又"春风得意马蹄疾"了!

　　我为向他荐书的事而懊恼，更为向他荐的居然是《瓦尔登湖》而格外懊恼。

　　——请书中的"诗人"原谅。有些人，确实不适合和你站在一起，看你把田园最珍贵的部分"押上韵脚"，再用"一道最可羡慕的、肉眼看不见的篱笆"幸福地将那田园圈起来。他们会以为你的脑子出了问题。

　　一个"物质控"，不可能真正读懂梭罗。当豪宅、名车的诱惑高于一切的时候，你让他走进梭罗寒酸的湖边小屋，他只会觉得这是一个天大的笑话。

　　梭罗说："没有一只纯真的越橘能够从城外的山上运到城里来。"一些人听了这话，一定会觉得梭罗又在胡说了——不就是一只越橘吗？我有的是钱，我不惜空运！仅仅几个钟头甚至几十分钟的时间，我就可以将山里那只高傲的越橘握在手中了，她的品质，根本来不及发生任何改变！是啊，你富得流油，你有这样折腾的权利；但是，你永远读不懂一只"纯真的越橘"的拒绝。你不可能看到，在你强行掠她出山的时候，她固执地捐弃了自己的一缕芳魂。只有她自己清楚，她的生命，发生了多么可怕的损耗。她只肯让你得到一种食物，不肯让你得到一只真正意义上的越橘。在你和越橘之间，有一道用钱币垒砌而成的厚障壁，你在这一边，越橘在那一边。就算你把一只看似完美的越橘如愿以偿地摆到自家的几案上，你所占有的，也不过是一只越橘的空壳。

诗人带走了一个精神的田园。

越橘留下了一个精神的自我。

生命中一些珍贵的获取，往往与金钱没有任何关联；生命中一些抵死的坚守，可能在视界之外进行。有人说，梭罗是瓦尔登湖的情人，是大自然的情人，他"简单而馥郁"的一生，是一个常读常新的美妙寓言。那些脚脖子上坠了沉甸甸黄金的人，注定走不到遥远的瓦尔登湖畔；那些耳朵里灌满了闹嚷嚷市声的人，注定听不到云雀高亢的欢歌。

我去远方寻找我

当初，我去远方寻找你。痴痴地相信着那片陌生的天空下定然藏着奇遇。到处是生疏的面庞，偶有一双眼睛，逗得我唇吻上欲要惊喜地蹦出一声欢呼，然而，那花朵未及开放，就已沮丧地凋萎。——误认，一次次刺痛了我的心。我却不能回头，任性地走向更远的远方。你的信息，那么孱弱，仿佛一阵微雨，即可将它扑灭。但是，我信着你的存在，一如花蕾信着春天。在那个惹得我日后千万次回眸的黄昏，你宿命般出现在我的视野里，逆着光，却让我觉得那般晃眼。你说：嗨，一起走吧。我几乎没有犹豫，就随你踏进了夜的门槛。寻到了你，我甘愿欣然地丢失自己。

后来，我去远方寻找她。我是带着一颗朝圣的心出发的。出发的时候，我甚至不知道她原是一块磁铁，而自己竟是一片铁屑。她的追随者那么多，而我是滚滚人潮中打着鲜明的自卑戳记的那一个。我走得好辛苦。爱我的人在后面殷殷召唤：何苦呢？赦免了自己的脚，也赦免了自己的心吧。我想哭泣，表情却恬然背叛了我，于是，笑容成了我真实的假面。总想证明什么给人看。手里捏着一根寻常的火柴，却试图将漫天冰雪点燃起冲天大火。我笃信远方的她定会为我助力，我笃信一旦拉住她神奇的手，凡庸的生命即可获取无尽的能量……多少年过去，人们都说我已寻到了她，但我分明感觉到：我离她越近，她离我越远。

而今，我去远方寻找我。——在你让我幸福地迷失了自己之后，在她让我懊丧地倾覆了自己之后，我去远方寻找我。注定了，我的那个我，不会栖息在熟悉的枝头，那个我是那么"恋生"，会将自己妥帖地藏在一个不容易寻到的僻远之地。惫懒的日子里，我有时竟会认不出镜中的自己——这个目光呆滞的人究竟是谁？这个首如飞蓬的人究竟是谁？这是一个被日光和月光一点点揉烂的人，这是一个被分针和秒针一点点剪碎的人。相思般地，我苦苦思念起远方的那个我，我甚至相信那个我会说：当君思我日，我亦倍思君。于是，就像救火一样，我万分焦灼地将那个烈日下冰雕般迅疾委顿着的人从酷烈的背景中救出来。我要将深深怜惜着的这个人送到清凉的远方。是谁说：陌生的世界，一律是刚刚启用的世界。——嗯，就让我潜入这簇新的世界，像在雨后的青草中寻找一柄菌盖那样饶有兴味地寻找我吧。这是件多么让人欣幸不已的事——我在每一芽初萌的草叶上邂逅了我！我在每一茎轻颤的芳蕊中邂逅了我！新生的喜悦，鼓荡着我善感的心房。我与一尊刚刚挣脱了顽石束缚的完美雕像对面而立，我恋恋地拉住她的手，指望她赐予我温度、血流和心跳……就这样，在春天之外，我又意外地获赠了一个富丽的春天。

记忆里，那因冰欺雪侮而日渐模糊的诗句，唯有此刻才能复活般响起，如钟如镝——

"人们去远方，只是为了紧紧地搂住自己……"

"小港渡者"的忠告

清人周容所作《小港渡者》仅有129个字，却讲了一个发人深省的故事——

顺治七年（1650）冬天，周容要从一个叫小港的地方进入镇海县城。吩咐小书童用木板捆扎了一大摞书跟随着。眼看太阳就要落山了，傍晚的烟雾缠绕在树头，镇海县城还有大约两里路远。他便问一个摆渡的人："待我们赶到县城，还赶得上南门开着吗？"那渡者仔细打量了小书童一番，回答说："若是慢慢走，城门还会开着；若是惶急赶路，城门怕就关上了。"周容听了有些气恼，觉得渡者在戏弄人。这一主一仆便快步前行。南门在望了，惶急赶路的小书童却摔了一跤，捆扎书的绳子断了，书散落一地；小书童哭着，一时竟没能站起来。等到他们把书理齐捆好，前方的城门已经下锁了。直到这时，周容才恍然明白了渡者那番话的深意。

——隔了三百多年的烟尘，周容殷勤地为我们送来一面镜子，他多么期待我们能从镜中窥见那个愚钝的自我啊！

从什么时候开始，我们共同迷恋上了一个叫"速度"的情人？我们视"慢"为寇仇。与彼时问路的周容一样，我们对"渡者"的金玉良言嗤之以鼻。——读书要"速读"，创业要"速成"，作物要"速熟"，肥料要"速效"，寄物要"速达"，婚恋要"速配"……我们来不及分析，这"速"中包含了几多毒素；更没有工夫去琢磨，那被我们省略掉的环节中埋藏了几多珍宝。

我们的农民盼高产盼疯了。他们说什么也搞不明白，为什么一家日本企业在山东莱阳租地种草莓，草莓再瘦再小也舍不得往田里撒半点化肥；而当那种名叫"美莓"的草莓卖到每公斤130元的时候，我们的农民弟兄才真正傻了眼。——"种植之前先做土，做土之前先育人"，这两句来自异邦的种植格言，不知能否点醒那些只管一味往西红柿上涂抹增红剂、往西瓜上涂抹膨大剂的聪明人。

我们的教授盼出名盼疯了。他们在自己的专著里"借鉴"了太多别人的东西，偏又"忘了"注明出处，结果，钓取功名的专著成了白纸黑字的证据，被钉在耻辱柱上的人却不懂得缄口自省，还要昂起头来，竭力为自己一个个溃烂的脓疮做美丽的辩护。当我们听到德国国防部长古藤贝格因涉嫌抄袭而辞职的时候，我们震惊了。一个网友留言道："我说古藤贝格，你脸皮儿咋恁薄哩？恁大个官儿，你赖着不辞职别人又能把你咋样？"——知耻也罢，不知耻也罢，反正"耻"就在那里，不增不减。

……

还有谁，正跟三百多年前那一主一仆一起，用自身行动兢兢业业地为"欲速则不达"这个成语作着精妙诠释？

躁急的心，嗅不到从容娴雅的花香；冒进的人，步步都可能踩响自布的地雷。"徐行尚开，速进则阖"——你可悟透了"小港渡者"话中的深意？

偷来的巧是致命的拙

我给高三学生布置了一道供材料作文题。材料是一组漫画：一群人，每人背着一个超过身高的硕大十字架在埋头赶路。他们走得好辛苦啊。在这些人当中，有一个人开始动脑子了。他趁人不备，用锯子把十字架的末端锯下去了一截。——嘿，明显轻松了许多。很快，他就走到队伍的前面去了。在某方面尝到甜头的人，会一次次地萌生以同样方式追求甜头的心。这个人也不例外，觉得累了，他再一次拿出锯子，把十字架的末端又锯去了一截。更加轻松了。他得意地哼起了小曲。突然，前面出现了一道深谷。背着十字架赶路的人们纷纷把长长的十字架搭在深谷的两边——彼时拖累人的十字架，此时化作玉成人的桥梁。那么多人，轻松愉快地从自己的十字架上通过，如愿以偿地走到深谷那边去了；而那个偷巧的人，却因为变短的十字架无法架在深谷两边而永远被留在了深谷这边……

与其说我给高三学生提供了一则作文材料，不如说我给他们提供了一个人生镜鉴。人到高三，背上十字架的分量陡然加重。百套卷、千道题、万种法——你可生出了偷巧的心？锯子在身内，锯子在身外。锯子的利齿，随时乐意帮你啃掉沉重十字架的末端。但是，深谷不迁就短处。残缺的十字架，只能编织残缺的梦。

何止高三？人生不也如此吗？国家不也如此吗？

"聪明"不是"智慧"，但"聪明"往往比"智慧"更容易博得当下的掌声。当一个个十字架被聪明的手一次次锯短，卸了重负的人在偷笑，愚钝的裁判员看不出这个冲在最前面的运动员原是作弊者，激动万分地宣布了一项新纪录。深谷没有出现在今天，深谷甚至也可能不会出现在明天。但是，深谷不动声色地横亘在我们必然经过的前方，等着在一个绕不开的时刻看我们的笑话。

饮鸩止渴，剜肉医疮，聪明反被聪明误。古人造出了这些词，预备给后人恰切地使用；而我们，果然就用上了，并且用得恰切到让人悲凉。是谁，天生一颗偷巧的心，锯短十字架成了人生的本能动作。残缺的十字架，诅咒般地投影于你我的生活——餐桌上有之，马路上有之，空气中有之……只有汇报材料的数据中没有。

什么时候我们才能彻底明了：捷径，其实是最远的路；偷来的巧，其实是致命的拙。

别丢了坎蒂德

　　儿子打来电话，没聊上几句，我就急着问他："坎蒂德怎么样了？他走了吗？"

　　儿子笑起来："妈，你怎么这么惦记他呀？我都嫉妒了！"

　　儿子在英国剑桥 CSR 公司工作。刚一上班的时候，他就告诉我说，与他对坐的是一个葡萄牙人，名叫坎蒂德。坎蒂德的工号是十二号，年纪不大，尚未娶妻，却是这个公司地道的元老级人物了。公司排前二十个工号的只剩了三个人，只有坎蒂德一直没有当官，不是因为他缺乏能力，而是因为他不感兴趣。

　　"他可牛了！"儿子说，"他是全公司员工在技术方面请教的中心，据说他的钱多到可以在伦敦买上几栋楼呢！"

　　就是这个"可牛了"的坎蒂德整天穿得像叫花子似的，上下班骑一辆破自行车。

　　"他是刻意藏富吧？"我问。

儿子说："我看不像。他的兴趣不在吃穿用度上。"

——当官没兴趣，吃穿用度也不讲究，那这个坎蒂德"情感的出口"究竟在哪里呢？

儿子说，坎蒂德是个"超慈悲""超热爱大自然"的人。他去了一趟养鸡场，看到速成鸡被囚禁在不能转身的笼子里，参观者被告知不可大声讲话，否则这些心脏特别脆弱的鸡就会被当场吓死，回来后，坎蒂德就开始吃素了。他说，他好可怜那些鸡；他还说，他有时候会莫名地思念那些鸡，很想去探视它们，却又没有勇气。

三个月前，坎蒂德利用休假回到葡萄牙，投注了一笔巨资。

儿子让我猜猜他买了什么。

我说："别墅？土地？度假村……"

儿子说："都不是。他买了一座森林。"

休假结束回到公司，坎蒂德每天惦念他的森林。他把森林的照片一张张翻给同事们看，像炫耀自己年轻貌美的未婚妻。

他告诉我儿子说，他准备辞职，回家去照顾他的森林。他在英国置办了高档的摄像机、照相机、放大镜、显微镜，说是回去后要好好观察研究森林里的各种植物与昆虫。

2008 年，剑桥大学在剑河畔为中国诗人徐志摩立了一块大理石诗碑，碑上刻着徐志摩《再别康桥》一诗中的四句话："轻轻的我走了／正如我轻轻的来／我挥一挥衣袖／不带走一片云彩。"碑上只刻了中文，并无英文译文。坎蒂德央我儿子为他翻译。我儿子不但为他翻译了那四句诗，还告诉他说，自己的父亲也是个诗人，并且也姓徐。坎蒂德听了，非常高兴。他说，他愿意随时恭候中国诗人的儿子游览葡萄牙，游览他美丽的森林。

　　坎蒂德是在2011年12月2日那天离开剑桥的。临走前，公司的同事们按惯例为他"凑份子"送行。一笔可观的英镑打到了一张卡上，送到了他的手中。他一拿到那张卡，立刻让我儿子和他一起在网上查找非洲一个救助饥饿儿童的网站，查到后将钱悉数捐了出去。坎蒂德举着那张分文不剩的空卡，开心地对我儿子说："这个，我要收藏的。"

　　——我多么愿意让儿子一辈子都与这样的人做同事啊！工作出色，内心澄澈，酷爱自然，悲天悯人，不为外物所役，不为虚名所累，有本事赚钱，更有本事把钱花在给生命带来无边欢悦的地方。

　　"永远不要丢了坎蒂德。不管多远，都与他保持联系吧。"我这样嘱咐儿子。

这么"好玩"

　　第一次见到刘黎理老师，就被她的一个妙论深深吸引。她说："教育是一件好玩的事。"我和在场的人听了都笑起来，刘老师却没有笑，她说："好的教育就是一条魔幻隧道，孩子进去的时候是一个样子，出来的时候又是一个样子。孩子被这条隧道彻底改变。一进一出，孩子变得被人难以辨认，甚至连自己都辨认不出自己了。教育让爬行的人生出翅膀，让低到尘埃的生命抬起高傲的头颅。教育使人拥有了伟大的第二次诞生，它能让无力者有力，让有力者前行。教育给好梦搭了一架万能的梯子，让庸常的手可以摘星揽月。——这种'大变活人'的戏法，怎么能不好玩呢?"

　　不由得想到在一次国际数学大会上，著名数学大师陈省身教授给广大少年数学爱好者的题词。他的题词只有四个字——"数学好玩"。我多次跟我畏惧数学的学生谈到过这个有趣的题词。在多数人看来，足球好玩，街舞好玩，网游好玩，而陈省身教授却说"数学好玩"。他没有欺骗世人。从阿基米德在屠刀下对罗马士兵怒斥"不要弄坏我的圆"，到被称作"美国的国家财富"的马丁·加德纳的"趣味数学狂欢节"，我们领略了数学带给人的无限乐趣。那在逻辑的推演中获得的一次次意外惊喜，是"好玩"向善思者抛掷的绣球。

有一段故事，是已故历史学家唐德刚教授讲的。他说，胡适先生曾经说《红楼梦》不是好小说，因为它没有主题。唐德刚问他："《红楼梦》不是好小说你为什么要研究它呢？"胡适先生回答了两个字："好玩。"——又是"好玩"。是呢，除却"好玩"，我们又该如何恰切地评价这部人间奇书呢？越剧《红楼梦》上演时，我还是一个县中的住宿生，我和同宿舍的兰子不惜违反校规，翻越学校高高的围墙去电影院陪着徐玉兰、王文娟流泪，顶着满天星斗，哼着越韵的"天上掉下个林妹妹"疯癫癫地往回走……每一个真正的中国人，都是从同一栋"红楼"中款款走出来的啊！我喜欢听红学家舒芜说："中国何幸而有《红楼梦》，《红楼梦》何幸而有'红学'！"我更喜欢听红学家蒋和森说："中国可以没有万里长城，却不可以没有《红楼梦》。"

——"好玩"，是一个能够达到俯瞰风景的高度的人说出的一句妙语。如果我们还没有达到某种高度，我们所体察到的多是"不好玩"。长期以来，我们多么喜欢标榜"苦"——苦读苦学，苦研苦干。仿佛离了苦就靠近了轻狎与怠惰，仿佛只有苦才可以约会到鲜花与掌声。其实，"趣"的含金量远高于苦。总有人问我："工作那么忙，怎么还能坚持写作？"我想，如果是"苦"字当头，我早就撂笔了。我欣赏写作中的自己。我喜欢看那个"自己"欣然剥开心上厚厚的茧，在文字中粲然绽放生命；我喜欢看那个"自己"从光阴里撷来点滴绿意，兴致勃勃地编织春天。我从来不是在"忍受写作",而是在"享受写作"。——忍受某事,最终只能收获"及格";享受某事,最终才可能收获"卓越"。

从"不好玩"到"好玩",是一颗心的修行课业。掂量你手头的拥有,叩问自己,它究竟好不好玩?如果你的回答是肯定的,那么恭喜你,你一定可以走得更远更远!

第四辑:
美人尺

　　"親愛"。你还会写这两个繁体字吗？你能接到它们身上那传递了数千载都难以被时光阻断的信息吗？让你的灵魂安静下来，让你的心眸慢慢张开，检索一下自己的"親"，盘点一下自己的"愛"。就算你多么熟稔地书写着"亲爱"，也一定要在心之一隅珍存着"親愛"。

　　　　　　　　　　　　　　——《亲爱》

命运曾那样亏待母亲，但母亲却有能耐将吞下的苦悉数酿而为蜜，再用这蜜去慷慨滋养他人。——《母亲的"报复"》

美 人 尺

听一位美术老师讲如何品鉴仕女图。

PPT翻页，哇，满屏的仕女图！他微笑着问大家："喜欢这些仕女图吗？能看得出它们的优劣高下吗？"

看那一幅幅丹青，工笔也好，写意也罢，功夫都着实了得；再看那画中女子，或倚或坐，或颦或笑，或赏玩，或歌吹，都美得令人心醉神迷。我试图按老师的要求为这些画作分一下类，却又实在无从下手。

老师说："我给出一个标准，你们可以按照这个标准去操作。仕女图大致可分为三个档次：悦目，赏心，牵魂。——好，下面你们再试着区分一下。"

——悦目，赏心，牵魂。老师这把尺，给得好啊！刚才还混沌不堪，突然就云开雾散了。

我首先找到了"悦目"类的。那是一些养眼的女子，云鬓花颜，却仅有"浅表性"美丽，且又美得呆、美得冷，让你觉得，伊充其量就是个画中的人儿。你不可能生出与之亲昵的冲动。她的美，是平面的，只薄薄一层，吹拂可散。

再寻"赏心"类的。那些女子，除却容颜姣好，通身散发着温润光泽。她是有温度的，并且她的心里盛满了芬芳心事。你会忍不住猜想她的来路，猜想她目光后面摇曳着怎样旖旎的故事。她的美，是立体的，由外而内，密致坚实，光阴亦难剥蚀。

"牵魂"类的画作仅有一幅。画中女子，似人非人，似魅非魅。眉眼吊得高高的，清逸典雅，见之忘俗。风，打从她飘举的衣袂中来，轻掠你的颊。看她抚琴的手，那么生动，仿佛被袅袅的乐音缱绻地宠了，指纹中溢出山清水秀。——这女子，分明是为了入众生之梦而生。她的美，具有高渗透性，足以"映带左右"，烛照人生。

悦目的，赚走我一个眼神；赏心的，赚走我一串叹赏；牵魂的，赚走我一世怀想。

——这把尺，不仅适合衡量仕女图，世间美人，不也同样可以做如许衡量么？

母亲的"报复"

这次回家，跟母亲拉呱，说到"深泽庙会"，母亲又提起了"菏泽丐帮"："好多年不来赶庙会了。也不知道他们咋样了……"我听了大吃一惊，问母亲："你还惦记着他们呢？我真服了！"

为了我们家跟菏泽丐帮那点事，我还曾写过一篇文章，题目是《我家的"丐帮"亲戚》。许多人读了之后问我："那是真的吗？你家真的是菏泽丐帮的集散地吗？"我笑答："千真万确！"

1978年深泽庙会期间的一个傍晚，一个瘸腿的乞丐（后来我们知道了他原来是"丐帮帮主"）来到我家门前，开口就喊我母亲"姑"。他对我母亲说，他是山东菏泽人，胡乱吃东西，吃坏了肚子，看能不能给他找几片黄连素。母亲不但找来了药，还给倒了一茶缸子热水，嘱那人吃下。"帮主"看我母亲是个和善的人，就提出在我家柴棚里借住一宿。母亲自然应允……

就这一声"姑"、几片黄连素，掀开了我们家与丐帮交往的伟大历史！丐帮一传俩、俩传仨，一大群人呼啦啦都跑到我家柴棚来住；他们若是讨要来了饮料、水果，居然要孝敬"姑"；有一回，我可爱的小侄子飞奔回家，激动万分地告诉家人："我在街上看到我要饭的爷爷（请注意这个美好的称谓）他们了！"有时碰上我父亲、弟弟干活缺人手，他们也会七手八脚地帮忙；1993年，我家翻盖了房子，柴棚成了厢房，"帮主"他们舒服地住在里面，风雨不动安如山；2003年，我弟弟、弟媳大手笔，拆了旧房，起了四层大楼，"帮主"他们见此光景，知趣地走开了，但是，母亲不依不饶，非要让他们住进来——在三层阳面，特意给他们预留了一个大房间……

我跟母亲说："那个帮主，虽说叫你姑，可实际年龄比你都要大吧？你想想，你都是八十岁的人了，他们怎么还能跑得动？再说了，这些年日子越来越好过，他们很可能已经过上了富足的生活，用不着到处跑着要饭了。"母亲说："也是。可年年一到庙会，我这心里头就想起他们来了。唉，你说，挂记他们干吗？"

——我明白，劝也白劝，母亲的心中有一个位置，就是专给"帮主"他们留的。她对"丐帮"的惦念，差不多是一种难以违逆的宿命。

我外祖母生了六个孩子，我的一个小舅舅在很小的时候就夭折了。家境困难到令人无法想象。母亲说，她和我那几乎要饿晕了的二舅去到一户富裕人家讨饭，一个恶汉在大门口叉腰道："走吧走吧，没有吃的了！"可是，母亲分明看到他家窗户下面有一笸箩高粱，母亲就提出要点高粱，恶汉说："给了你们，猪吃什么！"在饿得实在扛不住的时候，母亲居然和二舅每人吃了两瓣蒜（家中唯一可吃的东西），喝了一点水……每当母亲跟我们姐弟讲到这段往事，眼里都会转动着泪花；而我，被那兄妹俩"喝凉水、就蒜瓣"的惨景一次次击中，心头的苦辣蜇痛了双眼。真恨不能穿越回岁月深处，带那可怜的兄妹俩去吃一顿大餐。

一直想问问母亲，当年，她给"帮主"找药倒水的时候，是不是想到了自己在恶汉家门前遭受的冷眼和羞辱？母亲会不会有一丝庆幸——她终是寻到了"报复"那不堪回首的往事的一个好机缘！于是，她温柔地对待"帮主"他们，就像对待自己失散多年的亲人。每次翻盖房子都事先想到如何安置那些每年秋天候鸟般飞来的"穷亲戚"。母亲多么善于"报复"啊！她跟每个脏兮兮的乞丐都热络得要命，听着年龄跨度至少有二十岁的一伙子人争先恐后地"姑""姑"地唤她，她内心的喜悦都跳到脸上，开出花来。

——在远离母亲的城市，每当听学生们背诵《弟子规》中"勿谄富，勿骄贫"的时候，我都会在心中说：我的母亲，为"勿骄贫"给出了一个满分+的答案呢！命运曾那样亏待母亲，但母亲却有能耐将吞下的苦悉数酿而为蜜，再用这蜜去慷慨地滋养他人。母亲的"报复"，竟是这般高妙！身为她的长女，我叩问自己：我该怎样修心，才配得上做她的女儿？

昨天那个我来找今天这个我

我梦见昨天那个我来找今天这个我。

她，似乎认不出我了。阳光强烈，空气中弥漫着枣花香。她那么瘦弱，头发有些蓬乱，衣服脏兮兮的。她眯起眼睛看我，仿佛在说：啊？你就是我寻了很久很久的那个人吗？我有些慌乱，就像第一次与异性约会；我竭力笑得温柔，企图博取她的好感；我本能地想要藏起些什么，为的是不在那双单纯的眼眸中读到失望……她看着我，就像女儿看着母亲，也像妹妹看着姐姐。突然，我冒出了一个荒唐的念头——带她去吃一碗牛肉面。嗯，我家附近新开了一家牛肉面馆，我一直想去，却寻不到个伴儿，独自去吃，兴味索然，这下可好，她可以陪我去吃了。可就在要迈进面馆的一瞬间，我醒了。——好恨自己，怎么偏偏在这时候醒了！不让自己睁眼，巴望着再睡去、再续梦，然而，不能够了。我坐起来，揿亮了灯，瞥一眼挂钟，是凌晨三点一刻。

我睡意全无，坐在这个梦的尽头，怅然，恻然。

　　我给自己出了一道思考题：如果昨天那个我来找今天这个我，她该怎样看我呢？

　　口无遮拦的她会不会说：你身上少了一些东西，又多了一些东西。假如她真这么说，我得买账。是的，我少了一些清秀，多了一些赘肉。但这样的回答，她肯定不会满意。我继续检点自身少了和多了的东西。我发现，我少了对自己的深度好感，多了与自己的无谓作战。

　　昨天的那个我，是个懂得悦纳自己的我——赤日炎炎，那个十四岁的女孩独自在深泽到晋州的公路上骑行，一路走，一路留心看公路两旁白杨树上的"眼睛"，居然发现其中一只高高在上的"眼睛"与自己的眼睛有极高的相似度！刹住车，两条长长的腿叉在那辆破旧的"二六"自行车两边，仰脖对着那只"眼睛"傻笑。后来每每走到这里，都要饶有兴味地重复这档节目，心里揣着隐秘的、不可诉人的小欢喜，唱着歌，流着汗，骑完长得不可思议的路。

　　从什么时候开始，我学会了对自己横眉立目？不能跟自己做朋友了，这感觉真是糟透了。拧巴，撕扯，血刃相见，这发生于一个人身上的战争多么酷烈！一个个灰颓的念头轮番袭扰我，让我不得安生。也会与之开战，也会跟它们说：哼，休想扳倒我！但是，在这硝烟弥漫的日子里，我被搞得精疲力竭。有一段时间，总觉得孬情绪来自枕头，便患了强迫症般地频繁更换枕头。不能去商店的床品柜台前，去了，定会抱个新枕头回家。海绵枕、木棉枕、羽绒枕、茶香枕、蚕沙枕、荞麦皮枕、决明子枕、牡丹花籽枕……家里五花八门的枕头快要摞上天了。我花费了很长的时间才搞明白，我弄来这么多枕头，原不是在取悦自己的皮囊，而是在取悦自己的灵魂。然而，我的灵魂多么难伺候！它不认为那些枕头带给它的是舒适与宁谧。它的拿手好戏，就是与我的皮囊背道而驰。自己是自己的敌人，自己是自己的仇人，自己是自己的债务人。撕裂的痛，伴随我分分秒秒……

我想，昨天的那个我，她不可能是无端闯进我梦中的，她是肩负了使命而来的吧？她是来拯救这个如此善于虐心的可怜虫的吧？她犹如一个空虚的影子，被遗弃在岁月深处。她完全可以随风去了，但却偏偏不肯。她踉跄地闯入我的梦中，眷注，垂怜，憾恨。我知道她不愿看到我今天的生存状态。她宁愿看到一个孱弱的肉体供养着一个殷盈的灵魂，也不愿看到一个丰腴的肉体供养着一个瘦悴的灵魂。

尘世间，每一个不和谐的生命体，都是造物主的一处败笔。

——谢谢你！你不会白来。以你来的这一天为界，我要活出一个全新的自己，我要活出一个让自己待见的自己。复习小时候唱过的那些好听的歌，适度纵宠自己不逾矩的小愿望，劝说自己的皮囊与自己的灵魂学着彼此妥协，悦纳他人、悦纳自我、悦纳世界……

嗯，就当那个梦越过了黑白之界，就当你不离不弃地陪伴在我身边。你看，你看，蓝天上有白云在不紧不慢地走，空气中飘着不浓不淡的花香。宝贝，请允许我牵着你的手，让我们一起走进那家面馆，温存地陪着对方，吃一碗牛肉面。

你的名字里藏着一个海

2008 年春天，有人跟我说："你学校为什么不申办一个'珍珠班'呢？"我一愣："'珍珠班'？什么叫'珍珠班'？"后来，我知道了"珍珠班"是台湾素有"王圣人"之称的王建煊先生创办的一个教育慈善项目，资助那些"成绩特优、家庭特困"的学生完成高中学业。之所以叫"珍珠班"，是因为王建煊先生认为那些因家庭贫困而濒临辍学的优秀学生好比一颗颗大珍珠，有被丢进垃圾桶的危险，所以，他要"捡回珍珠"，而那些被"捡回"的"珍珠"们汇聚的地方就叫"珍珠班"。

我深深地爱上了这个又痛又美的名字。2008 年秋，"珍珠班"在我校成功挂牌。我本人荣幸地拥有了一张"有爱走遍天下"（王建煊先生拟定的"珍珠班班训"）的美丽名片。

怀着"朝圣"的心，我走进了位于浙江平湖的"珍珠班大本营"，看到墙上挂着一幅中国地图，地图上按着一枚枚彩色图钉，有红色的，也有蓝色的，大部分图钉都集中在西部地区。我注意到了，唐山的位置按着一枚蓝色图钉，我知道，那代表我们学校的"珍珠班"。我问台湾来的义工刘黎理老师："蓝色代表'珍珠班'，那红色呢?"刘老师说："红色是'一个孩子一个蛋'项目哦。"——"一个孩子一个蛋?"刘老师看我一脸困惑，便告诉我："那是面向贫困地区小学生的一个资助项目，每个不辍学的小孩，都能每天在学校分到一个煮熟的鸡蛋。有好多家庭的小孩就是因为舍不得这个鸡蛋，所以一直坚持读完了小学。"我看着地图上那一大片红色图钉，感慨道："这每天得吃进多少个鸡蛋呀?"刘老师笑笑说："几万个。"

2010年，我终于有机会走进了台北王建煊先生的书房。亲耳听他讲："西北的小孩子们，脸孔红红的，追着我喊'鸡蛋爷爷''鸡蛋爷爷'。有个小孩乖巧地跟我说:'鸡蛋爷爷，昨天，我把领到的鸡蛋拿回家给奶奶吃了。'……"我流泪了。祖籍安徽的王建煊先生，自幼家境贫寒，兄弟三人，靠"鸡屁股银行"完成了学业;今天，他在一枚枚鸡蛋上所倾注的深情，我懂。

后来，我知道了王建煊先生在缅甸实施的两个慈善项目，一个叫"一个孩子一碗粥"，一个叫"我爱你，我疼你"。前者是为学龄儿童捐助一碗热粥，后者是帮那些常年以脏水当饮用水的村庄打井。我同样喜欢这两个慈善项目的名字。一看到这名字，就让人有解囊的冲动。

再后来，我知道了王建煊先生在台湾创办的另一个慈善项目。因他与夫人苏法昭女士无儿无女，所以，推己及人，他想到了那些如他们一般无子女家庭的种种难处，于是启动了"无子西瓜"(对无子女家庭的戏称)慈善项目。该项目除了对无子女老人实施经济援助、日常照料外，还负责为他们的重大手术签字。

……

一个无儿无女的老人，膝下却这么多"孩子"，且每一个"孩子"都有一个那么让人过耳不忘的名字——"珍珠班""一个孩子一个蛋""一个孩子一碗粥""我爱你，我疼你""无子西瓜"。我总是忍不住在心里问王建煊先生：先生究竟是动用了怎样的深情，才想出了这些又苦涩又甘冽、又苍凉又温煦的名字啊！这些名字里藏着一个海，浩瀚、蔚蓝、伟力永远是它的主调。

面对大海，请允许我脱帽敬礼。

先生究竟是动用了怎样的深情，才想出了这些又苦涩又甘冽、又苍凉又温煦的名字啊！这些名字里藏着一个海。浩瀚、蔚蓝、伟力永远是它的主调。——《你的名字里藏着一个海》

左三为王建煊先生

也强悍，也温软

"也强悍，也温软"，这是一位先生将我介绍给陌生人时的用语。这正中靶心的六字评语，登时射倒了我。

不喜欢被人唤作"才女"，我无才，写个东西，又拙又慢，那锦心绣口、倚马可待的，绝不是我；更不喜欢被人颂为"女神"，这廉价赞美的泡沫，湮没了我，也弄脏了我；最讨厌被人称作"女强人"，感觉离"女强盗"不远了……

也强悍，也温软。这是何等让人受用的评语！

不会温暾做人，也不会温暾作文。别指望让我昧着良心和稀泥。看到不平事，我定会愤、会鸣、会像《皇帝的新装》里那个孩子一样愣头巴脑说出聪明人绝不肯说出的真相。不要问：你一个女人家，咋就活出了"杂文心态"？那是因为，我胸腔里跳着一颗不甘拿来喂狗的心。当我犯倔，当我不合作，当我丧失理智地说："你信不信我溅那厮一身血！"你一定不会把这读成说给世界的"情话"，但在我，它确乎就是"情话"

的非典型表达。

　　我心极软，也极浅，是个轻易就能被抚慰的人。被植物抚慰——雨后，从路边剜走一棵薄荷，和泥植入花盆，整整一个季节，我都在为这事美美地偷笑；被芳香抚慰——下了班，绕路走，图的是路过一家水果店，各种水果混合的香，浓烈得要把你掀翻，总是暗自羡慕水果店的店员，每天被这芳香裹挟，真真美煞；被文字抚慰——带着学生欣赏辛弃疾的词，读到"千载后，百篇存，更无一字不清真"时，毫无征兆地，热泪奔涌而出，老辛，他说中了他自己，我是替他得意地流泪……

　　——也强悍，也温软。我凝视这六个字后面的自己，颔首。嗯，倒退几多年，我兴许会嫁给这六个字，过天长地久的日子。

谁被浪漫宠溺一生

那是多年前流行的一首歌了——"一个爱上浪漫的人，前生是对彩蝶的化身。喜欢花前月下的气氛，流连忘返海边的黄昏……"多可笑！当时竟认同这样的说法，竟没感觉它将"浪漫"这个词严重地狭义化了。

"浪漫"除却有"纵情"的含义外，更有"烂漫，富有诗意，充满幻想"之解。老科学家徐文耀说"数学特浪漫"，语文教师熊芳芳说"语文天生浪漫"，天文学家戴维·欧萨里欧用实际行动证明了"天文学最浪漫"。哲学，在许多人眼中是远离浪漫的吧？但刘小枫先生却说：哲学应像诗一样，赐人的有限生命以最需要的东西：静思、凝神、明觉；温柔、安慰、寄怀；天意、仁德、化境……瞧，哲学何其浪漫！木心先生甚至说"贫穷是一种浪漫"——曾经，他本人因买不起大量关于屈原的书，就携带小纸条去抄录，他认为这很浪漫；当他看到上海的小姑娘站在街边刷牙，也觉得这是一种贫穷的浪漫。却原来，"深奥""丰赡"

"神秘""窘迫"居然都可以成为"浪漫"的别解呢!

在我看来,齐白石浪漫一生。人皆知他擅画花鸟虫虾,其实,他连苍蝇都会喜滋滋地纳入笔端。1920年,齐白石在保定客室遇到一蝇,此蝇"比苍蝇少大,善偷食,人至辄飞去",老先生硬是与之和平共处了三天,且为之造像,使之流芳;1997年,《蝇》拍出了19.8万元的天价,号称"世界上最贵的苍蝇"。——天性浪漫的人,有能耐在最缺乏诗意的地方发现诗意。浪漫,其实是智慧达到至高境界后的一种自然状态。

真正浪漫的人,无不是想象力的宠儿。上帝可以殷勤拂去遮蔽于他眼前的层层尘垢,让他先知般提前看到未来的光景。当我站在法国卢浮宫的"玻璃金字塔"前,我在心里跟它的设计者贝聿铭对话:先生可还记得,当初,你拿出了自己的设计方案,巴黎震怒了,法国震怒了,他们说,你带给卢浮宫的,是一块无比丑陋的"疤痕"!他们攻讦你,羞辱你,你的翻译气得浑身发抖,不知该如何将那些恶毒的语言翻译给你听……后来,当那座美轮美奂的玻璃金字塔矗立起来的时候,巴黎惊呆了,法国惊呆了,世界惊呆了!法国媒体盛赞"贝氏金字塔"为"卢浮宫院内飞来一颗巨大宝石"!——面对丑,你用美还击。"人要塑造建筑,建筑也要塑造人",这话是丘吉尔说的。这话说得浪漫;而你,用一座玲珑剔透的金字塔,为这句浪漫的话作了更加浪漫的注脚。

浪漫,是灵魂的芬芳。这世界上太多的漂亮活,都是真正浪漫的人干成的。痴爱,忠纯,悲悯,激越,睿智,刚强而不失温煦,勇猛而不失天真,于尘埃中凝视出花朵,于嘈啾中辨闻出仙乐——这样的人,是人中之神,注定被浪漫宠溺一生。

最是赏心一枝梅

深秋时节，我们一干人等去清华附小参观学习。我埋着头，夹杂在人群里，暗自思忖，今天能见到窦桂梅校长吗？

好美的校园！别致，精微，处处用心。连长廊的每根廊柱上都垂挂着常春藤，叶也红了，蔓也红了，红得如涂如染，如痴如醉。迎面走来一个胖胖的小男孩，穿紫色毛背心，见到我们，深鞠一躬，轻道一声"您好"，竟有说不尽的儒雅。

前面喧嚷起来，是窦校长迎过来了。望过去，是一个着紫色长毛衫的女子，似乎说了一句逗趣的话，惹得众人哗然大笑。窦校长引客人去会议室。穿过几棵银杏树，有人将镜头对准一树树娇黄的叶子拍照。见此情景，窦校长索性停下脚步，举头望树，赞叹道："哎呀！真是太美了！"说着，也掏出手机猛拍。好像这竟不是她家的树，好像她也是头一遭见到。

这时我才有机会近距离打量自己心中的女神。她化了淡妆，容颜姣好；发式"亦新亦旧"，颇耐看；服饰精致得体，通身散发着青春气息。我不由得在心里赞了一句："嘿，真有范儿！"

她的会议室可太好玩了！房顶上、墙面上、桌面上，花花绿绿挂满了、摆满了各种小东西，有书法、有绘画、有插花、有手工艺品、有毛绒玩具……她座位上方好容易有点空间，又扯了一根彩绳，挂着一排环保袋子。PPT打开，她开始倾情述说她的"教育梦"。她梦想将清华附小的校本教材推向全国，她梦想让每一个同仁都获得职业尊严，她梦想给每一个孩子都插上不倦飞翔的翅膀……她管清华附小叫"俺家"。她说："俺家的老师们棒极了！""俺家的孩子们棒极了！"说到让每个孩子都找到一项终身受益的体育项目，她动情地说："俺是在东北农村长大的。上小学时俺是个领操员（边说边起身做'上肢运动'）。别人问俺，你喜欢什么体育项目啊？俺回答说：走步。人家都笑。俺家有个孩子喜欢冰球，没有老师能指导他呀，俺就从校外找了冰球教练来指导这孩子。哎呀——你们猜不到啊，这孩子一到了冰球场上，跟换了个人儿似的，那个帅呀！我好崇拜他……"

我注意到，她反复提到一个词——"样态"。她要让"她家"的孩子都具备一种"健康、阳光、乐学"的样态，"为聪明和高尚的人生奠基"；她坚信："校长好好学习，教师天天向上；教师好好学习，学生天天向上。"在我眼中，她是清华附小"样态"最好的人。

在网上看过窦桂梅老师讲课的视频，从《皇帝的新装》到《大脚丫跳芭蕾》，她把一颗慧美的心移植到孩子的胸腔里，不吝惜付出真情，不吝惜掏空自己。尽管做了校长，但是，她依然讲课，依然迷恋站在讲台上的感觉。我曾跟我一个最要好的语文同事说过："我能想到的最浪漫的事，就是和你一起去听窦桂梅讲课！"

告别的时候，窦校长和大家一一握手。轮到我时，旁边有个人说出了我的名字。窦校长一下子抱住了我，说："你为什么不早告诉我你来了！我在读你的书。你的《做老师真好》让我一次次流泪……快！给我俩拍照！"

很快收到窦校长用手机发来的照片，后面附了热情洋溢的短信，短信开头的感叹语是"亲娘啊……"。

我将那张我俩的合影发到了微信圈里，同时写了"张丽钧喜欢窦桂梅的八个理由"——

一、她美；

二、她不装；

三、她有思想；

四、她用力干活；

五、她是个激情派；

六、她具有超高悟性；

七、她愿意成为她自己；

八、她推赤心置他人腹中。

——"最是赏心一枝梅"。这是这个秋，我在心里说得最多的一句话。

谁能脱口叫出你的芳名

"操场那边有一棵不知名的树，开红色的花，我们管它叫'高考花'，因为它一开花，就要高考了；西门旁边长着一片绿色的低矮植物，开白色的花，我们管它叫'开学花'，因为它一开花，就要开学了……"这是高二一位才女写的作文。头一回看到有人为花取这样的"绰号"，忍不住笑了起来。但笑过之后，又忍不住想跟作者说："你为什么竟舍不得走到那些植物跟前，去看看标牌上标注着的它们的芳名呢?"这样想着，红笔就分别在"红色的花""白色的花"处画了圈，扯至页眉，郑重书曰：合欢花! 玉簪花!

我友之子果果，三岁时，即能准确无误地指认出大街上跑的三十多种车，还能够分辨出二十多种不同牌子的空调。但是，没有人教果果认识身边的花草树木。

去一家苗圃选花。被告知那些花木分别叫"金娃娃""富贵竹""招财草""元宝树""摇钱树""发财树"……我呆了。它们原本都不叫这名字的，是时代赋予了它们这金光闪烁的名字。我想知道花木的感受。它们接受这名字吗？不接受的话会选择怎样的抗议方式？

只要听到一声鸟啼，我就会问自己："这是什么鸟呢？"我曾经跟一个爱鸟成痴的朋友说："你开一个网站吧，就叫'鸟啼网'，网友随便点开一种鸟，就能听到它的啼鸣。"——我多么渴望有这样一个网站呀！我的家乡有一种鸟，叫声响亮而悲切，外祖母管它叫"臭咕咕"，母亲管它叫"野鸽子"，妹妹说老师讲那是"斑鸠"，有个朋友肯定地说那是"大杜鹃"……真恨不得飞上树梢，脸对脸亲口问问那咕咕啼鸣的鸟："亲，你究竟叫什么名字？"

"花非识面常含笑，鸟不知名时自呼"，莫非，那苏轼也曾有过我这般的困惑纠结？看到不认得的花，问它：你是谁？咱们未曾谋过面哦，却为何对我这般笑脸相迎？听到不知名的鸟鸣叫，就猜：它一路呼唤着的，即是自我的芳名吧？——布谷不就痴情自呼吗？鹁鸪不就痴情自呼吗？

在迁西县城见过一只神奇的鹩哥，小东西居然会惟妙惟肖地模仿警笛声！囚笼中的它，旁若无人"呜儿——呜儿——"地鸣着警笛，围观者愈众，它鸣得愈亢奋。我以为我是懂它的——它只是在跟自己逗闷子，而不是像有人所说的那样在抖威风。

永远忘不了在梵净山看到的一块警示牌，上面赫然书曰："我们并不是这里的主人……"是啊，与人类的到来时间比较起来，草木来得更早一些，鸟兽来得更早一些。我们没有理由以"主人"自居。当我们以"过客"的身份来到这里，理应向"主人"致意，学会轻声对它们说："谢谢你在这里耐心等我。"

孔夫子说得好："多识于鸟兽草木之名。"在我看来，鸟兽草木之名，其实是我们自己的别名。万物间有千千结。当我们怀着一颗傲慢到跋扈、轻鄙到无视的心走过鸟兽草木时，我们已经对它们构成了"软伤害"；而这种"软伤害"带来的痛，迟早要蔓延到我们身上。

人说：叫出一个人的名字，是对那人别样的赞美。那么，对于鸟兽草木呢？谁能脱口叫出它们的芳名？谁还怀有脱口叫出它们芳名的热望……

生命中的两份手稿

1956年10月，旅居美国十六载的郭永怀决定回国。

此时的他，已经是美国康奈尔大学航空院的三大支柱之一；他的抽身离去，必将为康奈尔大学造成极大损失。美国移民局找上门来，对其夫人李佩女士百般盘问。

面对重重阻挠，郭永怀作出了一个惊人的决定——在西尔斯院长为郭永怀举办的欢送野餐会上，郭永怀突然掏出了自己尚未发表的论文手稿，迎着众人讶异的目光，他将手稿一页一页地扔进了炭火堆。在场的老师、学生无不为之唏嘘叹惋。要知道，这颗罕见的聪慧大脑所留下的任何思考印迹，都值得恒久珍存。

当郭永怀夫妇登上"克里弗兰总统号"邮轮时，巧遇了也要回国的著名学者张文裕夫妇。曾经在郭宅纠缠不休的移民局人员气势汹汹地追到了船上，从张文裕夫妇所在的船舱里查抄走了一些他们认为不当带走的东西。直到这时，李佩女士才彻底明了，丈夫为什么要决然当众焚毁自己珍贵的手稿。

能够在"两弹一星"任何一个研究领域立足已经令人难望项背了，而郭永怀的研究成果居然覆盖了原子弹、导弹、人造卫星这三个领域！难怪美国对他不舍放手，难怪钱学森对他钦仰有加。

郭永怀争分夺秒地工作着。他曾经做过电影院、乒乓球赛场的逃兵。他舍不得将时光虚掷，他急着为祖国赚取荣誉。

1964年春节，毛主席接见了部分中国科学家代表。接见现场，科学家们竞相与毛主席握手；只有郭永怀独自在人群后面憨憨地笑着，远远地感受着那热烈的气氛。

1968年10月，郭永怀再次亲赴西北草原，进行中国第一颗热核弹头发射试验前的准备工作。到12月初，这项工作暂时告一段落。但是，12月4日下午，郭永怀发现了一份重要的数据线索，当即决定回北京汇报。他打听到当天晚上有一架民航班机从兰州飞北京，就执意驱车前往兰州。临行前，同事们都说夜间飞行不安全，劝他次日再飞。郭永怀笑着说："飞机快！我只要打一个盹儿就到北京了，第二天早上刚好汇报工作。"结果，5日凌晨，飞机在首都机场着陆时突然坠毁，一头扎进了附近的庄稼地里。十三具烧焦的尸体面目全非……

在这十三具尸体中，有两具紧紧抱在一起的尸体引起了人们格外的注意。当人们费力地将两具焦尸分开时，一个公文包，从两个人紧贴的胸部掉了下来——那包里装的，正是那份无比珍贵的热核导弹试验数据！焦黑难辨的尸体，完好无损的手稿。面对此情此景，所有前来接应的士兵当场跪地痛哭……两个紧紧抱在一起的人，一个是郭永怀，一个是他的警卫员牟方东。

消息传到国务院，周总理失声痛哭……二十二天后，中国第一颗热核导弹试验获得成功。

——郭永怀生命中的两份手稿都曾被烈焰召唤，但不同的是，一份是他为了痴爱而甘心焚毁，一份是他为了痴爱而甘心护卫。如果说前者是他周密计划后的勇毅之举，后者则是他在危急时刻的本能所为——生命即将化为乌有，但这个赤子与他的战友，硬是用瞬间加厚的血肉壁障为易燃的纸张上了"阻燃保险"。

郭永怀，永怀赤诚；后来者，永怀感佩。

他紧紧握住那只指戳过他的手

1858年8月18日夜，月辉遍洒巴黎。

一辆出租马车，将维克多·雨果先生送到了博永区福蒂内林荫大道十四号。先生轻叩门扉，被擎着蜡烛的女仆迎进了门。先生注意到，女仆在哭泣。进入客厅时，遇到另一个女仆，她也在哭泣。先生关切地询问，被告知："他已经奄奄一息。夫人回到了自己的房里，医生从昨天起就撒手不管他了……教士来过了，给他做了临终涂油礼……他过不了今夜了……"

穿过陈设富丽的厅堂与铺着名贵红毯的走廊，雨果先生来到了卧房，看到了躺在桃花心木病床上的巴尔扎克。

他眼中的巴尔扎克已然变成了这等模样——"脸呈紫色，近乎变黑，向右边耷拉，没有刮胡子，灰白的头发理得很短，眼睛睁开，眼神呆滞"。这个被心脏病、哮喘百般折磨的病人，此时已近双目失明，左腿也出现了坏疽，脓水不断地从伤口冒出。房间里弥漫着令人难以忍受的腐臭气息。

雨果俯到床前，掀开毯子，握住巴尔扎克的手。他发现，这只手布满了汗液。他紧捏这只手，但它对挤压没有任何反应。然而，握住它的人并没有马上放开它。

就是这只布满汗液的手，曾经恶意指戳过握它的人。

那时的巴尔扎克，是法国文坛上一颗崭露头角的新星——"他是个壮小伙，目光炯炯，穿一件白色背心，一副走江湖卖草药的架势，屠夫的穿戴，镀金工人的神情，整个看起来是个不可思议的人物"（安东尼·封塔内语）。这个曾在一尊拿破仑石膏像底座上写下"他用剑没有完成的事业，我将用笔来完成"的狂傲自负之徒，目空一切，恃才放旷，经常与朋友开一些粗俗的玩笑。他的同时代作家乔治·桑曾经批评他的素日谈吐都是些"荒唐的傻话"。他曾捕风捉影，在大庭广众之下信口评说雨果的私生活；他曾在报纸上尖刻地批评过雨果的剧本《欧那尼》；他还曾当面指责雨果放弃"法国贵族院议员"的头衔是哗众取宠……这位现实主义首领对那位浪漫主义领袖所表现出的不屑一顾甚至敌意，令整个法国文坛为之咋舌。

巴尔扎克对奢华有着近乎病态的迷恋——他狂热地添置贝雕床具、名贵地毯、青铜塑像、中国瓷器等家当，除此之外，他还常常把钱花在令人匪夷所思的地方，例如，购买黄手套——不知为什么，他特别钟情黄手套，曾经一次购买过十二副黄手套；他购买手杖，金手杖、镶嵌着宝石的手杖，都是他的最爱，一时间，"巴尔扎克的手杖"竟成为巴黎人的谈资甚或笑柄。

巴尔扎克的粗鄙无礼、不可一世以及他令人妒忌的日渐飙升的名气，必然地将他推到了一场可怕围剿的中心——出版界巨头布洛兹发动法国作家们发表联合声明，群起谴责巴尔扎克。连大仲马和欧仁·苏都在联合声明上签了字。只有两位文坛巨匠保持了可贵的缄默，一位是维克多·雨果，一位是乔治·桑……

在雨果探视巴尔扎克两个钟头之后，巴尔扎克走了。

在巴尔扎克的葬礼上，雨果先生沉痛地宣读了著名的《巴尔扎克葬词》。他称巴尔扎克为"惊人的、不知疲倦的作家、哲学家、思想家、诗人、天才"。他说："德·巴尔扎克先生在最伟大的人物中名列前茅，是最优秀的人物中的佼佼者。他才华卓著，至善至美……"雨果先生欣然忽略了巴尔扎克的"短板"，而将无比激赏的目光深情地投向了他的"长板"。

雨果，用大爱与大善拥抱了世界。他博大的怀抱里有苦役犯冉·阿让，有敲钟人卡西莫多，有笑面人格温普兰，有对他睥睨不敬的巴尔扎克，更有被他的法兰西同胞"大肆劫掠、纵火焚烧"的中国圆明园……

雨果说过："善，是精神世界的太阳。"——雨果的太阳，穿百载、越万里，慷慨地照耀着那些心中落了霜雪的人；身心暖透的时候，让我们也幸福地折射太阳的光芒吧！

美丽来过

那是个应该永远铭记的日子——2013 年 11 月 27 日。这一天，我由北京飞赴青岛，在 19A 那个座位上，我得到上天格外的眷顾，看到了永生难忘的景象。

我手中握着一本美妙的书，但当飞机飞临渤海上空的时候，我放下了那本书。

隔了透明的空气，我看到碧蓝的海面缀了一朵朵亮眼的白浪花，从万米之上的高空看下去，那浪花居然是静止不动的。白云不多也不少，疏密度恰如人意；每一朵白云都在海面投下一片暗影，仿佛是云彩们都饶有兴味地在海面娇花照影；飞机在飞，云与影并不是同步抵达视野的，总是先看到了下面的一团暗影，忙不迭地依其轮廓和明暗度猜想天上那一朵云彩的形状与薄厚，几秒钟后，果然就有一朵正中你猜测的云彩飘然飞临，由不得人在心中欢呼起来。每一朵云，都推着自己的影子，在海面款款而行；而云与影之间的空阔，无疑是属于想象的。我问自己，这究竟是谁的主意——搭起无边的蓝色舞台，扯起无边的蓝色背景，来一场云与影的盛大演出？今天当班的，是一个完美主义的灯光师吧？这台豪阔的云影盛宴，到底是用来宴飨谁的呢？谁正幸运地得着这样一种美丽的恩宠呢？一位朋友在九寨的一句痴问陡然于心中复活："你存心要美哭我吗？"……我的心多么焦灼！好想叫醒飞机上每一个昏睡的人：喂，喂喂，快别睡了！看天地间正在上演着怎样奇伟、瑰异的一幕！

那一天，我讲座的题目为《活赚这一生》。我与各位同行分享了自己一路的所见所想，我问他们："大家说说看，如果可能，我愿不愿意再重复一遍这样的旅程呢？"大家给出了肯定的回答。我接着问道："那些一直在飞机上昏睡的人，愿不愿意再重复一遍这样的旅程呢？"大家给出了否定的回答。我说："同样的时刻，同样的旅程，同样的景象，但是，它带给人的心理感受有多大的差异啊！对于一个不肯睁眼的人而言，云与影没有来过；对于一个不肯'走心'的人而言，爱与美没有来过。"

有意思的是，来听我讲座的老师们刚刚完成一个职业生存状态调查，其中一个问题是："如果让你重新选择职业，你还会选择教师吗？"三百多名被调查者中，只有一个叫诗红的老师选择了"愿意"——就像我愿意欣然重复自己的旅程一样，诗红老师愿意欣然重复自己的职业生涯。我在讲台上盯着诗红老师说："我多么幸运，在今天得到了'美的开光'；但我远不及诗红幸运，她得到的是'爱的开光'。"

山本文绪说："一个人幸福快乐的根源，在于他愿意成为他自己。"我不相信一个活得乏味无趣、沮丧透顶的人会"愿意成为他自己"。他耳边总回响着这个可怕的句子——"真的生活在别处"，他不相信真实的美丽会自动送上门来，他宁肯闭着眼睛拟想虚无的美丽。只有那些眼睫与心睫愿意保持张开姿态的人，才有可能一次次接住上天抛来的绣球，才会由衷地说：生活如此美妙动人！

——美丽来过，可惊动了你？

哭泣的小鞋子

　　学校每个月都要为学生们放一次电影。为了了解大家对年内所放电影的感受，团委的一位干事在校园网上搞了个调查。

　　投票很散乱，面对同一个问题，答"是"与"否"的几乎是一半对一半；但是，在"最不喜欢的一部电影"这一问题面前，大家的投票却出奇地一致——全都是伊朗电影《小鞋子》。在留言当中，我看到了下面这些话——

　　"破电影！忒没劲！"

　　"兄妹俩轮换穿一双鞋子？莫非编剧姓胡？名叫胡编？"

　　"那个阿里也太傻了，长跑比赛一门心思想得第三名，为的是赢得那双鞋子。结果一铆劲儿，跑了个第一名，还挺难受。你难受啥呀！你把第一名的奖品换成三双鞋子不就得了！"

　　"当阿里把他那双烂乎乎的脚丫子泡进水池子的时候，哥果断地笑了！"

"再也不要播放类似《小鞋子》这样的电影了！强烈要求补偿，播放《小时代》吧！"

"谁推荐的这部电影啊？有胆子的站出来！"

……

我呆在了屏幕前。

这部电影，是我推荐的。

看电影的时候，我多次落泪。阿里一家的贫困与苦难，以及他们在这样窘迫的生活中表现出来的自尊与宽容，深深地攫住了我的心。当看到兄妹俩一次次飞奔回家轮换穿鞋的时候，我甚至想到了自己那一双双闲置在鞋柜里的鞋子，同情心与负罪感，使我受到双重折磨……从那场电影中出来，哥哥阿里、妹妹萨拉的眼睛一直在我眼前晃啊晃。我几乎是逢人就推荐这部电影，我愿意让这样的洗礼惠及更多的心灵。所以，当学校要求老师们推荐影片的时候，我毫不犹豫地推荐了《小鞋子》。

我的朋友韩松落说："为了报仇看电影。"我喜欢他将"报仇"两个字用在了这里。我们的"仇"来自何方？我们的"仇"来自生活苛刻的锁定——一个城市，几个亲友，三万个日子，这就是多数人寒素的一生。是电影，将我们带进了不可能的生活。漫漫远古，遥遥他乡，陌生的名字，陌生的日子。每一个看电影的人，都在不自觉地与剧中人进行着"角色互换"，分享剧中人的苦乐，体察剧中人的忧喜。看一部好电影，就是做了120分钟的他人。这样，我们乏味单调的人生就变得富丽起来、多彩起来、波澜起伏起来。我们用妙不可言的内心体验，报复了凡庸的、死水般的生活。好电影恰如一个好老师，他会娓娓告诉我们人生的真谛。从好电影中抽身，我们便更爱这个不完满的世界，更爱有着种种性格缺陷的亲友。

　　让我始料未及的是，我们的孩子是那么反感与阿里、萨拉"角色互换"，那么反感耳边真真切切地响起落难者的哀鸣与呼号。他们怀疑苦难的故事正在远方真实地发生着，他们自作聪明地为远方的孩子开出疗治痛苦的药方，他们会止不住地在该哭的地方发出冷漠的笑声……他们向往着《小时代》中的浮华、奢靡，向往着与影片中的林萧、南湘们"互换角色"。他们粗暴地排斥在一种泣血的提醒中怀着感恩之心抱紧已有的幸福，他们更愿意将自己的目光投注于那些豪光四射的物什，以期在一种廉价的视觉抚慰中获取内心短暂的快感。

　　我要向《小鞋子》的导演马基德·马基迪先生真诚致歉。真是对不起啊！我没有能耐让我的学生们喜欢您导演的这部优秀影片。但我决定写出这篇文章，我愿意等，我愿意等那些稚嫩的心灵在遭到生活的狂风暴雨一次次击打之后蓦然回首，我相信，那时，他们会在哭泣中看清那双哭泣的小鞋子……

谁在那场大雨中泪流满面

看毕飞宇的小说《大雨如注》，心里住进了一个女孩——姚子涵。

真的撂不下她。走路想她，吃饭想她，做梦都想她。

一个天生丽质的女孩。一个被深爱她的父母用千万个美好理由掳走了灵魂的女孩。

姚氏夫妇一心巴望着培养出一个神一样的女儿。他们有一笔巨大的存款，但是，由于坚信"贫寒人家出俊才"，他们便竭力装穷酸。他们的女儿除了得保证各学科成绩都优异外，还要奉命去上各种"班"——舞蹈、围棋、书法、美术、奥数、演讲、古筝、英语、计算机……他们得意地把女儿培养成了"百科全书"。

懂事的女儿对自己也特别"狠"。她的"狠"，源自他们的"狠"。作者调侃道："这年头哪有不狠的父母？都狠，随便拉出来一个都可以胜任副处以上的典狱长。"

爱的鞭子、因爱而恨的鞭子交替抽打在姚子涵的身上，让她无处逃遁。花季年龄的她，居然"脸上历来没有表情"。——表情是一种奢侈的东西，用分分秒秒拼未来的人用不着它。

姚子涵无权跟男生说话。当她的父母意外地看到她和一个绰号叫"爱妃"的男生一起推着自行车走并"说了七八分钟的话"时，父母简直崩溃了！她的父亲第一次冲她发飙，他丧失理智地朝她叫嚣："不许你再来！"

姚子涵是父母手中的魔方，任由他们以爱的名义，一面面拼成他们预设的颜色。

如果那个叫米歇尔的美国女孩不出场，姚子涵注定可以在"乖女"路线上走下去了。可是，米歇尔登场了——她被姚父请来陪女儿"说话"（练口语）。当姚子涵还在娘胎的时候，她的爷爷就给姚氏夫妇布置了一项硬任务——把她送到美国去。

二十多岁的米歇尔是个离经叛道的女孩，她抽烟、调皮、撒谎，甚至会"扮风尘气"。就像有预谋一般，她把自己"说话"的课堂搬到了空旷的足球场上；又像施了巫术一般，她把一个小乖女登时变成了一个小疯婆——一场不期然的暴雨，以争金夺银的速度狂浇下来。"姚子涵一个激灵，捂住了脑袋，却看见米歇尔敞开怀抱，仰起头，对着天空张开了一张大嘴。雨点砸在她的脸上，反弹起来了，活蹦乱跳。米歇尔疯了，大声喊道：'爱——情——来——了！'话音未落，她已经全湿了……"她拉起姚子涵在暴雨中疯跑。曾是足球运动员的米歇尔冲到足球门前，模拟表演射门、进球、脆滑倒地。她鼓动姚子涵欢呼、庆祝。姚子涵被雨浇醒了，被米歇尔唤醒了，被自己惊醒了！一个丢了表情的孩子突然就被点化了。她跪了下去，水花四溅；她一把抱住米歇尔，心花怒放。她"特别想喊点什么",来宣泄此刻无比亢奋的情绪,哪知,一开口,她竟用英语冲米歇尔喊了一句"吓住"自己的话:"你他妈真是一个荡妇!"然后又补充了一句:"我他妈也是一个荡妇!"在哗哗的暴雨中,两个小女人笑了,笑得停不下来,"笑得哗哗的,差一点都缺了氧"……

姚子涵病了。脑炎。一连昏迷七天后,她睁开了双眼。但是,她遗忘了母语,开始用流利的英语跟压根儿就听不懂英语的父母说话。

小说的结尾是这样写姚父的:"(他)呼噜一下就把上衣脱了。他认准了女儿需要急救,需要输血。他愿意切开自己的每一根血管,直至干瘪成一具骷髅。"

一场滂沱大雨,将姚氏夫妇十多年的苦心彻底清零。就像"祥林嫂非死不可"一样,姚子涵非失常不可。只是,她失常得那么诡异,居然势不可当地将他父亲梦寐以求的美式英语华丽丽地变成了自己的"第一语言"!而曾喜滋滋隔门偷听女儿讲着自己"听不懂的话"的父亲,此刻却是除了惊悚,还是惊悚。

——天性被扭曲,人性被异化,灵性被阉割,姚子涵本就是个"病人";当青春本色的米歇尔在如注的大雨中邀她释放青春激情的时候,她那个病快快的自己被那个活泼泼的自己狠狠撞了一下头,于是,她的脑袋出了问题。

姚子涵、姚子涵们的归宿究竟是什么?到什么时候我们才能真正分清"正教育"和"负教育"?那一场滂沱大雨能浇醒姚氏夫妇和天下父母吗?世上还有哪个足球场在饶有兴味地等待着暴雨中疯狂模拟射门的孩子?……想着这些难以索解的问题,不争气的泪水奔涌而出。

亲　爱

　　在上海地铁站一个入口处，看到一则公益广告。画面极其简洁，满纸就是一个"親"字。左边那个"亲"是血红色的，热烈，抢眼；右边那个"見"却是渐变的淡灰色，墨色由上而下渐次变浅，到底部时，几乎浅到没有。匆遽的脚步不由得放慢了。心，被眼前这个诉说着渴望又诉说着无奈的繁体字弄得又酸又暖。我相信我读懂了这则公益广告，它在提醒匆匆路人，不要让那个"見"字慢慢剥蚀了颜色；真正的"亲"，一定要看重"见面"。"百回信到家，未当身一归"，贾岛一千多年前的劝诫，似乎特别适合用来赠予今天众多的"电话依赖症"患者。

　　我们学校每年招收台湾"新华爱心教育基金会"资助的"珍珠生"。每个"珍珠生"都会得到一件由基金会赠送的夹克衫，夹克衫前后都印有基金会的logo——一个心儿超过了身体宽度的"爱心人"。"爱心人"的"心"中装着一个"愛"字。在那个"愛"字中，有一个不能省略的"心"。每当我到"家庭特困、成绩特优"的"珍珠生"家中去家访，都要忍不住提醒自己：我带来的，可是一个不能简写的"爱"？

——"亲"要见面。

——"爱"要用心。

半个多世纪前，我们为了书写的方便，把"親愛"简写成了"亲爱"。我们毫不惋惜地把"见"与"心"一并交付给了过往的风。我们来不及想，仓颉造字时，在"親愛"上倾注了怎样的深情；我们来不及想，在"親愛"中，隐藏着一句多么深挚的劝勉！

长亭，短亭。短亭，长亭。想我们那被山水阻隔的先祖，为了用行动书写好那个"親"字，"行行重行行"，在长亭、短亭的凄冷中，苦寻生命的暖意。被思念冰得痛了，就看一眼天上的月亮，揣想着那伊人也在此刻举头望月。两地的目光，便在月亮上幸福地交融。——"无见难为親"。他们心中回响的，可是这个近乎执拗的语句？

爱山，爱水。爱花，爱树。爱虫，爱鸟。我们的古人是多么善爱啊！早年无知，曾跟一位画家抱怨："古人作画的题材太雷同了，除了山水就是花鸟，还会画点别的不？"他一笑："山水花鸟里有爱，有志，有哲学。"当我能够从水墨丹青中读到"爱、志、哲学"时，我着实为当年的自己脸红。——用敷衍潦草的"爱"去解读古人深微蕴藉的"愛"，注定徒留笑柄。我曾看到一个学生的一幅书法作品，写的是张养浩的一个名句"我爱山无价"，居然是用简体字写的。我想，如果张养浩见了，一定免不了要摇头叹息吧？"心"被剜走，"爱"就残了。

"亲"。这个称呼是被在互联网上兜售商品的人叫红的。这样的"亲"，不必见也不能见。你从手机短信或邮件里收到的那个"亲"，未必有多亲，它约略等于一个"哎"。

你一定见过电视上的"速成爱情"。待售商品般被展览着的，是供人挑选的"爱人"。一眨眼的工夫，一对人儿就给撮合到了一起。那"月上柳梢头，人约黄昏后"的爱情，在这些迷恋强光灯下择偶的"潮人"面前显得太out了！——这样的"爱"，无"心"也罢。

——"親愛"。你还会写这两个繁体字吗？你能接到它们身上那传递了数千载都难以被时光阻断的信息吗？让你的灵魂安静下来，让你的心眸慢慢张开，检索一下自己的"親"，盘点一下自己的"愛"。就算你多么熟稔地书写着"亲爱"，也一定要在心之一隅珍存着"親愛"。

手帕，手帕

1. 一天清晨，一个乡村警察突然来找一位老妇人。老妇人跟他走到大门口的时候，发现自己没有带手帕。虽然警察很不耐烦，但她还是毅然决定回去拿上手帕。暴怒的警察将老妇人带到他的办公室，并不审讯，而是蛮横地将老妇人独自锁在了屋里，并且一锁就是一整天。开始几个钟头，老妇人坐在办公桌旁哀哭；后来，她开始在办公室里走来走去，用沾满泪水的手帕擦拭陌生房间的家具；再后来，她提来屋子角落里的一桶水，从墙上的钩子上取下毛巾，擦起了地板……当老妇人将上面的故事讲给自己女儿听的时候，女儿万分惊异。她问母亲："你怎么能那样为他打扫办公室呢？"母亲并没有显出窘态，她回答说："我不过是找点事做，消磨时间；再说，办公室那么脏。那天我真是幸运，拿了一块男人用的大手帕。"倏地，女儿读懂了母亲的心——她是在尊严沦落的拘留期间努力为自己创造着尊严呀！

这个故事，是2009年诺贝尔文学奖获得者赫塔·米勒讲的。她说，在她的家里，没有任何东西比手帕更重要。她家甚至有个专门用来装手帕的抽屉，里面整整齐齐分放着男性长辈的手帕、女性长辈的手帕和自己的手帕。谈到手帕的功用，赫塔·米勒说，擦拭泪水、汗水，遮挡阳光，系扣记事，搬重物时缠在手上，离别之时用以挥舞，等等。所以，每当她出门时，母亲总是要问一句："你带手帕了吗？"赫塔·米勒索性就将自己获诺贝尔文学奖的演讲题目定为《你带手帕了吗》。我想，在这个心中盛开着"不屈的玫瑰"的女子看来，"手帕"是对柔弱生命的一种贴心关照，是对悲苦生活的一种温煦安抚；在灵魂遭到粗暴践踏的时刻，手帕，还可以帮助无辜者重拾沦落的尊严。

感谢赫塔·米勒，她用一块美丽的"人性手帕"，轻轻揩净了我心头的尘滓。

2. 一直对鲍尔吉·原野的《月光手帕》怀有一种莫可名状的喜爱。

一个小姑娘，在夜晚的走廊里突然蹲下，去捡拾一样东西——一方奶白色的手帕，但旋即又站了起来，回过头，对不经意瞥见这一幕的人羞赧地笑了。其实，那不是一方手帕，那是从一个小窗口斜射进来的一片月光。只有一个小姑娘才会犯这样的错误，而眼光修炼得老辣的人是断不会被那一小片"伪装"成手帕的月光所迷惑的。

迷人的是鲍尔吉·原野对这"月光手帕"故事的痴想。他替那月光遗憾呢，觉得它枉然辜负了小姑娘蹲下身子捡拾的苦心；他也替那小姑娘遗憾呢，觉得她完全可以将那一块意念的手帕轻巧地捡起来，再"轻柔地抖一下"。

这篇文章，被赤峰市田家炳中学列为"校本教材"。我忍不住想象着孩子们齐读这篇课文的情形。当他们读到"她的心里仍然盛载着美"的时候，他们能够领悟到其实作者那颗莹洁剔透的心也正"盛载着美"吗？

对凡庸事物怀有浪漫揣想的人，首先就被那浪漫揣想拥吻过了。即使世界鲁莽地抬手打碎了你空灵曼妙的想象，你也可以在那一地碎片中觅到"美"的影子。

相信吧，在这个世界上，所有俯身捡拾"月光手帕"的人，在伸手之前就已经幸运地拥有了那方手帕。

为你，我说过多少颠三倒四的话

一天，儿子突然对我说："妈妈，你跟我说的好多话，听起来都是自相矛盾的。"

我愣了一下。是这样吗？怎么会是这样？

嗯，好好想一想，为你，我究竟说过多少自相矛盾的话？

——我说："你要多吃一些啊！"我又说："你可别吃得太多啊！"总企图让你吃遍世上珍馐，又担心你不懂得节制，吃坏了身形吃坏了胃。出差的时候，习惯带一些当地小吃回来，哪怕你在万里之外，哪怕你半年之后才能回家，也要放在冰箱里，等你回来吃；而当你父亲接连不断地往你碗里放红烧肉时，我竟会抢过来一些，怨责道："别给他那么多！"

——我说："你要快点走啊，千万别迟到！"我又说："别走太快，路上注意安全！"希望你永远不是那个在安静的教室外面嗫嚅地喊"报告——"的孩子，希望你无论与谁相约都永远先他一步到达，但是，一且你消失在我的视野中，我就开始用种种可怕的虚拟场景惊吓自己，担心你遇到不长眼的车，担心你只顾匆匆赶路没注意到前面的一道沟坎。我派自己的心追踪你，告诉你说："孩子，别急，慢慢走。"

　　——我说："你一定要做完了各科作业再睡！"我又说："别熬到太晚，早点休息吧。"我多么怕你把学习当成儿戏，我多么怕你成为一个不争气的孩子啊！面对着"抄写八遍课文"这样的"脑残作业"，我想说："去他的！别做了！"但话到嘴边却变成了"抄八遍就抄八遍吧"这样没心肝的句子。我好害怕你在抗议中滋长了对知识的轻慢不恭，所以，我宁愿选择暂时站在谬误的一边，看你平静地完成一份"脑残作业"。在大考将至的日子里，你埋头题海，懂事地克扣掉了自己的睡眠。你知道吗？当我说"孩子，睡吧"时，我心里却盼着你回答："妈妈，我再学会儿。"

　　——我说："衣服嘛，没必要太讲究，能遮羞避寒就可以了。"我又说："买衣服，别将就，好衣服能带来好心情。"我读大三那年，曾经被一条骄矜地挂在宣化"人民商场"的天价咖色裤子折磨得寝食不安……我好怕那样的不安也会来折磨你。我说："没出息的人才会甘当衣服的奴隶。"可是，当我看到你捡徐磊哥哥的旧衣服穿也欢天喜地时，我又忍不住为你委屈起来。当你到异地求学，我嘱你要学会逛服装店，为自己挑几件像样的应季服装。不料，你竟学着我的腔调说："没出息的人才会甘当衣服的奴隶。"

　　——我说："你千万不要早恋！"我又说："遇到个好女孩就该勇于向她示好。"我一遍遍教导你：人生，一定要遵从"要事第一"的原则；人生的每个阶段都只能有一首"主题歌"。所以，在你读高中的日子里，我近乎神经质地提防着每一个和你接触的女孩。当她们打来电话，我会很没素养地劈头就是一句："你叫什么名字？"后来，你赌气般地不再跟任何女孩交往了，我又开始担心你辜负了上苍的苦心赐予。我发短信告诉你说："记得本妈妈曾告诫你：不要在一朵花前过久停留。但是现在，本妈妈要隆重补充：特别卓越的花朵除外！"

——我说："孩子，你能飞多远就飞多远吧！"我又说："还有什么比一家人生活在一起更重要的事呢？"我曾嘲笑一个接了母亲班的女孩，说她们母女在单位的公共浴室里互相搓背简直是一道独特的凡间风景。我愿意看你远走高飞，不愿意让你始终窝在这座你出生的城市里。但当你独自沐浴了六载欧罗巴的阳光，当你如愿以偿地拥有了一顶博士帽，我却频频梦见你回归。在梦里，我清清楚楚地听见你说："妈妈，我已厌倦漂泊。"我也清清楚楚地听见自己说："孩子，回来吧，回来了我带你去东来顺吃涮羊肉！"

……

不曾被矛盾重重的想法折磨过的心，不是母亲的心。因为爱得太深，所以才会昧，才会惑，才会颠三倒四，才会出尔反尔。孩子，你可知道？当你走得太快，我祈盼着用爱截住你；当你走得太慢，我祈盼着用爱赶上你。所以，无论我说过多少自相矛盾的话，无论这些话让你觉得多么无所适从，我都希望你懂得我说这些话的出发点与归宿。

不让兰花知道

在一档电视节目中，我邂逅了两个天使般的女童。当她们纯净如叮咚山泉的歌声响起来的时候，她们身后的一头小象开始陶醉地随着节奏跳舞。所有的人，都被这美妙的画面征服了。挑剔的评委也朝她们抛去了青眼。当其中一位评委表示要去她们的家——热带雨林做客时，妹妹含泪提醒他说："你一定要种一颗种子。"——在这个舞台上，太多人的梦想都是去某个大会堂开演唱会，只有这两个小女孩，她们的梦想却是种树，是让小象回到它绿色的家。

节目的最后，妈妈也上台了。她黑发如瀑，沉静内敛，浓郁的理想主义气质使她看起来光彩照人。我眼睛一亮——这个女子，我曾在一份画报上见过的！我紧张地望着屏幕，担心她会怆然泪下。然而，她在笑，始终在笑。

看到她，就想起了那个引领了她、滋养了她的德国男人马悠博士。

十八岁那年，马悠开始为德国一位环保领袖开车，一颗"绿巨人"

的种子，就是在那时播到他的心田的。马悠是一位"天赋籽权"主义者，他带着宝贵的研究课题来到西双版纳，成立了"天籽生物多样性发展中心"。西双版纳大片大片的人造橡胶林，在马悠博士的眼里无异于"上帝的诅咒"——在热带，物种单一就意味着灾难。这位"雨林再造之父"开始焦灼地着手热带雨林的修复和再造工作。

马悠博士说，世界上有两万种兰花，西双版纳有五百种。珍奇罕见的兰花，多长在雨林的枯树上。马悠每天都要去寻找那些从高处跌落下来的兰花，然后，把这些娇贵的植物运回实验室里培植繁衍，两年后，再一株株地绑回到雨林的树上。这样，兰花的家族就可以不断壮大。

马悠的浪漫史开始于一场晚宴。宴会上他对一个中国女子一见倾情，便送了她一件独特的见面礼——为她弹奏一首钢琴曲。他们幸福地走到了一起。并且，他的妻子义无反顾地爱上了他的所爱。

他们种树。

他们兴奋地掐算着，如果能活一百二十岁，就可以看到自己手植的树苗成林。

她这样评价他："他介于英国查尔斯王子和巴西农民奇科蒙德斯之间。"他们共饮着生活赐予的琼浆，感恩上帝的精妙安排。他们的一双爱女相继降生人间。两个女孩赤足奔跑在森林般的庭院里，琅琅齐诵《道德经》。她们的玩伴是小狗小猫以及林中的昆虫。

十年的日子，在痴望绿色、勾勒绿色、培植绿色、守护绿色中迅跑而过。然而，在追梦的路上，马悠却猝然倒下，将妻子和两个女儿撇在了雨林中。

马悠被埋骨于亲手植树的山坡——就算化成一抔土，也要与他深爱的树厮守在一起。他不会知道，他无助的妻子有时会独自来到他的墓前，与冥冥中的人共饮一杯红酒。她躺在一棵马悠最爱的树下，以被烧灼过、炙烤过，又被怜惜过、拯救过的土地为床，独自睡去，独自醒来。

亲密战友的抽身离去，把她的心掏了个永难填满的洞。

当被问及是否想退却的时候，她说："人是有债的，现在，马悠的债在我身上。"现实中，她常被摆在一个个无奈的事件面前。比如，有几个年轻人，晚上回家看不清路，就"灵机一动"，把她和马悠种的几十亩林地点着了——他们把马悠夫妇的肋骨拆下，当火把来烧。

她与荒蛮博弈。

她与愚氓博弈。

沉静的她，带着两个移植了父亲梦想的女儿住在雨林里。三个人一起唱着马悠生前最喜欢唱的歌，做着马悠生前最喜欢做的事。她们不想让兰花知道，那个常在高高的树下奋然救起坠落的自己的人已然离去。作为马悠的替身，她们一起在雨林里小心翼翼地看护着他那个来不及做完的梦。她们把保护雨林、再造雨林当成了一部与生命等重的经书来诵读。

"大不了，我就当墓志铭。"她这样说。

——我不愿意听一个背负着拯救"地球之肺"使命的人说出这么沉痛的话。我想，当枯树上跌落的兰花不再有人爱怜地捧起，那么，人类的跌落，必将成为一件被所有残余物种额手称庆的事。

每一只鸟都是我的情敌

那时还没有照相机。

一个叫奥杜邦的男孩，疯狂地爱上了天空的飞鸟。在美国宾夕法尼亚州一个叫米尔格鲁夫的乡村，他过上了与飞鸟为友的生活。他终日跑田野，钻森林，目光痴痴追随着一个个翩然而过的轻灵身影，内心鼓荡着隐秘的快乐与忧伤。那些鸟，翅膀染着霞光，飞翔或安憩，都美丽得令人窒息。

他拿起画笔，开始了一项浩繁的工程——绘鸟。

野火鸡、美洲鸷、红肩鹰、白鹈鹕……他把这些可爱的精灵请到画纸上。他带着饱满的激情作画，笔触细腻，技法精湛。他绘的鸟都是动态的，或舒羽展翅，或俯冲猎食，或独自引吭，或相向啁啾，或轩昂漫步，或垂首凝思，或夫妻缠绵，或母子情深；并且，这些鸟，无一例外地被安排在了花香四溢抑或嘉果飘香的环境中。他用了"巧密而精细"的近似中国工笔的画法，一羽一翼、一花一石，无不精思巧构、精雕细琢。每一幅画中都有他怦怦的心跳。他的目光，始终与他的挚爱不离不弃。

这时候，一个叫露西的少女悄悄走到他身边，和他望向了同一个方向。

他们幸福地结合了。

他们的家一迁再迁。始终念不好"生意经"的奥杜邦，在商界混得一塌糊涂。他的心思全在绘鸟上了。为了追踪一只飞鸟的行踪，他可以抛却手头的一切工作。他爱鸟爱到了痴迷的程度。

经过几年废寝忘食的工作，奥杜邦已完成了二百多幅野鸟图谱。但是，那些画却不幸被老鼠咬烂了。眼看多年的心血毁于一旦，奥杜邦说："强烈的悲伤几乎穿透我的整个大脑，我连着几个星期都在发烧。"但他并没有因此罢手，而是以加倍的热情重新开始了绘鸟工作。

鸟勾走了奥杜邦的魂。仿佛他的前世，就是一只飞禽，这辈子注定了要与这些带翼翅的生灵厮守。露西说："每一只鸟都是我的情敌。"奥杜邦对于鸟的狂热，达到了令常人难以接受的程度。他争分夺秒地绘鸟。他说："我一直在工作，我真希望自己有八只手来绘鸟。"

三十四岁那年，法院宣布奥杜邦破产。

什么样的厄运都熄灭不了奥杜邦绘鸟的热望。他带着自己心爱的北美野鸟图谱，辗转去了英国。那里的人们睁大了惊异的眼睛，打量着这个来自美国的樵夫般的绘鸟人，那些从异邦飞来的或优雅或阴鸷的奇妙物种，瞬间征服了太多倨傲的心。达尔文有一段珍贵的文字，是描写这个时期的奥杜邦的："奥杜邦衣服粗糙简单，黝黑的头发在衣领边披散开来，他整个人就是一个活脱脱的鸟类标本。"

……

晚年的奥杜邦，双目几近失明，但他依然以赏鸟、绘鸟为乐。六十六岁那年，他走了，却将一份丰厚的礼物留在了人间。他绘的鸟，比真实的鸟拥有了更长的翅膀和更久的生命——二百多年来，人们摹拓他的作品，出版他的作品。这些鸟，扑啦啦飞遍了世界的各个角落。"奥杜邦"这个名字也成了爱护鸟类、保护生态的代名词；而他以付出双眼乃至生命为代价绘制出的每一张鸟图，都被人视若珍宝，《北美野鸟图谱》珍本在纽约克里斯蒂拍卖行拍卖到880万美元的天价，从而成为"世界上最贵的书"。

我的案头，摆放着奥杜邦中译本的《鸟类圣经》。我在鸟语花香中流连迷醉。我认真区分八种麻雀、十三种啄木鸟的细微差别，忘情倾听奥杜邦讲述的精妙绝伦的鸟的故事。当我的一个朋友告诉我说他要去北美考察时，我激动万分地对他说："如果可能，就去一趟米尔格鲁夫吧！去奥杜邦当年行走的乡间小路上走一走，去看看露西的情敌们是否安然无恙……"

上帝的选手

学校号召老师们为学生推荐优秀视频，我推荐了《花婆婆》和《种树的男人》。

很早以前，我就在电脑里收藏了这两段让我百看不厌的视频。有那么一段时间，我甚至像祥林嫂逢人必讲阿毛一样，逮住一只耳朵就狂热地推荐这两段视频。我以为，它们所给予人的，是珍贵的提醒，更是生命的重塑。

——嗯，我们还是叫她鲁菲丝小姐吧。当鲁菲丝小姐还是个小女孩的时候，她天真地坐在爷爷的腿上，愉快地答应老人家今生要完成三件事：第一件事是去很远的地方旅行，第二件事是住在海边，第三件事是做一件让世界变得更美丽的事情。鲁菲丝小姐顺利地完成了前两件事，却为第三件事犯了难。是呢，究竟什么才是"让世界变得更美丽的事情"呢？鲁菲丝小姐费心思量着，却难以寻到答案。直到有一年春天，已不再年轻的鲁菲丝小姐喜出望外地发现山坡上开满了一大片颜色各异的鲁冰花，这时，她突然就明白了自己要做的第三件事是什么了。整个夏天，她的口袋里都装满了鲁冰花的种子。带着一份隐秘的欣悦，她随手将花籽撒到了乡村路旁、教堂后面、学校附近。第二年春天，她撒种子的地方开满了各色的鲁冰花。她终于完成了第三件事情——让世界变得更美丽。

阿尔卑斯山下的普罗旺斯高原，曾经是一片干旱的黄土地。河水的脚步走不到这里，绿色朝这里望上一眼就萎黄了，人与鸟都已远走高飞。一个叫布非耶的牧羊人来到这里，毅然承担起了拯救大地的任务。这片高原不是他的，没有人要求他这样做，但在漫长的三十四年间，布非耶不停歇地种树，种树，种树。战争在远方诉说着人类的罪恶，快要变成哑巴的布非耶用执拗的心与一天天长高的橡树、桦树、山毛榉亲切交谈。就这样，这个"上帝的优秀选手"，硬是把贫瘠的高原变成了梦中的模样——森林茂密，泉水清冷。人与鸟都惊喜地过来，打量着这个不可思议的人间天堂。

——据说，直到今天，"花婆婆"鲁菲丝和"种树男人"布非耶都不曾离去。

在我看来，"上帝的优秀选手"当然不会是空想家，更不会是抱怨狂。在一片没有花、没有树的土地上，他们能看见自己的责任。他们来不及问清为什么大地会有这样一处处寒碜的空白，就在某种本能的驱使下，不由分说地充当起了填补这空白的不二人选。他们用撒种这样一个动作，深情阐释一介微尘般的生命与广袤大地之间美妙而又恒久的关联。他们有能耐枕着一粒小小的种子听到娓娓花语、阵阵林涛。他们的期待更像季节的一句允诺，不会落空，不会失信。他们可以忽略太多的一己之痛，因为他们深信大地已然为自己预备好了一份无比丰赡的补偿。没有功利心，或者不如说，有大功利心——让世界变得更美丽。

作为一名教育工作者，我无限敬慕鲁菲丝和布非耶，希望自己持续不断地在学生心中撒播道德的种子、知识的种子，培植出一个诗意高原。罗曼·罗兰说："创造就是消灭死。"人生多么匆遽，充其量不过是"四亿次眨眼"。当我们的眼睛正幸运地享有着眨动的权利，不要让它在那些速朽的物质上过多逡巡，让它去追索那可以为自己带来"终极快感"的目标吧——揣着一包花籽或树种上路，在一个可以期待美丽结局的故事中流连、迷醉，把你对这个星球深挚的爱变成能够遗传给后人的神奇的"DNA"，让世界在千百年之后依然有兴致对它的公民说：这里，曾有过一个"上帝的选手"，一个"人类的增光者"……

这个星球有你

彭先生打来电话，邀我去西部教师培训会上做讲座。尽管与彭先生仅有一面之交，但还是愉快地应允了。

搁了电话，翻一下工作安排，发现居然与一个会议撞车了。连忙打电话向操持会议的人请假。对方沉吟了片刻，半开玩笑地扔过来一句："去走穴？"问得人火往头上拱，又不便发作，笑着说："跟商业不沾边。组织者提供交通、食宿费用，不安排旅游。我的讲座是零报酬。"对方听了，用洞悉一切的口吻说："哦？零报酬？那不是他们太不仗义就是你太仗义了吧？——来这个会还是去那个会，你自己掂对吧。"

我好难"掂对"！

我跟自己说："何苦来？背着一口黑锅去搞什么鬼讲座！"可是，答应了的事又怎好反悔？我需要寻觅一个推掉讲座的充分理由。

我上网搜索彭先生的背景材料。

彭先生本是名牌大学的高才生，毕业后到天津市某家知名软件公司做软件企划。朝阳的年纪，做着一份朝阳的工作，惹来许多人艳羡。但是，突然有一天，他毅然决然地辞去工作，做了一名自愿"流放"西部的IT人。

促使彭先生下决心去西部的，是一对苦难的母女。

冬季的傍晚，彭先生从公司下班回家，发现车胎没气了，便把车推到一个修车摊去修理。三九天气，刀子风刮得人脸生疼。为他补胎的是一个进城打工的女人。女人身边，是她五六岁的女儿。小女孩渴了，一直缠着妈妈要水喝。但妈妈忙着锉胎、涂胶，腾不出手来给女儿弄水。小女孩见妈妈实在顾不上自己，便趴在试漏的水盆前，小声地问妈妈："妈妈，这盆里的水能喝吗？"没等妈妈回答，渴极了的小女孩居然把头伸向了那漂着浮冰的脏水盆……这一切发生得那么突然，彭先生的心被揪疼了。他赶忙跑到最近的一家商店，买了几瓶牛奶，以最快的速度跑回来交到小女孩手中……

第二天上班后，整个上午，彭先生全身都在发抖。他事后说："在离我们公司不到五百米远的地方，竟有如此苦难的事情发生！而我却坐在有空调、有暖气的办公室里……这件事是一个导火索，它把我几年来想好的事情一下子提前了；或者说，好比是一个朋友打来电话，让我赶紧去做更应该做的事。我再不能等下去了！"

于是他去了甘肃省那个叫黄羊川的地方。义务支教，分文不取。

当他坐在一户姓王人家的炕头，吃着读到四年级就因贫困而辍学的女孩烤的土豆时，他哭了。

当他在另一户人家，听到一个做了母亲的人说因为没念完书而一直后悔着、怨恨着时，他哭了。

通过努力，他让黄羊川的中学生每周能吃上一次肉。

通过努力，他让黄羊川连上了互联网并拥有了自己的网页。

因为看到了这样一个事实：越穷越不重视教育，越不重视教育越穷。他决心用教育拯救这片土地……

在他的影响下，他的一位在中央气象局工作的同学毅然辞职，来到黄羊川，做了一名长期固定教师。

……

我原本寻觅疏离缘由的心，此刻却被亲近的热望塞得满满。在这些故事面前，一口"黑锅"显得多么微不足道！被误解的痛，幻化成一条细到可以忽略不计的蛛丝，随手抹掉或者交付风儿，都可以微笑着接受。

孙红雷有个广告说："我们都是有故事的人。"这句话多么适合彭先生！这年头，有故事的人很多，但是，彭先生的故事却堪称高品位。有故事的人没有四处张扬自己的故事，幸运地分享了这故事的人一直在心中说着那句古语："虽不能至，然心向往之。"我不知道那些津津乐道于"血酬定律"的人该如何从学术的角度解读彭先生的行为，我不知道哪个聪明人能有本事为彭先生的发抖和流泪标价。《博弈圣经》上说："生存的游戏就是利己主义和利他主义之间的博弈。"利己的人，喜欢用"本能"为自己开脱；利他的人，却不好意思用"本能"给自己贴金。本能，是生命所接受的教育总和在某个瞬间的大暴露。有的人，利己是本能；而有的人，利他是本能。这就可以解释为什么有人一听到"讲座"这个词，第一反应就是酬劳，而彭先生一看到别人受苦挣扎，拯救的欲望立刻就主宰他的生命了。

——我决意充当那个可有可无的会议的叛逃者。

——我决意把多年淘得的教育真金悉数献给西部。

——我决意将新出版的书赠予那些与我今生有约的西部同行。

我发给彭先生的短信是："这个星球有你，我多了一重微笑的理由。"

在微饥中惜福

突然问了自己一个问题：我有多久没有饥饿感了？

我回答不上来，大概有好久好久了吧。总是饱饱的，来不及等到饥饿感光顾，就又开始吃东西了。我是一个热爱食物的人，尤其热爱谷物。看到减肥的朋友丝毫不敢沾米面，我的内心充满了对这些"饥民"的同情。

听母亲说，我的祖父在年轻的时候外出讨饭，饿死在了路上。我常常抑制不住地揣想那悲惨情形，恨不得穿越时光跑到我年轻的祖父身边，递给他一个神圣的馒头。我的母亲也曾饱受饥饿之苦，她说："有一回，我跟你二舅饿得要晕过去了，就一人喝了一碗凉水吃了两瓣蒜。"

我的母亲捍卫起过期食品来十分卖力。我要扔掉一袋过期饼干，她连忙夺过去，打开袋子，三块三块地吃，边吃边说好吃。我再执意要扔掉某种过期到不像话的食品，她就急了，说："我也过期了！你把我也扔了算了！"

挨过饿的人，对食物怀有一种近乎畸态的珍爱。

电视上一位老红军回忆说，爬雪山、过草地的时候，他们吃皮带充饥。妹妹的孩子好奇地问："皮带怎么可以吃呢？"妹妹说："因为是牛皮的吧。"妹妹的孩子继续追问："那他们为什么不吃牛肉呢？"——这个孩子一向视食物如寇仇，以她现有的理解力，断不会明白人何以可以饿到吃皮带的程度的。

目下，"仇饭"的孩子可真多啊。蒋雯丽在一个广告中对她的"女儿"发飙，因为女孩把盛了白米饭的碗狠狠地推到了一边。还有一档电视节目，索性就叫"饭没了秀"，用这样一个名字鼓励想上电视或想看电视的小朋友好好吃饭。有个老教师跟我诉苦："早些年，我跟学生们说，今天你不努力学习，明天你就没有饭吃，他们就乖乖低头念书了；现在，我再这么说，他们居然鼓掌欢呼说，没饭吃才好呢，谁愿意去吃饭！"

在这些"仇饭"孩子的对面，站着一些同样令人担忧的孩子，我管他们叫"饕餮一族"。我有个朋友的孩子，酷爱肯德基的炸鸡腿，一顿可以消灭六个。他的父母向我们描述起可爱的宝贝连吃六个炸鸡腿时的情形，仿佛在夸耀一个战功赫赫的将军，崇敬之情，溢于言表。可怜这个小胖墩，刚刚过了十三岁生日，却已是个资深脂肪肝患者了。

仇饭与饕餮，都是对饭的不敬。

有一次，我和一位姓刘的女士对坐用餐。我们吃的是份饭。面对一个馒头和一荤一素两个简单的菜，刘女士双手合十，闭目默祷。我拿起的筷子倏然停在了空中……她吃得那么香甜，我甚至怀疑她的祷告词为那寡淡的菜蔬添加了别样的滋味。据说僧人用斋时要"心存五观"："计功多少，量彼来处；忖己德行，全缺应供；防心离过，贪等为宗；正事良药，为疗形枯；为成道业，方受此食。"用斋亦如用功，不可出声，不可恣动。

我常想，对寻常的一蔬一饭都怀有神圣感的人，一定不会漠视造物主的种种赐予吧。

听一个医生说，适度的饥饿感是有益健康的。他说，人在不饥饿的时候，巨噬细胞也不饥饿，它便不肯履行自己的职责；只有人有饥饿感的时候，巨噬细胞才活跃起来，吞噬死亡细胞，扮演起人体清道夫的角色。他甚至说："饥饿不是药，比药还重要。"被饥饿感长久疏离的我，多么想要这样一种感觉——饥肠辘辘之时，捧起一个刚出屉的馒头，吃出浓浓麦香。

尼采说："幸福就是适度贫困。"一部分先富起来的国人听到这话肯定很不爽吧？他们可能会骂尼采在胡说，骂他吃不到葡萄说葡萄酸。——我们好不容易富起来了，你却跟我们扯什么"适度贫困"，去你的罢！

食物富足了之后让人适度饥饿，跟钞票宽裕了之后让人适度贫困一样惹人不快。曾几何时，贫困和饥饿恣意蹂躏无辜的生命；今天，走向小康的我们还不该报复性地挥霍一番么？就这样，浅薄的炫富断送了必要的理性，餐桌上的神圣感迟迟不肯降临……

我多么喜欢为母亲炒几个可口的小菜，再陪她慢慢吃。那么享受，那么陶醉。我知道我总是试图替岁月偿还它亏欠母亲的那一餐餐的饭。菜炒咸了，母亲说正好；菜炒煳了，母亲说不碍。我带着母亲下馆子，吃完了饭打包，她跟服务员说："除了盘子不要，其余都要。"

在物质极大丰富的今天，为了铭记伤痛，为了留住健康，为了感谢天恩，我们太应该唤醒自己对一蔬一饭的神圣感，在珍爱中祝祷，在微饥中惜福，在宴飨中感恩——不是么？

那个叫"勺"的女孩

那年招生的时候，教务处的老师笑着告诉我说："今年录取的新生中有个女生叫勺——勺子的勺。这名字，怪死了！"

第一次与勺见面，是在校园里的那一小片花生地前。上课的预备铃响了，还有个单单薄薄的小女生站在那里，老远冲着我笑。我问她："你怎么还不快回教室啊？"她说："校长，我在等您过来。我想告诉您，花生地里的草是不能拔的。您看，拔了草，带出了这么多小花生，都糟践了，多可惜呀！我们家种过花生，拾掇花生地，我可是个行家！"我夸赞了她，顺便看了一眼她的胸牌，居然，她就是勺。

再见到勺时，是在食堂。我端着餐盘凑到她跟前，告诉她说，她一句话保住了许多花生的小命，秋后该赏她多吃几粒花生呢。她含着一大口饭，开心地笑出了声。我问她："你的名字为什么不写'芍药'的'芍'呢？——你见过芍药吗？原先，你们宿舍后面那儿就有一大片芍药，春天开花，可好看了！"她说："我只在电视上见过芍药开花，没见过真的。当初我爷爷给我起名的时候，起的就是'勺子'的'勺'，说是名字孬，好拉扯。"我笑指着她手中的不锈钢勺子说："勺用勺，勺咬勺——这太有趣了！"

后来，德育处遇到了一桩让人挠头的事，一个女生宿舍的几个住宿生一同找到德育处主任，说她们宿舍老丢东西，小到纸巾，大到毛衣，什么都丢。德育处主任问她们是否有怀疑对象，她们异口同声地说："是勺！"

"她们有什么根据说是勺干的呀？"我有些激动地质问德育处主任。他嗫嚅道："她们也没啥根据，就是觉得勺来自农村，家里挺穷的。另外，这个宿舍里，别人都丢过东西，就勺没丢过。"我说："其实，你刚才所说的前一条就可以解释后一条——正因为勺家里穷，她的东西都不值钱，所以才不会招贼呀！另外，勺要是挨个儿偷，偏偏把自己剩下，那不是不打自招了吗？一个人得蠢成啥样才会这么干呀？"

很快，勺的班主任跑来找我，说大家错怪了勺，让我千万别生气。想着那个单单薄薄的小女生因为家穷就无端地被人怀疑成小贼，我的眼睛禁不住酸涩起来。

几次大大小小的考试，勺的班主任都是在第一时间就将勺的成绩和排名发到我手机上。勺的成绩不太好也不太坏，波动也不大。

寒假开学后的一天，勺的班主任问我："勺怎么没有来上学呀？"我说："是吗？我不知道啊。你给她家打个电话问问吧。"她惊异地看着我说："您不知道吗？她家没有电话呀！——我想法子找同学问吧。"

没有等来勺，却等来了勺的父亲——一个独臂的男人。他是来为勺办转学手续的。

　　我问："怎么刚读了半年就转学呀?"

　　勺的父亲唉声叹气地说："说出来您可别笑话，勺的妈妈八年前跟一个小老板跑了，我这个废人，又当爹又当妈，省吃俭用，一心想供勺念书。去年，我表弟在三门峡市给我找了个差事，我一天到晚惦记着勺，不能踏实干活呀。这回，我下决心把勺弄到我身边，可户口又迁不过去，高三后半年，她还得回您这学校来，在这儿报名参加高考啊! 勺老跟我说您喜欢她，对她好，她可舍不得您呢! ——这不，她还给您写了封信。"

　　信是封死的。我撕开信皮儿，看到了下面的文字：

　　校长，我可以叫您一声妈妈吗? 我本来想当面向您告别，但我没有勇气，还是让我用书信的形式来跟您说说心里话吧。我们宿舍同学丢的东西，确实都是我偷的（我似乎看见了您无比失望的眼神）。事发之后，我吓得要死。我跟班主任说：'求你别让校长知道好吗? 其实我家跟校长家是亲戚，校长是我一个远房姑姑。可校长嘱咐过我，不让我跟别人讲。'我无耻地利用了您对我的好，我编造谎言，骗过了班主任，使他不再追究我偷窃的事。我从小就有小偷小摸的毛病，为这也曾受过皮肉之苦，可很难改。我甚至把这一切归咎于我的名字——勺，总想舀别人碗里的东西，唉，这只不争气的破勺啊! 但这一回的偷窃，却真成了我生命中的最后一回。您知道这是为什么吗? 就因为德育处主任把您跟他说的话转述给了我。您对我的人品是那样深信不疑（尽管我不值得），您不假思索地为我辩护。您知道吗? 那天晚上，熄灯了，我猫在被窝里，哭着咬破了自己的手指。我跟自己说，你要是再生出偷窃的心，就去摸电门吧！——校长妈妈，我会跟班主任说出实情，我会设法还清舍友们的东西并向她们道歉的。校长妈妈，您笑一下好吗？您笑一下，我离您多远都能感觉得到啊！

署名竟然是——"芍"。

我擦着夺眶而出的泪水，笑了一下。

芍的父亲惊慌失措地问："这孩子都瞎写啥了？弄得校长又哭又笑的？"

我说："没啥。你回去告诉芍，就说我爱她；还有，你跟芍说，今年开春后，我们学校除了种花生，还要栽芍药，芍高三的时候，欢迎她回来看芍药花……"

第五辑：
受与救

　　我之所以赞赏"英雄"这个作文题，是因为它以一个邀请的姿势，引领那些在低洼地带过久盘桓的人们走向崇高，它试图让熄火的心灵重新燃起熊熊的信念之火，它试图让凡庸的生命在仰望那些正义的献祭者的过程中完成可贵的涅槃。

——《假如我们不崇敬英雄》

一堂完美的课，或许能照耀学生一时；但是，教师完善的人格，却足以照耀孩子一世。——《逼出自己的羞愧心》

受 与 救

　　羊年伊始，与文友阿芳互发微信问候。小结马年，我俩都戏称，被那匹不安分的马踢了一脚——她伤在心，我伤在身。

　　发去一串叹息，她慰我道："天欲祸人，必先以微福骄之，所以福来不必喜，要看他会受；天欲福人，必先以微祸儆之，所以祸来不必忧，要看他会救。"

　　我大惊："你原创？咋恁好！"

　　她发来一个鬼脸，说："我若觍颜称原创，洪应明定穿越来揍我。"

　　我愈惊："《菜根谭》？俺读过也！咋未留意到这段文字？"

　　阿芳道："读时未入心，故尔未入眼。"

　　阿芳所言极是。读《菜根谭》时，我涉世未深，只约略记得抄录过"霁月光风，草木欣欣"这等雅词丽句，而对"祸福"之类苦辣文段，则一目十行，潦草带过。作者"咬得菜根"之后的深悟深得，被我在饱食肥甘之后不恭"闪读"。我之所得，注定为皮毛。

　　设若当年我在本子上抄录了阿芳发来的那段精警文字，临福临祸，我还会那般不懂得"受"与"救"吗？这颗心，多么寰浅，福来则喜，祸来则忧；哪怕只是"微福"或"微祸"，我心会被"骄"晕、被"儆"晕；我拙于"受"，亦拙于"救"，只会暗自祈求神灵，佑我趋福避祸……夜读《恩宠与勇气》，读到"人应该学着向倒霉的事感恩"时，我心惊不已，扪心自问：你何时才能学会？

　　——德厚，方能"会受"；心广，方能"会救"。祸福皆惊者，祸福皆可杀之。

关于读书的五个忠告

　　喜欢"书生"一词。"书生""书生"，为书而生。一个为书而生的人，自然应将每年的"世界读书日"看成是自我的节日。节日到来之前，照例要思考关乎读书的问题。关乎读书，本"书生"有如下五个忠告——

　　一、人要不读书，赛过一头猪。

　　这句话，是我们的"家庭读书劝勉语"。我们的家庭，以"书香浸染全家，人人崇尚创造"为特点，荣获"全国最美家庭""全国第一届文明家庭"的称号，我本人代表全家荣幸地受到了习近平总书记的亲切接见。为了激励全家人读书，我推出了这句极通俗易懂的"读书劝勉语"，目的是警醒每个家庭成员，谨防不读书的自己灵魂堕落到与猪为伍的境地。记者来我家采访，问为什么我们的家庭成员个个对书情有独钟，我回答说："我们今天所拥有的一切，几乎都是拜书之所赐；而一个人在某个方面尝到了甜头，复制，就成为一种高度的生命自觉。"

二、你喜欢什么书，你就是什么人。

我说过，我可以通过你正在读一本怎样的书，推知你是一个怎样的人——有教养的孩子不可能只爱动漫书，有学养的成人不可能捧读故事会。当你奔向书店，当你奔向图书馆，面对书籍的海洋，若让你自由选择，你瞬间就暴露了那个真实的自己。我多么担忧学生只会选购习题集，就像我担忧一个养猪大嫂只会选购《养猪大全》一样。与"功利阅读"的"稻粱谋"不同，"公共阅读"，是用来美化我们的精神的。所以，我常跟学生说，一个优秀中学生的"功利阅读"和"公共阅读"的理想比例，应该是4：6。"功利阅读"可以让你飞得高，"公共阅读"可以让你飞得远。

三、"书中自有黄金屋"，误人误国误前途。

宋真宗赵恒的《励学篇》被许多人奉为劝人读书之圭臬。殊不知，该《励学篇》一出，一代代读书人前仆后继地奋勇拿读书"赚票子、赚房子、赚妻子、赚位子"。然而，当其读书目标得以阶段性达成之后，TA就开始报复般地"仇书"了——席卷全国的"毕业撕书"狂潮不就是一个很好的例证么？据说，犹太人有一个传统的仪式，在小孩子刚刚懂事时，在书上滴一滴蜂蜜，让小孩子去亲吻它，用这种方式告诉孩子，书本是甜的，日后要手不释卷。我们身边有多少人一旦考上大学、升了职位、遂了心愿，立刻就将书抛到一边，不再苦读。——读书，不是用来换好处的，而是用来喂饱我们的灵魂的。没有食粮，我们的肉体会饥饿；没有书籍，我们的灵魂会干瘪。书中没有"黄金屋"，书中没有"颜如玉"，书中藏着一个更好的你自己，等着你去发现。

四、不养儿不知父母恩，不著书难知读书妙。

在这个世界上，最善于读书的人是谁？答：用心著书的人。俗话说：不养儿不知父母恩。养儿的过程，是体察父母恩情的过程。养了儿，瞬间就懂得了什么叫"娘坐一月罪受满，如同罪人坐牢监"，什么叫"每夜五更难合眼，娘睡湿处儿睡干"，什么叫"时时刻刻心操烂，行走步步用手牵"……用心著书的人，因为有了著书时在纸上的啼笑与甘苦，所以，读起他人的书来更能得其要领，悟其精髓。用心著书的人，字里行间都有TA的命啊，你花少许银子，就将其生命中最精彩的部分握在手中了，这是一桩多么划算的交易？用心著书的人，将心比心，明白他人写书不易，明白他人不会在书中隐匿了自己的智慧，明白好的写作者无不是吃"灵魂饭"的人，所以，TA才会更懂书、更爱书、更惜书。

五、为读书而读书是一种浪费。

人说："万般皆下品，唯有读书高。"我一直想将这个句子改为："万般皆下品，唯有创造高。"

读书，是一个"输入"的过程，但是，"输入"不是目的，"输入"的目的是为了"输出"。真正的读书高手，无不是创造高手。古人嘲笑书呆子为"两脚书柜"，今天，这个喻体似乎可以被"电脑"轻松替代了。若比"内存"，我们谁都比不过电脑；然而，我们傲煞电脑之处的是我们可以进行创造性劳动。

不要将读书的终极目的锁定为对抗空虚、慰藉寂寥、装潢门面、赚取谈资、换取好处。读书，是为了将书中的内容与读书人同时打烂，再混合团捏为一个新的整体，从而达到书中有我、我中有书的境地。

貔貅，是传说中的一种"吞万物而不泻"的瑞兽，许多人佩戴貔貅以祈财。可是，读书最大的忌讳就是"貔貅式读书"，只有输入，没有输出。理想的读书应该像充电，充电的目的在于放电而不是自炫"满格"。

写给谁的情书

在搞一项面向高中生的"语文学习现状问卷调查"的时候，我加进了一个填空题——"语文，是写给（　）的情书"，要求学生根据自己的理解随意填空。

调查结果出来了。我将那道填空题简单进行了一下归类，大致有以下五类：

一、崇高类：世界。祖国。未来……

二、功利类：老师。高考。试卷……

三、混沌类：纸张。那人。课外……

四、谐谑类：美女。帅哥。个人……

五、靠谱类：生活。精神。灵魂……

这是一个开放性的问题，没有"标准答案"，但是，我试图通过大家的回答，了解"语文"在他们心中的"样态"。我之所以选择"情书"二字，无非就是想借他们感兴趣的表达方式来引起他们的注意和思考。

这个问题其实是在问："语文，是用来取悦谁的？"或者是："语文，是用来表达对谁的好感的？"

我不认为"崇高类"真的崇高，我猜写出这类答案的孩子是在讨巧地摸着我的脉填空；我认为"功利类"是真功利，写出这类答案的孩子不藏不掖地说了实话；我对"混沌类"表示同情，写出这类答案的孩子对语言文字根本"不来电"；我对"谐谑类"表示理解，写出这类答案的孩子有一颗叛逆的心；我对"靠谱类"奉献敬意与爱意，写出这类答案的孩子堪称是"语文"的知己。

美国来的丁大卫说："在中国，我要多说美丽中文。"每天与"中国的语言文字"打交道的我们，将"中文"说"美丽"了吗？如果我们连"语文"的功用都搞不清楚，甚至懒得搞清楚，我们怎可能视其为"美"进而真正爱上她……

我为什么不给儿子办"高考移民"

　　单就为孩子办不办"高考移民"一事而言，我学校的老师可以分为两派——"办派""不办派"。在一个公开的场合，大家曾激烈争论过这个问题。"办派"说：我们家的钱早晚是孩子的，把钱花在这上面，让孩子有机会进入更高一个层次的大学，由此开辟更为广阔的人生之路，最值！"不办派"说：花钱给孩子买个"投机心"，让他觉得凡事都可以用钱摆平，从而变成李天一第二，不值！

　　我愿意和大家分享一下我们家的故事——

　　我儿子读高二那年，一个大师姐找到我，问我是否给孩子办"高考移民"。她说："把户口办到北京，高考就可以占一百分左右的便宜！并且，你姐夫对那个中介有恩，他只跟咱要个成本费，比别人少花五六万呢！——办吧！为了孩子的前途，花点钱值啊！"举目四望，为孩子办"高考移民"的家长可真多啊！仿佛这是一个对子女的献大爱之举，也是一个对家庭的负大责之举。有这样的大好机会，我似乎不应该错过。

回到家，在餐桌上提起此事。儿子第一个站出来反对，他说的话我至今还记得清清楚楚："别让我背着债去上学啊！"他爸爸也忧心忡忡地说："咱们今天给他买低高考门槛，明天谁给他买低成功门槛？"我思来想去，终于作出了决定，给大师姐发了个短信，告诉她说我儿子不办"高考移民"了。大师姐一收到短信就急了，打来电话说："你们怎么算不清账啊?! 你儿子成绩那么优秀，办个北京户口轻而易举就进清华、北大了，但要是在本省考，他绝对进不了这样的顶尖大学！你们要是拆兑不开钱，我就先给你们垫着……"我说："不用啊大姐，真的不是钱的问题。"

我总结出了给儿子办"高考移民"的"六宗罪"：

一、让孩子生出"负债感"。他与父母的关系，突然就变成了"债务人"与"债权人"的关系。这份凭空多出的沉重，会令他远离轻松惬意。

二、让孩子生出"作弊心态"。一个用钱买低的门槛，可能会使他轻狎了所有的门槛，在获得了关乎"钻营"的启蒙之后，他开始视舞弊为智慧。

三、削弱了孩子的斗志。当他明白了自己的高考分数将比本省小伙伴的高考分数"更值钱"之后，他会不由得松懈下来，他会这样想：反正有那一百分垫底儿呢，我根本就用不着太拼。

四、一家人奔波劳顿。模拟考试、报名、体检、高考，都要去户口所在地，家长少不了陪同前往。舟车劳顿、环境陌生，让孩子不胜其苦，再加上前一项的"松懈"，可能要"吃掉"孩子的一百分左右，那花钱"买来"的一百分，爽爽地被清了零。

五、身为班长，他成为自己班级"游戏规则"的破坏者。

六、即便只给中介一个"成本费"，那也成为他们肮脏利益链条上的可悲一环。——在我看来，"高考移民"，这四个字上沾染着某种可怕的毒素，一旦感染，终身难愈……

因为没有给儿子办"高考移民"，他人生的路走得相对艰辛了一些。然而，对于笃信"吃苦就是吃补"的他而言，这些艰辛，反成了他人生行囊中一笔"金不换"的财富。戒除侥幸心理，笃信自身的力量，不找借口找方法，这些好心态无疑为他的人生加了分。

今天，我很庆幸当初作出的那个决定。尽管我的儿子没有进清华、北大，但是，这不妨碍他成为清华、北大毕业生的上司。他人格完善，坦荡磊落，乐观向上。我曾在写给他的一篇文章中这样说："孩子，你是我递给世界的一张名片。"——我的名片颇拿得出手，因为，它有过自己的拒绝与坚守。

世界上有一种鬼叫"然后鬼"

电视台记者采访几个大学生——我的天！几个人居然全都是"然后控"！铺天盖地的"然后"呼啸而至。我忍不住惊呼正在埋头拖地的老徐："你快听你快听！这群孩子简直不是在句子里镶嵌'然后'，而是在'然后'里镶嵌句子了！你听啊——然后吧、然后吗、然后就……"我家老徐听罢大笑道："然后爸、然后妈、然后舅，这可都是他们家至亲的亲人儿呀！当然要挂在嘴边上啦！"

张文质老师说：世界上有一种鬼，叫"然后鬼"。据说，"然后鬼"是从台湾过来的。台湾那些嗲气十足的女子，面对镜头，偏着令人猜不出几岁的脑袋，"然后"个不停，"酱紫"个不停。大陆的"脑残族"一看，咦？萌居然还可以这样卖？于是，欣然学来，变本加厉地"然后"起来。

我在姥姥家长大。姥姥村有个大队干部，一张嘴就是"这个这个这个"。表妹觉得好玩，兴致勃勃地鹦鹉学舌。——坏了！她真学会了！一个如花似玉的大姑娘，一张嘴就是"这个这个这个"。舅舅急了，追着骂她、打她，妄图让她戒掉这个口头禅。然而，表妹不幸被"这个鬼"给死死缠住……直到今天，她一开口，依然会像小朋友吹泡泡般，吐出一串串的"这个"。

一个句子里长着一嘟噜一嘟噜的"然后"，直听得人鸡皮疙瘩如雨后春笋般起了一层又一层，真恨不得冲进电视机里，学着黄继光堵枪眼的样子堵了那人的嘴。

我之所以如此反感"然后"，一方面是"职业洁癖"使然，作为一名语文教师，我无法忍受我至爱的美丽汉语被掺进一把把硌牙的沙子；另外，我以为这个"然后鬼"背后的东西实在值得人玩索——明明是思维断流、舌头短路，但偏偏就有那么多人争相效尤，不亲临这个"语言事故"现场溅一身血，就不肯罢休。

如果你将"然后鬼附体"仅仅解释成跟风、追潮，那你就错了。"然后鬼"的猖獗，其实是审美缺失与思想惰性联手制造的一场灾难。美一缺席，丑则伺机而入；思想眠去，语言自然要起霉点。

——戒掉"然后"，好好说话。

你的精神断奶了吗

　　"你看起来好年轻！"这是一句我们惯用的交际语，说者不必太负责，听者不必太过心。淘宝上有一家服装店，管买主一律叫"姑娘"。我网购一般都是留我家老徐的手机号，卖家于是殷勤地给他发短信，"姑娘姑娘"地叫个不停。老徐抓狂地朗诵着那些肉麻短信，吼道："哼哼，姑娘？哪个是姑？哪个又是娘？这狗商家，真是摸准了你们这些老娘们儿的脉了！"

　　旁人说你"年轻"、叫你"姑娘"也就罢了，偏偏我们自己还要将自己当孩子娇着、宠着。"宝宝"，这个约略相当于"我"的第一人称代词，着实吓惨了我。仿佛一夜之间，朋友圈里的人们突然都自称"宝宝"了！有一位年逾五旬的教育专家，居然也自称起"宝宝"来——吓死宝宝了！气死宝宝了！笑死宝宝了！我盯着"宝宝"这个嫩词儿看了半晌，硬是难以将它和那个须发花白的男人扯到一起。

　　娃娃头、娃娃领、娃娃裙……凡是贴了"娃娃"标签的东西，都是女人的最爱。为了做一枚货真价实的娃娃，许多成人迷上了用"成人奶嘴杯"喝水。我曾经亲眼目击两个女大学生在大庭广众之下大喝奶瓶，我忍了又忍，终于咽回了那句"用奶瓶喝水是不是有一种重回襁褓的美妙感觉呀"的讨厌问话。

——我萌，我嫩，我与成熟隔着一座大山，我与凋谢隔着一个世界。别拿沉重吓我，别拿忧伤扰我。我就是一个彻头彻尾、彻里彻外的萌宝宝、嫩娃娃。

宝宝、娃娃的状态，是一个人的"本我"状态，它遵循的是"唯乐原则"，可以不顾一切地去寻求满足与快感。沉湎于宝宝、娃娃状态的人，其实是人类的一个亚种。"精神断奶期"的严重滞后，使得他们永远乳臭未干，使得他们永远将闹奶喝、闹衣穿、闹肉吃、闹马骑当作人生第一要务。指望着这样一群人去创造一个新世界，无异于指望着一只猴子去拿一个诺贝尔奖。

我在英国做"影子校长"的时候，惊奇地发现有一个中学校长在训话时习惯将学生们唤作"女士们、先生们"而不是"孩子们"。我小心翼翼地问他为什么这样称呼学生，他回答说："为了唤醒他们的成人意识。"听罢，我开始沉思……

"成人意识"确乎应该先于"成人仪式"到来。在我看来，谁把这世界当成一个"幼稚园"，谁就主动沦为了一个可以被忽略的存在。成人，就是成为一个敢说"我拥抱荆棘恰如你拥抱鲜花"的人，成为一个会说"我不下地狱谁下地狱"的人，成为一个能说"怕死比死更可怕"的人。唯有这样的人，方能修炼出一颗大智大勇的心，方能施与这人间以恒久的光明与温暖。

逼出自己的羞愧心

　　听一位年轻美丽的女教师讲小学语文。她可真美呀！青春的美，知性的美，率性的美……一站到讲台上就开始"放电"。她穿了件半袖连衣裙，美丽的小臂上以及飘逸的裙摆上都有五彩的小星星在闪。我想，这个小年轻把这么多小星星带进教室，大概是为了"抢镜头"吧？但是，很快我就发现自己猜错了。原来，那些小星星是别致的奖品！哪个同学答对了，美丽老师就从身上揭下一个小星星贴到那孩子的小脸上。同学们争前恐后地发言，看得出，他们太喜欢那些小星星了，太想得到那些小星星了！有个小女孩，脸上贴了七八颗星，煞是夺人眼目，很快，她就成了大家赶超的目标。当然，我也注意到了班里有几个孩子，尽管每个问题都脸红脖子粗地抢着回答，但却因为始终没答对而只能"望星兴叹"……下课铃响了，美丽老师的小星星也差不多发完了，只在小臂上还留了两三颗星。她脸上带着成功的红晕往教室外面走。我看见有个没得到小星星的小男孩追了出去。出于好奇，我也从后门悄悄地跟了出去。在走廊的拐角处，男孩追上了美丽老师。他说："老师老师，我想要个小星星！"美丽老师似乎笑了一下，然后冷冰冰地说："课都讲完了，还发什么奖品！"说完，把手臂上的小星星一下捋到了地上……

这个故事，我曾多次讲给同行听。我为那个"美丽老师"遗憾。你看，她整整"装"了四十分钟的美丽呀！多辛苦，多不易！就在别人误以为她是"真美丽"的时候，她毅然用一个货真价实的丑陋，亲手击毙了那些美丽。她煞费苦心地准备这堂公开课——她的教态那么自然，她的讲解那么耐心，她的奖品那么独特，甚至，她可能把微笑时露几颗牙齿的细节都考虑到了。她在课堂上展示给我们的，是360度无死角的美丽。但是，她的美丽，只是一层外在的附着物，不是由内里散发出来的。当那个男孩将一个她事先没有准备答案的问题猝不及防地摆到她面前时，她暴露了真实的自己。她用冷漠与傲慢为自己打出了一个无可挽回的"差评"。

我向来以为，对一名教师而言，教书，是芝麻般的小事；做人，才是西瓜般的大事。真正的"好课"，都是由真正的"好人"完成的。一堂完美的课，或许能照耀学生一时；但是，教师完善的人格，却足以照耀孩子一世。最近，网上热传这样一件事：山东师范大学七十四岁的王万森教授，因为看错课表而误课，"他懊悔落泪，半夜写检讨书，再次上课时像犯错的小学生，面向学生做起了检讨，并要求扣除本学期全部劳务津贴以作惩罚"（《齐鲁晚报》）。返聘教授王万森先生的做法，感动了无数学生，也感动了无数教师。王教授之所以如此"小题大做"，不惜牺牲面皮，向学生宣读518字的"检讨书"，是因为他把人当人看，是因为他没有像某些教师那样感染了可怕的"倨傲病"。面对"误课"这今生仅有的一次"偶发事件"，他的"自尊之心"与"尊人之心"都迫着他作出这样一个必然的选择，唯有这样的选择才能减轻他心灵的负罪感。

想起那年在中台禅寺，看到教育界精英"打禅七"。其中有一项禅修内容竟然是"逼出自己的羞愧心"。同行的人看到这个句子时都笑了，因为，对我们这些教育工作者而言，这是一项太过陌生的禅修。笑过之后，我心里却久久放不下这件事。我问自己：我能"逼出自己的羞愧心"吗？我是不是早就把"羞愧心"弄丢了？我天天"俩眼一睁，忙到熄灯"，总觉得别人亏欠了自己，何曾想过"逼出自己的羞愧心"？

但是，对一个从事"最能体现生命关怀的一种事业"（叶澜语）的人而言，"逼出自己的羞愧心"，该有多么紧要！——那个"美丽老师"和千千万万个老师能迎来自己生命禅修的机缘吗？我们，何时才能勇敢地"逼出自己的羞愧心"呢？

喧噪与沉静

　　我在朋友圈中转发了一篇文章，推介美国一位名叫詹妮弗的作者写的一本书——《法国人只需十件衣》。有个"微友"看了非常感兴趣，她说，自己就是个"剁手党"。"购物瘾"发作起来九头牛都拉不回。"女人的衣柜里总是缺少一件衣"，她无数次拿这句话当作自己网购的广告语。她也挺鄙视那个过分恋物的自己，但却不能收手，真觉得自己没救了……但是，当她看到这个书名的时候，她顿有"膝盖中箭"之感，觉得这个方子就是专为她开的！"我马上网购这本书！半分钟都不耽搁！"她写道。然而，大约一个钟头后，她又发来微信，说网上根本没有这本书。我笑复她："忘了告诉你，我们的翻译者将这本书的书名'本土化'了，它的中国名字叫《跟巴黎名媛学到的事》。"她发来一个惊讶的表情，问："张老师，你确定这两个离得这么远的书名竟是同一本书吗？"我说："应该不会错。"她发来三个惊讶的表情，说："买噶！被我们的译法亮瞎了眼！"

其实，"亮瞎眼的译法"早就成了我们的一个特色。比如，当俄罗斯女记者S. A.阿列克谢耶维奇获得诺奖之后，我就开始找寻她那本好评如潮的《切尔诺贝利的哀鸣》，然而，找不到。我跟一个书友说起此事，他说："这你就不懂了！这本书有个中国名字，叫《我不知道该说什么，关于死亡还是爱情：来自切尔诺贝利的声音》。"

我不想说这种改头换面的译法对原作者多不尊重，也不想说这种哗众取宠的行为对读者多不负责，我只想问，为什么我们的土壤就不能容许一棵植物按照它原本的样子去生长？为什么它非要扎上二尺媚俗的红头绳、戴上一个撩人的红肚兜方可在这块土地上立足？翻译者、出版者、购买者究竟合伙阉割了什么？何时我们才能真正掂出庄肃沉静的分量？何时我们才能真正悟透静水流深的道理？何时那"将肉麻当有趣"的游戏才能真正从我们的心灵舞台黯然退场……

"猾黠崇拜"是一种病

参加一个"重要会议"，通知说 8:40 开会。路上耽搁了一会儿，眼看就要到开会时间了，心里这个急！"准时就是提前五分钟"，我经常这样要求别人；轮到自己，却愧未做好。我是踩着点儿冲进会议室的。一进去，我惊呆了——会议室稀稀落落地坐着几个人，聊天的聊天，玩手机的玩手机。我悄声问旁边的人："不是 8:40 开会吗？"他笑笑说："通知 8:40，怎么可能真的 8:40 开呢？怎么也得 9 点吧。你没听人说啊：7 点开会 8 点到，9 点不误听报告！"结果，9:10，几位"要员"才慢悠悠进场，然后开会……下午是小组讨论。副组长问我这个组长："咱们下午几点讨论？"我说："14:00 吧。"她说："那咱们通知大家 13:30 到会还是 13:40 到会？"我说："咱们就通知 14:00 到会！"于是，我们通知大家14:00 到会。于是，大家 14:20 都还没有到齐……

这样的事几乎天天都在我们身边发生着，大家早就见惯不怪了。会议组织者的心理往往是这样的——先假定与会者会迟到，所以，他猾黠地打出一个提前量，跟你"要谎"。与会者的心理则往往是这样的——先假定组织者会"要谎"，所以，他猾黠地挤掉了组织者掺的水分，按照自行掐算的时间到会。

　　——瞧，在到会时间这件事上，组织者和与会者全都机关算尽了。

　　猾黠，反猾黠；诡诈，反诡诈。这似乎成了某些人乐此不疲的智力游戏。谁认真想过，这种天天都在我们身边上演着的闹剧，它究竟在培树着什么？又践踏了什么？

　　它培树着官气。你不是主席台上的人，所以，你理应早早赶到会场恭候主席台上的人入场。跟"要员"的时间比起来，你的时间或许没那么值钱吧？你所应该做的，就是拿着自己不值钱的时间去为别人那值钱的时间欣然献祭。

　　它培树着痞气。当一次次恭谨的守时徒然沦为他人的笑柄，"会议油子"也就慢慢练成了。管你"要谎"不"要谎"，先给你砍掉半个钟头再说！拦腰给一刀，或许还伤不到你的头发梢！当我们公然对一个"时间"狎昵，那就意味着我们具备了对多个"时间"狎昵的本领；而狎昵的结果，自然助长了怠惰懈弛之风。

　　它践踏了尊严。当一个人被假定要犯某种错误，他就会生出"不犯白不犯，犯了就是赚"的无赖心态。——你不是假定我要迟到吗？那好，我就迟到给你看！倘若你假定我要迟到二十分钟，我一定要超额完成你预发的指标！反正你不把我的时间当回事，那也就休怪我不把你的时间当回事。

　　它践踏了信任。怀疑对方会不守时，怀疑对方会怀疑自己不守时，这样的负面猜疑，不断为"开会要谎"推波助澜。"被要谎"的人只要被

"意侮"了一次，他就变成了一个"易感者"，它就有可能在适宜的时候将这毒素变本加厉地散播开去。

……

"开会要谎"，对人构成的是"软性侮辱"，与"硬性伤害"比起来，这种"软性侮辱"更具"精神侵袭性"。这种陋习，折射出的是"契约精神"在国人心中的缺失。有一种约束，不应该也不可能靠猾黠与诡诈来实现，因为，以丑制丑，则丑愈丑。甘心的遵从，甘心的坚守，甘心的妥协，甘心的宽宥……支撑起这些"甘心"究竟靠什么？什么时候我们才能彻底告别"道高一尺魔高一丈"的耍心机？什么时候我们才能彻底告别"上有政策下有对策"的斗心眼？须知，就在我们为一个开会时间漫天要价、落地还钱地互打太极的当儿，一万件有益有趣的事，无情地撇下了可怜的我们……

——从小就会说"真真假假，虚虚实实""明修栈道，暗度陈仓""兵无常势，兵不厌诈"的我们，何时才能真正明白："猾黠崇拜"，真的是一种病。

分住在三层楼里的"微友"

　　有几百个微信朋友，粗分一下，发现他们分别住在三个不同的楼层。

　　住在第一层楼的"微友"，经常晒的不外车、房、衣、食。有个小弟，头像换了又换，但不管怎么换，一律是跟各式汽车或摩托车的合照；有个闺蜜，被我戏称为"房婶"，在她的那座城市有 N 多套住房，不断将每套房子的室内陈设与窗外佳景晒出来馋人；有个在电台做 DJ 的朋友，近似疯狂地晒她一套又一套的服装，大夏天竟晒出貂皮坎肩照，配文字解释道，晾晒衣服时，看到这件皮草，心痒得不行，遂穿上拍照，传到朋友圈，方才解了心头之痒；有个小妹，每次赴宴，必拍玉箸夹美食的照片上传，十来张照片整齐排列着，景不换，手不换，箸不换，换的是一道道惹人垂涎的肴馔。

　　住在第二层楼的"微友"，经常晒的是诗歌、乐曲、书法、绘画。那个被我在心里称作"头号大才子"的诗人，专门拿诗搔人灵魂深处的痒，但是，他浩叹，没有一家出版社肯为他免费出版一本诗集；那个曲作家活得可就美多了，她身边总围绕着一群俊男靓女——那是些靠唱她写的歌一夜蹿红的歌手，而她的拿手好戏就是为他们"量身写歌"；"微友"中有两个痴爱书法的人，其一主攻隶书，其一主攻草书，往往是，不等墨迹全干，就急吼吼地将自己的得意新作"趁热"晒出来了，不点赞都觉得自己冷血；有个"微友"，痴迷山水画，勤奋到令人咋舌，我拿他的作品与我校美术老教师刘凡举先生的山水画作比对，越比对，越心塞，忍不住在心里哀哀跟他说：唉，我要是您，早掷笔了。

住在第三层楼的"微友"，敢晒出对自我的苛刻审视甚或无情审判。有个"微友"，在汪国真去世之后，第一时间就贴出了一篇真挚的悼念文章，说二十五年前，汪国真去华东师大演讲，结果，该"微友"与主持人串通一气，恶搞诗人，使其在大红大紫之时被兜头泼了一瓢凉水……他奉上自己迟来的歉意，愿诗人安息；我一直忽略着一个"微友"的存在，直到她转贴了纪伯伦的《我曾七次鄙视我的灵魂》，直到她令人心惊地说：今天我的灵魂还犯了类似"第六次"的错误："当它鄙夷一张丑恶的嘴脸时，却不知那正是自己面具中的一副。"……我万分讶异，点开她的"个人相册"，逐条恭读她转发或原创的微信，我发现，她是一个不断向自己灵魂开战的人，唯其如此，她赢得了我由衷的景慕。

丰子恺先生将"人生三层楼"阐释为：物质生活、精神生活、灵魂生活，恰好为我的三种"微友"贴上了适切的标签。第一层楼里住的，是"物质欲"极强的人，他们的兴味，无非在饮食男女上，他们或许会嘲笑住在第二层楼上的人，或许会对住在第三层楼的人翻白眼，他们没有心力也没有脚力再往上走，一辈子住在第一层楼里，被锦衣玉食抚慰得幸福地发抖；第二层楼里住的，是"精神欲"极强的人，这些人，自然是从第一层楼攀上来的，超越的欢喜，温煦地包围着他，他暗自庆幸自己的超越，一次次的审美快感，一次次的巅峰体验，使他觉得自己仿佛一个创世之神，他有理由同情那住在第一层楼里的芸芸众生，有理由对他们说"汝等宜自救"；第三层楼里住的，是"人生欲"极强的人，他们要"探究人生的究竟""不肯做本能的奴隶"，在物质之上，在精神之上，他们渴望与他人的灵魂相遇，亦渴望与自我的灵魂相遇，他们自觉濯浣人生，荡涤心灵，将每一天都视为自我的重生日，不断拿那个日臻完美的"新我"去取代那个憾迹斑斑的"旧我"，他们让自己活在时间之外，活成自我照耀的星辰，活成自我救赎的神衹。

　　我爱我这些分住在三层楼里的"微友"，每个人都是一面镜子，让我照见那个美丽抑或丑陋的自己……

不要沦为"数字"的奴隶

一个朋友带学生去美国旅游。孩子们乖巧、知礼、求知欲高，还争着抢着给她拿包、与她切磋美国俚语的译法。她感觉带这拨孩子出来可真是轻松惬意。但是，回国前，美国的"地导"跟她说了一件事，她听后内心五味杂陈，万分纠结。那个美国"地导"其实是个入职不久的台湾人，分手前，他跟我的朋友说："作为导游，每到一处，我都要详细介绍那里的风土人情、历史掌故、名人逸事、建筑特色等；但是，我有个发现，您这个团，团员们特别爱问的一个问题是：'这里的房子多少钱一平方米？'非常抱歉，这个问题我没有很确切的答案。为此，我要向您道歉！"朋友跟我说："你知道吗？他道歉的时候我都呆了，根本不知怎么接他的话茬！几天相处下来，我可以肯定地说，这是个异常敬业的导游，这个异常敬业的导游不掌握当地房子的确切行情，并要为此向带队者致歉，起码意味着此前他所带的团没有人提出过类似问题；另外，我们所重点游览的美国中部地区，值得关注的自然景观与人文景观极其丰富，孩子们却为什么偏偏'特别爱问'房价呢？这两个问题搅得我心烦意乱……我想，我是不是应该从我们常说的那句话中找找答案，那就是：每一个'问题学生'的背后都站着一个或几个'问题家长'。换句话说，房价问题，根本不是孩子开口在问，而是家长开口在问呀！"

这故事简直像极了《小王子》的"现实版"——如果你告诉大人："我看见一幢漂亮的红砖房子，窗前摆着天竺葵，鸽子在屋顶栖息……"他们便无法想象这是一幢怎样的房子。你必须对他们说："我看见一幢值十万法郎的房子！"他们就会惊叹："多漂亮的房子啊！"作者一针见血地指出，那些大人，"除了数字，对别的东西都失去了兴趣"。

问题是，我朋友带到美国去的，只是一些十六七岁的中学生啊！这么早，他们就像个大人那样想问题了。忽略了色彩、芳香、天趣，枯涩贫乏的心里只剩下了干巴巴的"数字"。

"小王子"走过那么多星球，遇到过形形色色的人。他的结论是"他们（大人）就这副德行。孩子对大人应该尽量地宽容。"我百思不得其解的是：大人的那副"德行"怎么这么快就传染到了我们的孩子身上？十六七岁，还处在"少年心事当拿云"的旖旎年纪，孩子们的目光，应该本能地追索人类文明的行踪，忽略房价，不染世俗，带着一些可贵的"乌托邦"和难得的"形而上"，透明得像一条"玻璃拉拉鱼"，只对美好的人、事、物上瘾。但是，相反的事实却无情地打痛了我们的脸。

就像我那个朋友说的那样，每个孩子身后都站着一个或几个隐身的家长。家长的精神趣味直接影响了孩子的精神趣味。孩子是家长的翻版，也是家长的代言人。孩子问的，都是家长最想知晓的。我想，如果我们的孩子从小眼中就没有神圣的人、事、物，只会对"十万法郎的房子"发出惊叹，我就有理由为我们国家的明天担忧。在我看来，一个人、一个家、一个国，如果发誓做金钱的情人，迟早会沦为亲钱的"弃妇"。

假如我们不崇敬英雄

　　请允许我从2015年北京高考作文题谈起。2015年北京高考作文题是"二选一"，其一为《假如我与心中的英雄生活一天》，其二为《深入灵魂的热爱》。看到北京作文题的时候，恰好与一个年轻的语文老师在一起，她忍不住惊叫起来："啊？！英雄那个，太坑爹了吧？现在的孩子们有几个知道英雄的故事？不贴近生活的作文题，就是烂题！"

　　很快，北京阅卷现场传出消息：写"英雄"的考生仅占一成多，其余考生都写了"热爱"；即使写"英雄"，也写得比较空洞，甚至问英雄："你吃饭了吗？要不要喝点水？"有个北京的朋友，孩子今年参加高考，考试结束后，孩子打来电话，让我帮他估一下作文分——当然，他选写的是"热爱"。说完了正事，我问他为什么不写"英雄"，他答："一看见'英雄'那个作文题，也有点小激动，但一琢磨，我所知道的，也就是那些网络游戏里的英雄，什么《英雄年代》《300英雄》之类的，写那个，不可能拿高分啊……"

果然被我那个年轻的同行说中了——孩子们讲不出英雄的故事，更无法"与心中的英雄生活一天"。然而，这真的是一个"坑爹"的"烂题"吗？我只想说出两个事实：一是，当我看到这个作文题的时候，耳畔立刻响起了《英雄儿女》的主题曲，如果我来写，我可能会写王成，当我还是个十二三岁的孩子，我跟着乡村电影放映队，走村串屯，一遍遍看英雄王成的故事，许多台词（尤其是王成、王芳的台词），我都会背了，但小小的心里，依然盼望着在南旺村的电影里牺牲了的王成，会在西旺村、北旺村免于牺牲……现在，我单位的对面是个公园，公园里总有民间合唱团唱些老歌，只要一听到"风烟滚滚唱英雄，四面青山侧耳听……"我就莫名激动，大冬天也要推开窗子，恭请那歌声进驻我的斗室。我要说的第二个事实是，不是所有国家的高中生都无法驾驭"英雄"这个题目，最让你我无法释怀的是，我们心中所谓"敌国"的孩子就有浓重的"英雄主义情结"，假如让他们"与心中的英雄生活一天"，他们很可能会用一种变本加厉的嚣张将你我杀个片甲不留……

——《假如我与心中的英雄生活一天》，这个作文题不仅仅是出给考生的，更是出给时代的，出给国家的。

我们的孩子，认识最多的是"脸蛋英雄""嗓子英雄""相亲英雄""吸金英雄""虚拟英雄"。你若让他与某明星、某"大咖"、某"美少女战士"（日本动漫人物）生活一天，他会像打了鸡血一般，灵感突降，梦笔生花。但我要问的是：难道，这种让考生有话可说的作文题就不叫"烂题"了吗？

从什么时候开始，我们成了"哄笑"的逐臭之徒？"搞笑大于天"，会搞笑比会什么都吃香。我们在相声、小品里笑，我们在段子、游戏里笑，我们在抗日神剧里笑，我们甚至可以在敌寇留下的炮楼里穿起敌军的服装、挎起敌军的大刀对着镜头咪咪地笑……就这样，一群没心没肺的"本能至上主义者"在酒足饭饱之后，开始打着饱嗝煞有介事地考证起"英雄"来——刘胡兰怎会从容走向铡刀而不逃避？黄继光怎会舍身堵枪眼而不犹疑？邱少云怎会被活活烧死而一声不吭……庸人自有庸人的理论，他以为自己做不到的，别人也绝不可能做到。一时间，质疑英雄、丑化英雄、向英雄泼粪，竟成了互联网上令人发指的时尚。英雄不能开口说话，他们是互联网上的弱势方；网民恶搞英雄的发泄式狂欢也因此愈演愈烈，鸡一嘴，鸭一嘴，家雀跟着啴一嘴，大家沆瀣一气地把英雄整成个"道德残废"，这才心满意足地哄笑着散场。

丧失了"神圣感"的生命，其灵魂可达到的丑恶程度，往往超出大众的预想。

我之所以赞赏"英雄"这个作文题，是因为它以一个邀请的姿势，引领那些在低洼地带过久盘桓的人们走向崇高，它试图让熄火的心灵重新燃起熊熊的信念之火，它试图让凡庸的生命在仰望那些正义的献祭者的过程中完成可贵的涅槃。

抗日战争期间，诗人田间写过一首著名的"墙头诗"《假使我们不去打仗》："假使我们不去打仗，敌人用刺刀杀死了我们，还要用手指着我们的骨头说，看，这是奴隶！"我将它仿写为："假如我们不崇敬英雄，狗熊就会掏走我们的心肺，还要狞笑着在互联网上发帖子说，看，我为人类消灭了渣滓！"

你的"精神长相"

　　下了火车，距离目的地还有二十分钟的车程。等大巴还是打出租，我有些游移不定。正在这时候，三个大学生模样的女孩朝我走来，其中一个张口问我去哪里，听我报出地名之后，三个人欢呼起来。"拼车吧！"她们几乎同时对我说。我想都没想就跟她们走了。

　　一辆出租车早等在那里了。三个女孩中的一个捷足先登地坐到了副驾驶的位置，另外一个女孩飞快地坐到了左侧座位，我和最后一个女孩被剩在车外。

　　"你先上！"她一偏头，对我发令。我迟疑了一下，因为"先上"意味着要卡坐在中间的位置，我属丰满型，又正犯膝关节炎，一想到要在局促的中间座位蜷缩双腿受二十分钟刑，心里未免有些犯怵。我想说"算了，我去重新打一辆车吧"，又担心这三个眼巴巴盼着我承担四分之一打车费的女孩失望，也担心刚答应的事立刻反悔失面了，我　咬牙，上了车。

　　一路上，她们叽叽喳喳说个不停，中心话题是上不上陌上帅哥的豪车。话题的起点似乎是一条微信，说的是一男子驾驶五百万的跑车在北京工体附近搭讪夜店女——"美女，一个人啊？走，吃点夜宵去！"结果有七成女子中招；还是这个人，换了辆烂车，结果就大不一样了……她们热烈讨论：假如换成自己，上不上这辆跑车？副驾驶女孩说："我上，我上，我就上！不上白不上！"左侧女孩说："我坐上去，拍张照片，发我微博，然后就跟他拜拜。"右侧女孩说："我呢，我上去就跟他打kiss！然后就黏上他，让他载我去咱们学院兜一圈。"三个人一齐放肆地大笑起来，她们笑得天翻地覆，就像我和司机压根就不存在一样。

　　"你是老师吗？"临近下车的时候，左侧女孩突然开口问我。我悚然一惊——她怎么会知道我是老师呢？我第一次来此地，我们彼此绝对不曾见过面。那么，究竟是什么出卖了我？我想胡乱报出一个职业诓她，但嘴里却莫名地蹦出了这样的话："你是怎么猜到的？"那女孩不动声色地说："因为，你不笑。"

　　我确实一直没笑——我笑不出来。

　　我在想，这三个女孩是哪所学校培养出来的呢？学校里会开设"拼车抢座课"和"调戏流氓课"吗？我的学校里终日开展"道德教育"，但是，我敢打保票说从我的学校里毕业的女生绝不会成为她们这样的人吗？是谁，把她们培养成了这个样子——精于算计，极端利己，物欲熏心，厚颜无耻。社会学家说，人是诞生两次的动物，第一次诞生是由"生理遗传"决定的，第二次诞生则是由"社会遗传"决定的。也就是说，人的第一次诞生遗传了父母的基因，第二次诞生遗传了社会的基因。我问自己，这个社会究竟是怎样巧妙地将自己的"基因密码"不走样地、全覆盖地遗传给了它的成员？好多中学天天喊"营造局部晴天""建立精神特区"，可孩子一旦从学校的子宫娩出，一些病毒立刻不可阻挡地侵蚀了其原本清洁的肌体。我曾经悲哀地用"从大海里舀一瓢淡水"这句话来评价"道德教育"的难度系数。作为一个"舀水人"，我每天迎着大海的嘲笑无休止地重复舀水的动作，回回失望回回望……女孩说："因为，你不笑。"——请先给我一个笑的理由。

亚瑟·史密斯在《中国人的德行》一书中用文字为中国人画像。142年过去了，我一看那画像，立刻就认出了自己的同胞——"麻木不仁""缺乏公心""缺乏同情"。瞧，我们的"精神长相"经过了近一个半世纪居然还是那副"德行"！

我很懊悔这次拼车，因为一路满心不爽。我听见亚瑟·史密斯又在指着我的鼻子说了——"讲究面子""随遇而安""遇事忍耐"。唉，我们那相似的"精神长相"啊……

纵宠舌尖欲望＝纵宠灵魂沦陷

孙隆基教授讲过这样一则故事：恶魔化身为名厨，为国王烹饪。当时的人们以素食为主，从不为了口腹之欲而去杀生。但是，恶魔成了宰杀动物的"始作俑者"，他屠杀鸟兽，做成食物。他让国王品尝鲜血的味道，让国王变得像狮子一样凶猛，但却像奴隶般地臣服于他。恶魔让国王品尝了四天的极品盛宴，而他所希望得到的报酬仅仅是在国王的双肩上各吻一下。国王恩准了。没过多久，国王双肩上就各长出了一条蛇。群医束手无策，刚将它们切割掉它们就又长了出来。后来，恶魔又出现了，他对国王说："这是你的宿命。你不能把蛇切掉，只能让它们活着，且必须用人脑喂食它们，令其饱食而熟睡。"于是国王每天宰杀两名少年，取脑饲蛇，从此成为杀人如麻的暴君。

孙隆基教授得出的结论是：美食是魔鬼送来的礼物。

在这个星球上，大概只有中国人才会如此痴迷于"魔鬼送来的礼物"。李波先生早就将中国人的宗教定义为"吃教"。在他的笔下，中国人憨吃、闷吃、傻吃、癫吃、疯吃、狂吃、蛮吃、胡吃、乱吃。中国人靠"吃"来认识、解释这个世界——探索叫"尝试"，思考叫"斟酌"，理解叫"消化"，不求甚解叫"囫囵吞枣"，理解不透叫"生吞活剥"……近些年，又有人创造出了"精神大餐""视觉盛宴""文化快餐"之类的流行词语，瞧，离开了舌尖与胃袋，我们简直就不会说话了。

《舌尖上的中国》挑逗着中国人的味蕾，也挑逗着中国人的神经。毫不夸张地说，这是一部既赚涎水又赚泪水、既赚眼球又赚银子的纪录片。连拍摄花絮都那么动人，为了拍好某种食材，摄像师跋山涉水、卧雪滚泥、爬树登天。片子拿出来，一片喝彩声，但也有例外——有个不长眼的外国人看了节目之后竟叹气道："他们拍摄食材可真卖力！不过，要是镜头对准的是人就好了。"旅美作家沈睿说了句"世界上大概只有中国人才不停地说自己的饭何等好吃，而其他国家的饭不如自己的"，就差点被"舌尖粉"们的唾沫淹死。网上有个两分多钟的视频，记录的是中国厨师活杀蛇、活杀鱼的大场面——那奋力蠕动的蛇被活活剖杀，切成段，放进餐盘里，每一段蛇身都在颤抖，评判者伸出一个指头，十分在行地碰触那抖动的蛇身，发出赞许之声；厨师捞出一条活蹦乱跳的鲤鱼，飞快地刮鳞、剖腹，然后，握住鱼头，将鱼身在油锅里来回摆动着烹炸，盘中的鱼被浇上汁之后，嘴还在不停地翕动，无耻的筷子，已经恬然伸向了它……有个网友留言："感觉好耻辱。"

一个被饥馑折磨了几千载的民族，它的节日几乎没有一个不是与食物紧密关联的——元宵节、粽子节、月饼节、饺子节……"嫁汉嫁汉，穿衣吃饭""千里做官，为了吃穿"，这些恶俗到狗血的民谚未必没有道出一些人的婚姻观与出仕观。"吃教"的信奉者们心底激荡着一个令人惊悚的声音："我吃故我在！"

　　犹太教有一条奇特的教规：人类不得在一头饥饿的动物面前进食，必须首先喂它。李波先生说："对动物的残忍就是对人类自己的残忍。口腹之欲不仅涉及生态问题，而且归根到底涉及善恶问题。"如果一个人不忍看一头动物饥饿，他就不忍看一个人饥饿，反之亦然。

　　据说，将一头猪从耳朵吃到尾巴的民族只有汉族。我们向来不忌口。在白洋淀的一个小餐馆，服务员向我们推销标价令人咋舌的"水鸟馅饺子"。我们嫌太贵，推销者带着明显的鄙夷口吻说："你也不看看，那水鸟多瘦啊！一只水鸟的肉才能包三个饺子。能不贵吗！"窗外，恰好有水鸟在叫，听声音，即可约略猜到是那种极娇小伶俐的鸟。便忍不住想：小鸟啊，你来到这个世界，可曾料到自己的生命价值仅仅是三个饺子？同胞啊，你除了用舌尖去欣赏一只水鸟，就找不到别的欣赏途径了吗？

　　拒绝"魔鬼送来的礼物"，应该是人生的第一大修炼，因为，纵宠舌尖上的欲望就等于纵宠灵魂的沦陷。我们有一个痛彻骨髓的教训——吸食鸦片。你看那些"瘾君子"们，为了图一时之快，不就欣然听任自己的双肩长出斩不死的毒蛇来了吗？

　　一个信奉"吃教"的民族，注定难以在精神上得到必要的提升与超越，其文化也便难免表现出一种令人匪夷所思的偏执。目下，"吃货"已经由贬义词提升为中性词，且大有进军褒义词之势。"标签效应"告诉我们，一个人一旦被贴上了某种标签，他就会不自觉地做出与之相称的"自我管理"。"吃货"为了不枉为"吃货"，就要大吃、特吃、比吃、赛吃、偷着吃、藏着吃。你去高级饭店明察暗访，我就躲到偏僻会所、农家大院、单位食堂去吃！名声插到大粪上也要吃！脑袋掖进裤裆里也要吃！自称"吃货"的人们啊，愿你们听到这振聋发聩的声音："一个人要想获得灵魂的自由，首先必须摆脱和超越味觉的囚禁。"

假如医院拍卖手术机会

那是在桑德尔教授的中国课堂上。在探讨了"黄牛"倒票、花钱购买大学入学资格等诸多问题之后，他抛出了一个更加尖锐的问题——假如医院拍卖手术机会。面对这个问题，课堂上有两位女士争论起来。支持方认为：富人看病为社会创造的财富更高。反对方认为：不能以出钱多寡决定手术先后。两人互不相让。支持方巧舌如簧，为富人辩护起来毫不含糊；反对方虽说口才稍逊一筹，但因为相信正义在握，亦能从容应对。桑德尔教授索性把课堂让给了她们两个，由她俩"直接对话"。课堂一度有些失控，因为正方与反方都拥有人数可观的"亲友团"。

这个因讲"公平"而名声大噪的哈佛教授真让人佩服！他根本不动声色，任由两人为"市场"和"道德"代言。所有听课的人都心知肚明——为"市场"代言的，讲的是我们的现状；为"道德"代言的，讲的是我们的理想。——喂，那在台上走来走去的教授，你究竟想要哪一个？

到了小结阶段，他称赞大家辩论很精彩。他认为"参与哲学"就需要大家坐在一起，展示彼此的不一致，而不是"简单地投票"。他除了那句"物品分配的公平性应取决于物品的道德性"之外，几乎没有对双方所持观点给出评判。

我问自己，他是真的认为不必评判还是丧失了评判的热情？

想起了桑德尔教授在另一个课堂讲到的另一个案例：几年前，瑞士政府在寻觅核废料的掩埋地点时，确定了偏远山区一个相对安全的地区。政府进行初步民调时，51%的居民投了赞同票。政府为了鼓励更多的人同意，便拿出高额补偿金作诱饵。再度民调时，让人意想不到的结果出现了——赞同的人数居然降至25%！桑德尔教授是这样评价这一事件的：具有共同价值追求的共同体，在涉及"道德原则"时，会毫不犹豫地对"市场原则"说"不"！

假如医院拍卖手术机会，"具有共同价值追求的共同体"应该形成一股无比强大的"声音洪流"吧？"道德原则"与"市场原则"交锋时，前者理应是稳操胜券吧？但是，在一个"万物皆有价"的社会，太多人本能地选择了牺牲道德得到金钱，富人以及狂热地为富人代言的人也因而拥有了令人匪夷所思的"强势选择权"和"优势话语权"。其实，当道德被市场强暴，人人（包括富人）都有沦为社会弃儿之虞。

——"金钱不能买什么？"这振聋发聩的一问，是桑德尔教授发出的。拎不清这个问题，天堂也是地狱。

文学形象之"中国式嫁接"

中小学《语文》教材中有一些文章，在选入课本时被编者们做了一番令人大跌眼镜的改动。

在安徒生的童话《丑小鸭》中，作者写鸭妈妈孵"丑小鸭"都孵得"不耐烦"了，她看着这个"丑陋的大个子"，觉得他"不正常"；当他的兄弟姐妹们都对他喊"让猫抓走你吧，你这个丑八怪"的时候，鸭妈妈终于下决心驱逐他了，她说："你最好走得远远的吧！"显然，在大师的笔下，鸭妈妈并不是一个死心塌地地爱着自己孵出的这个"异类"的伟大母亲。而我们的教材根本无视原作对鸭妈妈这一角色的定位，一厢情愿地改写成："丑小鸭来到世界上，除了鸭妈妈疼爱他，谁都欺负他……丑小鸭感到非常孤单，就钻出篱笆，离开了家。"

欧·亨利的小说《二十年以后》，讲了这样一个故事：吉米和鲍勃是一对好朋友，年轻的时候，他们曾做过一个"几近荒唐"的约定——二十年之后，两个有着不同人生理想的人重新回到他们分手的地方。结果，两人都如约前来。此时的吉米成了一名巡警，而鲍勃成了一名罪犯。夜色中，吉米借着鲍勃点烟时的微弱火光认出了那张"通缉犯的脸"，却又因"不便亲自动手"，暂时离开了现场，接着便派一名便衣警察前来将鲍勃捉拿归案。作者借便衣警察的口，说出了这样一句话："（二十年）可以把一个好人变成坏人。"在原文中，作者花了不少笔墨描写吉米巡查街道时的盛气凌人、趾高气扬。面对冒着生命危险辗转从西部来到纽约赴约且死心认定了朋友"最最忠诚、最最可靠"的一个重情重义的人，吉米的心没有被打动，职业人的他战胜了自然人的他，他不动声色地拿下了这个通缉犯。然而，这篇文章被选入《语文》课本时，编者一厢情愿地去掉了作者笔下那些有损巡警光辉形象的笔墨，将原文中的"不便亲自动手"毅然改成了"不忍亲自动手"，最令人难以接受的是，编者将那句"（二十年）可以把一个好人变成坏人"不假思索地贴到了鲍勃一个人的脸上。几乎所有的老师都按照"警察抓坏蛋"的模式来处理这篇课文，只有一个叫熊芳芳的老师不甘心这样的讲解，她将欧·亨利的原作搬到了课堂上，她跟孩子们这样说："欧·亨利怀着悲悯的心，同情着两个人。这两个人都是'失丧的人'。两个人都是在人世间奔走的时候一不小心跑丢了一些东西的孩子。就好像你跑丢了帽子，而我跑丢了鞋子；吉米丢掉的是一颗纯真本色的心，他的心不再柔软，而鲍勃丢掉的是一些道德标准和美善的原则。"

"无知者无畏"，这句话简直就像是为那些自作聪明的教材改编者们预备的。他们无力、无能、无心走进文学大师的内心世界，却敢于举起刀斧，恣意斫斩大师的作品。他们几近跋扈地抛弃了人的复杂性，将作者笔下血肉丰满的形象风干成一句大而无当的口号。为了捍卫"母亲"

这一高大形象，就盲目提升鸭妈妈的思想境界，让她成为一个爱心无限、境界超拔的伟大母亲；为了捍卫"警察"这一光辉形象，就"好心"删除了原作中有关他抖威风、耍警棍的描写。我们教材的改编者们似乎总企图在孩子的心中刻下这样一句警示语：这个世界，非黑即白，中间的"灰色地带"根本不存在。

长期以来，我们都太过迷恋"脸谱式人物"了。"脸谱式人物"的大行其道，小而言之，是"思维惰性"的供词；大而言之，是"强暴生活"的罪证。而从小就被"脸谱式人物"浸染的孩子，思维品质会在不知不觉中钝化、异化、蜕化。孩子在建立其价值体系的过程中，不幸以一些高度扭曲的人物形象做人生参照，他们在单纯的"坚信"之后，会报复性地"怀疑"；而"怀疑"的结果，很可能是让他们丧失理性地连洗澡水带孩子一同泼将出去。

安徒生、欧·亨利们，为人类栽种了那么多美丽的树，幸运的人们，只需老实地移来，即可安享福荫了；但我们偏偏不肯，不识闲的手，一定要费力不讨好地搞一次"嫁接"，似乎不这样做，就枉担了"编者"的大名。叶开博士尖锐地指出，我们的语文教育，"喂给了孩子太多的垃圾"。可悲的是，那些垃圾的制造者们，不知道自己呕心沥血制造的竟是垃圾。

"一品老百姓"

在审读一套地方教材的时候，发现编者对陶行知的《创造宣言》做了一些删节。

陶行知在《创造宣言》中写道："有人说：生活太单调了，不能创造。单调无过于坐监牢，但是就在监牢中，产生了《正气歌》，产生了苏联的国歌，产生了《尼赫鲁自传》。单调又无过于沙漠了，而雷塞布竟能在沙漠中造成苏伊士运河，把地中海与红海贯通起来。单调又无过于开肉包铺子，而竟在这里面，产生了平凡而伟大的平老静。"编者将最后一句关于平老静的文字删掉了。

我猜想着编者的心——这个"平老静"多不出名啊！怎么配跟上面那些大人物、大事件比肩呢？再说，"开肉包子铺"，这也难登大雅之堂啊！

我抚着那页丢了文字的纸，在心里对鲁莽的编者说："你的删节，会让陶行知在地下叹息的。"

　　陶行知多么欣赏平老静呀，他甚至还为平老静写过一首赞美诗呢！这个叫平老静的人，二十世纪三四十年代在保定开肉包子铺，厚德、厚道，童叟无欺，从不赚昧心钱。有一回，他的小铺周转不开了，一位朋友便主动拿出一对包金的手镯援助。平老静将手镯典当了，解了燃眉之急。除夕那天，平老静拿钱赎回了那对手镯。回到家一看，不对呀！当初典当的那对手镯分明是包金的银镯子，可这赎回来的，居然是一对纯金的镯子！夫妻俩除夕夜都顾不上过，带着那对纯金手镯急匆匆去寻典当行的老板，换回了包金银手镯……陶行知是这样赞美诚实守信的平老静的："人格最高尚，一品老百姓。"

　　——如果你认为平老静不配走进教材，那么，"一品老百姓"就有失传的危险。

在花生和稻草之外

████████　杨先生应邀来我校讲座。热烈的掌声说尽了学子们对这位画家的无限敬慕之情。

杨先生是个有趣的老者。他讲座的开场白既令人哗然捧腹，又令人泫然垂泪。从那个讲座出来，许多同学都对艺术着了迷。

老先生甫一登台，就尖着嗓子模仿一个孩子的口气说道："杨老师，您别给我们讲什么艺术了，我们又不想吃艺术这碗饭，高考也不能指着艺术加分。"杨先生接着说："同学，你先别一棍子把我这艺术打死，先听我讲个跟艺术有关的故事吧。"他开始了讲述：

"我高中毕业后回乡劳动，生产队分配给我的任务是养猪。我分管五个猪圈，每个猪圈一头猪。跟猪处了一阵子后，我发现自己的心眼长偏了——我格外稀罕其中一头猪。那是一头浑身雪白的猪，漂亮极了，神气极了。我叫它'小白'。按其年龄，小白属于'少年猪'，正像歌里唱的那样：小小少年，很少烦恼。小白也很少烦恼，何止是很少烦恼，简直就是一头'喜感'极强的猪，是猪中的乐天派。每天，它都用它的快乐感染着我，让我觉得生活真美好。不瞒大家说，我这个猪倌儿，就是'看猪下菜碟儿'，整天给小白吃小灶儿。记得那年秋天，生产队收花生，我偷回半筐，只跟小白分享，并且是它吃多，我吃少。那半筐花生把我俩吃得，满嘴流白浆啊。冬天到了，我抱来稻草，仔细地铺到小白的猪圈里，又找来大白粉，给小白粉刷了圈墙。每当看到小白侧卧在金黄的稻草上晒太阳，我就打心眼里替它舒服。有时候，我对着小白唱歌，它居然会跟着我的调子哼哼。回到家，我向家里人宣布，我要训练出一头世界上独一无二的智慧猪！

"吃得好，住得好，但我觉得小白一定不会仅仅满足于此。那时候，我正痴迷着西洋画。心想，或许，小白也会喜欢吧。那一天，我当真就把一幅《蒙娜丽莎》拿到了猪圈里，和小白共赏。我告诉小白说：这幅画可了不得，它是达·芬奇用四年的时间绘制而成的！你看蒙娜丽莎的微笑，多么神秘、妩媚；你再看她那一双手，多么柔腻、丰润。画家运用了'空气透视'的笔法，使画面幽深朦胧，充满诗意……当我说这番话的时候，你们猜小白是什么反应？——兴奋？不对。感动？不对。愤怒？更不对。别猜了，杨老师告诉你们吧——小白根本就没有任何反应！

"这件事使我很受刺激。我把小白引为知音，但是，小白对我痴爱的美术却没有半点兴趣。我不得不承认，它的快乐，来自于吃花生、睡稻草、晒太阳，但它不懂得欣赏美。我很替小白难过，它不幸被造物主设定为一头猪，它无法超越自己的属性而获取属性之外的能力。蒙娜丽莎的微笑不能够打动它，跟着我唱歌也纯属瞎哼哼。小白是一头猪，它无福消受人类创造的高雅艺术。

"后来，我告别了小白，到远方去学画。再后来，我就被人称作画家了。

"五年前，我随一个考察团去法国。在卢浮宫，我三次掉泪啊，孩子们！

"第一次：进馆参观前，我们团有两个官员说他们想放弃参观，原因是他们一个脚疼，一个腿疼。我好为他们着急。正急呢，竟意外发现了轮椅租借处！我便自告奋勇地要去给两位官员借轮椅，不想却被两人拦住了。他们说：'我俩吧，就是懒得去参观，忒累！我俩商量好了，在门口玩牌，等你们。'我听了，悲凉的泪流了一脸。

"第二次：在卢浮宫的镇馆之宝《蒙娜丽莎》面前，我一下子想起了那个猪倌儿，当他带着小白欣赏达·芬奇那幅肖像画的时候，他何曾料想今生今世居然能有机会站在这幅世界名画面前！想到这儿，我幸福地哭了。

"第三次：在《拿破仑加冕图》前，有一群金发碧眼的小孩子，席地而坐，正有模有样地在画板上学画达维特的这幅力作。整幅画有一百多个人物呢，孩子们只选择其中一两个自己感兴趣的在勾勒。看到这些孩子可以用这种方式亲近历史、亲近大师，我妒忌啊！不争气的眼泪又一次流了出来……

"现在，我一说起这三次流泪，还是忍不住想流泪。——孩子们，几千年来，人类一茬茬在这个星球上繁衍生息，我们先人所创造的优秀的精神产品，堪比万里长城，而我们终其一生，只能欣赏到有限的几块砖，一想到这些，我就害怕，我就恨不得不吃不喝、争分夺秒地欣赏、阅读。孩子们，当别人问你：你喜欢哪种艺术形式啊？你总不能用小白的口吻说：哼哼，我又不是特长生，我对艺术没反应！或者用准小白的口吻说：哼哼，我只喜欢小品，我只喜欢韩剧！

　　"孩子们，造物主爱我们，没有把我们设定成一头猪。在花生和稻草之外，我们还要学会用'美'这种东西宠爱自己的生命。不要枉来人世走一遭，不要让小白们在遥远的猪圈里冲我们偷笑。——爱艺术吧，就算你的高考得不到加分，你的人生必定能得到加分……"